绿色经典·名山大川

山水散文选

梁衡

中国人民大学出版社

·北京·

图书在版编目（CIP）数据

绿色经典·名山大川：山水散文选/梁衡著 .—北京：中国人民大学出版社，2016.1

ISBN 978-7-300-15132-8

Ⅰ.①绿… Ⅱ.①梁… Ⅲ.①散文集-中国-当代 Ⅳ.①I267

中国版本图书馆 CIP 数据核字（2015）第 237849 号

绿色经典·名山大川

山水散文选

梁 衡 著

Lüse Jingdian · Mingshan Dachuan

出版发行	中国人民大学出版社				
社　址	北京中关村大街 31 号		**邮政编码**	100080	
电　话	010 - 62511242（总编室）		010 - 62511770（质管部）		
	010 - 82501766（邮购部）		010 - 62514148（门市部）		
	010 - 62515195（发行公司）		010 - 62515275（盗版举报）		
网　址	http：//www. crup. com. cn				
经　销	新华书店				
印　刷	天津画中画印刷有限公司				
规　格	170 mm×228 mm　16 开本		**版　次**	2016 年 1 月第 1 版	
印　张	17.25 插页 2		**印　次**	2022 年 12 月第 7 次印刷	
字　数	212 000		**定　价**	66.00 元	

说经典

　　这套书名为"经典"，不是书中的文章经典，是文章所写的人、事、景、情、理堪称经典。

　　什么是经典？常念为经，常数为典。经典就是经得起重复。常被人想起，不会忘记。

　　常言道："话说三遍淡如水。"一般的话多说几遍人就要烦。但经典的人和事，人们一次又一次提起，一代代地说；经典的美景，人们一游再游，一看再看；经典的书，人们一遍遍地读，一代代地读。一首好歌，人们会不厌其烦地唱；一首好曲子会不厌其烦地听；一幅好字画挂在墙上，天天看不够。许多人都在梦想自己的事业、自己的作品成为经典，好让历史记住，实现永恒。但这永恒之梦，总是让可怕的重复之手轻轻一拍就碎，它太轻太薄，经不起念叨第二遍。倒是许多事，无心插柳柳成荫，不经意间成了经典。说到"柳"，想起至今生长在河西走廊上的"左公柳"，100多年前，左宗棠带着湘军去平定叛乱，收复新疆。他一路边行军边栽柳，现在这些合抱之木成了历史的见证，成了活的经典，凡游人没有不去凭吊的。"统一战线、武装斗争、党的建设"，这是中国革命的三大法宝，是中国共产党打天下的经典。1939年陕北公学的一批学生毕业要上前线，毛泽东去讲话说：《封神演义》中姜子牙下山，元始天尊送他三样法宝：打神鞭、杏黄旗、四不像。今天我也送你们三件宝：统一战线、武装斗争、党的建设。经典就这样产生了。莎士比亚有许多话，简直就是大白话，比如："是生还是死，这是一个问题。"还有托尔斯泰《安娜·卡列尼娜》的开头："幸福的家庭都是相似的，不幸的家庭各有各的不幸。"这些话被人千百次地重复和模仿，还是感到新鲜。就是《兰亭集序》也是在一次普通的文人聚会上，王羲之一挥而就的。当然，经典也有呕心沥血、积久而成的。像米开朗琪罗的壁画《末日审判》，一画就是八年。不管是妙手偶成还是苦修所得，总之，它达到了那个水平，后人承认它，就常想起它，提起它，借用它。它如铜镜愈磨愈亮，要是一只纸糊灯笼呢？用不了三五次就破了。

经典所以为经典原因有三：一是达到了空前绝后的高度；二是上升到了理性，有长远的指导意义；三是经得起重复。

经典不怕后人重复，但它的造就绝不是对前人的重复。

文化的发展总是一层一层，积累而成。在这个积累过程中要有个性，能占一席之地必得有超出前人的新创造。比如教师一遍一遍讲数理化知识，如果他只教书而不从事科研，一生也不会造就数学或物理科学方面的经典。因为只有像牛顿发现了万有引力，像伽利略发现了重力加速度，像爱因斯坦发现了相对论等才算是科学发展史上的经典；毛泽东创立了农村包围城市理论，邓小平创立了中国特色社会主义理论等，这都是中国革命和建设的理论经典。它是创新，不是先前理论的重复。唐诗、宋词、元曲，书法的欧、颜、柳、赵，王羲之的行书、宋徽宗的瘦金书都是中国文学艺术史上的经典。因为这些东西在以前还没有过，它有"空前"的、新的高度，有里程碑的效果。我们回望历史，就会看到这些高峰，它们是一个个永远的参照点。

经典又是绝后的，你可以重复它、超越它，但不能复制它。

后人时时想起、品味、研究经典的目的是为了吸收借鉴它，以便去创造自己新的经典。就像爱因斯坦超越牛顿，爱翁和牛顿都不失为经典。齐白石谈到别人学他的画说："学我者生，像我者死。"因为每一个经典都有属于它自己的时代和环境的个性烙印。哲学家讲，人的一生不能两次跨过同一条河流。比如我们现在写古体诗词，无论如何也不会达到李白、李商隐、李清照的效果。岂但唐宋，就是郭小川、贺敬之也无法克隆。时势异也，条件不再，经典是它那个时代个性化的标志，你只能创造属于你自己的高峰。唯其这种"绝后"性，才使它高标青史，成为永远的经典。

我们对经典的重复不只是表面的阅读，更是一次新的挖掘。

经典所以总能让人重复、不忘、总要提起，是因为它对后人有启示和指导价值。"鸳鸯绣了从教看，莫把金针度与人"，经典不只是一双锦绣鸳鸯，还是一根闪闪的金针。凡经典都超出了当时实践的层面而有了理性的意义，有观点、立场、方法、思想、哲理的内涵，可以指导以后的实践。理性之树常青。只有理性的东西才经得起一遍一遍地使用、印证，而它又总能在新的实践中释放出能量。如天然放射性铀矿一样，有释放不完的能量。范仲淹说："先天下之忧而忧，后天下之乐而乐。"司马迁说："人固有一死，或重于泰山，或轻于鸿毛。"邓小平说："不管白猫黑猫，抓住老鼠就是好猫。"这都是永远的经典，早超出了当时的具体所指而有了哲理的永恒。就是达·芬奇的蒙娜丽莎的微笑，朱自清《背影》中父亲的饱经风霜的背影，小提琴曲《梁祝》中爱的旋律，还有毕加索油画中的哲理，张旭狂草中的张力也都远远超出自身的艺术价值而有了生命的启示。

总之，经典所以经得起重复使用是因为它有丰富的内涵，人们每重复它一次都能从中开发出新的能量，就像一块糖，能嚼出甜味。同样一篇文章、一幅画或一个理论，能经得起人反复咀嚼而味终不淡，这就是经典与平凡的区别。一块黄土，风一吹雨一打就碎掉了；而一颗钻石，岁月的打磨却让它愈见光亮。

依照我对经典的理解，在写作中，我总是努力选择那些不朽的人、事、景、情、理。《红色经典·岁月留痕》赞颂的是为中国革命和建设作出牺牲和贡献的人，他们堪称不朽；《蓝色经典·仰望星空》记述的是一大批为中国和世界文化作出贡献的文化名人及经典名作,他(它)们已经退入历史成为深邃的蓝色星空中的星辰;《绿色经典·名山大川》描写的是名山秀水,它们历代以来已不知为多少人所吟诵。

希望这些从过去岁月中打捞出来的经典能引起读者的兴趣并由此享受文学的美感。

2015 年 5 月 5 日

赏不尽看不够说不完的大自然

大自然给人的赐予有两种。一是物质，空气水分，粮食蔬果，给人生存的条件；二是精神，花好月圆，明山秀水，给人享受的环境。自有人类以来，我们就向自然索取物质，创造了无穷的物质财富，从茹毛饮血到现在的电气化、原子能。和这个物质开发相同步的是向自然进行的精神索取和艺术开掘。一棵树、一片石、一竿竹、一株兰，千百年来硬是那样地看不够、品不尽、说不完、画不厌。人类在还没有文字之前就懂得欣赏自然的美。原始人就知道用彩石、贝壳制成项链、耳坠。从那时起，我们就这样一天一天、一遍一遍、一代一代地观察自然，汲取自然，就有了山水文章、山水画卷，有了柳宗元的《小石潭记》，有了姚鼐的《登泰山记》。人们向自然索取物质精神是两个相同步的过程，正是这两个永无休止的过程支撑着两个文明的创造，支撑着人类的生存和发展。

我在云南看到过一块平光如镜的大理石，白色的底面上有黑色的图案，是一只猫，正伸出前爪去扑一只翻飞的蝴蝶，线条之清晰、神态之逼真，简直就是一幅人工的素描。其实这也不难理解：你想地层深处的岩浆在昼夜永无休止地滚动，里面有多少个点、多少条线、多少种色块，它们在运动中排列组合，一朝喷出地面凝为岩石就千姿百态，应有尽有。再加上那地面上的水、空中的风，对着山石一下一下地切割、一遍一遍地打磨，这石头又会再变出多少图案、现出多少花纹。只这一块小小的石头就有如此多的文章，其他还有水，有树，有云雾、虹霓，有高山、大漠，有林海、雪原，所有这一切的组合搭配又将会有多少无穷的变化呢？就像一个庞大的交响乐团，本来任取一件乐器来独奏便够迷人的，更何况再把它们组合起来，那将创作出多少伟大的乐章！一位科学家说：把一只猫放在打字机上，只要给它足够的时间，也能打出一部莎士比亚式作品。无穷的组合总会出现最佳的选择。自然的伟大在于它所包藏的因子无穷多，它每日每时不停地变，而且又拥有无尽的时间。这是任何一个人的知识、能力和生命所无法企及的。且不要说单个的人，就是整个人类加起来也不过是它怀里的一个小宝宝。所以苏东坡在《前赤壁赋》里既"哀吾生之须臾，羡长江之无穷"，又终于明白，江上之清风、山间之明月，取之不尽，用之不竭，是造物者之无尽藏也。

人类对取之不尽、用之不竭的大自然是一面索取，一面研究——研究这个神秘体是怎样不断地释放物质、释放美感，然后借此指导人工的物质创造和精神创造的。我们在物质文明方面已经从与自然的相似中得益不浅。飞机与鸟相似，埃菲尔铁塔的结构与人的小腿骨相似，核裂变聚变与太阳这个大火球相似……在艺术创造中，人类也是在苦苦地向自然求着相似。刘海粟十上黄山，"搜尽奇峰打草稿"，文与可胸有成竹，苏州园林浓缩山水，都是师法自然。我们经常把最好的东西称为"天然"、"天工"、"天衣无缝"。自然中永远有我们难以企及的作品，谁能向自然求得一点相似，谁能摸住一点自然之脉，得到一点自然之灵，谁就是那个突然撞开了藏有维纳斯的山洞的顽皮牧童，他的作品，包括诗、词、文、画、音乐、建筑、雕塑等便有新意、有创造，就会突然跃上一个新的高峰。如李白、苏东坡、辛弃疾，当局把他们推出政界，推入山水，终日行无定所，穿行奔波，终于有机会叫他们撞开了某一个机关，文章就有了雄健之气。而王维、陶渊明隐居山中，终日与青松、黄菊相悟禅，文章便得了恬淡之神。大自然总是将它的艺术之灵传给那些最亲近它、最想和它求相通的人。

　　现实生活中并不是每个人都想当艺术家，大多数人对自然只是想求得一点精神的抚慰、一点艺术的享受，这时大自然也表现得一样慷慨。大自然塑造了人，就像画家画好了一幅画。不管这幅画是冷调还是热调，是单色还是多色，画家的胸中却是储着所有的调子、所有的颜色。如果你不满意这一幅，还可以求他修改调整。人是一团不稳定的矛盾：我们的性格有内向、外向；情绪有欢乐、忧伤；工作有紧张、松弛；事业有时春风得意，有时沉沙折戟；理想忽如旭日东升，忽又日暮途穷。幸亏人不是一张凝固的油画，老黑格尔的一大贡献就是在《精神现象学》中揭示了人的这种既是主体又是客体的辩证关系。所以，当我们对自己感觉到有什么不满意时，就可以跳到大自然中去打一个滚。就像山坡上的一头牛犊，在微风中撒一阵欢，跑到泉边喝几口水，再斜着身子到石头上蹭几下痒。细想，我们这一生要在大自然中作多少次的调整、多少次的治疗，要作多少次环境的转换与心灵的补给呢？泰山之雄可使懦夫顿生豪勇，武夷之秀可使宦臣顿生归心。大江东去让人不由追慕英雄伟业，杨柳依依却叫你享受幸福人生。唐太宗说处世有三面镜子，以铜为镜可正衣冠，以古为镜可见兴替，以人为镜可知得失。其实他还少说了一面，以自然为镜可调身心。

　　近年来人与自然和谐的理论不但已经上升到国策，而且已经成了全球的话题。生态平衡、环境保护、遗产保护，逐渐成了人类的共识。旅游已成了各国的一大产业，也成了现代人生活的一大内容。我自己在长期的记者生涯中得与山水为伍，磨鬐斯鬓，深深感受到这种天赐之福与天教之悟。多少次我登上高山，见层林尽染，波起涛涌，真想化作一块石头永立于斯；多少次在海边看大潮起落，万马奔腾，真想化作一朵浪花随波而去。这时我才体会到为什么杜牧要"停车坐爱枫林晚"，陆游欲"一树梅花一放翁"，其与自然相通相融之心多么急切。我变不成石，也变不成浪，但我可以采一块石，撷一朵浪，借此来完成与自然的交流，同时也想把这份美感传达给如我一样热爱自然的人。我生怕自己不能理解它的真谛，所以这种文字总是想得多，写得少；笔记多，成品少。有时一个地方去多次而不敢著一字，一篇文章改一年、两年也不敢送出去，所以产品极少。从20世纪80年代初开始写山水文字到现在才结成这么一个专集，还不知道是否摸准了自然的脉搏。谨献于读者，以期指正。

目 录

名胜留影

播绿者　爱绿人

高山之上

泰山——人向天的倾诉

　　我曾游黄山，却未写一字，其云蒸霞蔚之态，叫我后悔自己不是一名画家。今我游泰山，又遇到这种窘态。其遍布石树间的秦汉遗迹，叫我后悔没有专攻历史。呜呼，真正的名山自有其灵，自有其魂，怎么用文字描述呢？

　　我是乘着缆车直上南天门的。天门虎踞两山之间，扼守深谷之上，石砌的城楼横空出世，门洞下十八盘的石阶曲折明灭直下沟底，那本是由每根几吨重的大石条铺成的四十里登山大道，在天门之下倒像一条单薄的软梯，被山风随便吹挂在绿树飞泉之上。门楼上有一副石刻联："门辟九霄，仰步三天胜迹；阶崇万级，俯临千嶂奇观。"我倚门回望人间，已是云海茫茫，不见尘寰。入门之后便是天街，这便是岱顶的范围了。天街这个词真不知是谁想出来的。云雾之中一条宽宽的青石路，路的右边是不见底的万丈深渊，填满了大大小小的绿松与往来涌动的白云。路的左边是依山而起的楼阁，飞檐朱门，雕梁画栋。其实都是些普通的商店饭馆，游人就踏着雾进去购物，小憩。不脱常人的生活，却颇有仙人的风姿，这些天上的街市。

　　渐走渐高，泰山已用她巨人的肩膀将我们托在凌霄之中。极顶最好的风光自然是远眺海日，一览众山，但那要碰到极好的天气。我今天所能感受到的，只是近处的石和远处的云。我登上山顶的舍身崖，这是一块百十平方米的巨石，周围一圈石条栏杆，崖上有巨石突兀，高三米多，石旁大书瞻鲁台，相传孔子曾在此望鲁都曲阜。凭栏望去，远处凄迷朦胧，不知何方世界，近处对面的山或陡立如墙，伟岸英雄，或奇峰突起，逸俊超拔。四周怪石或横出山腰，或探下云海，或中裂一线，或聚成一簇。风呼呼吹过，衣不能披，人几不可立；云急急扑来，一头撞在山腰上就立即被推回山谷，被吸进石缝。头上的雨轻轻洒下，洗得石面更黑更青。我曾不止一次地在海边静观那千里狂浪怎样在壁立的石岸前撞得粉碎，今天却看到这狂啸着似乎要淹没世界的云涛雾海，一到岱顶石前，就偃旗息鼓，落荒而去。难怪人们尊泰山为五岳之首，为东岳大帝。一般民宅前多立一块泰山石镇宅，而要表示坚固时就用稳如泰山。至少，此时此景叫我感到泰山就是天地间的支柱。这时我再回头看那些象征坚强生命的劲松，它们攀附于石缝间不过是一点绿色的苔痕；看那些象征神灵威力的佛寺道观，填缀于崖畔岩间，不过是些红黄色的积木。倒是脚下这块曾使孔子小天下的巨石，探于云海之上，迎风沐雨，向没有尽头的天空伸去。泰山，无论是森森的万物还是冥冥的神灵，一切在你的面前都是这样的卑微。

这岱顶的确是一个与天对话的好地方。各种各样的人在尘世间活久了，总想摆脱地心的吸力向天而去。于是他们便选中了这东海之滨、齐鲁平原上拔地而起的泰山。泰山之巅并不像一般山峰尖峭锐立，顶上平缓开阔，最高处为玉皇顶。玉皇顶南有宽阔的平台，再南有日观峰，峰边有探海石。这里有平台可徘徊思索，有亭可登高望日，有许多巨石可供人留字，好像上天在它的大门口专为人类准备了一个觐见的丹墀，好让人们诉说自己的心愿。我看过几个国外的教堂，你置身其中仰望空阔阴森的穹顶及顶窗上射进的几丝阳光，顿觉人的渺小，而神虽不可见却又无处不在，紧攥着你的魂灵。但你一出教堂，就觉得刚才是在人为布置好的密室里与上帝幽会。而在岱顶，你会确实感到"天接云涛连晓雾，星河欲转千帆舞"，"闻天语，殷勤问我归何处"。不是在密室而是在天宫门口与天帝对话。同是表达人的崇拜，表现人与神的相通，但那气魄、那氛围、那效果迥然不同。前者是自卑自怯的窃窃私语，后者是坦诚大胆的直抒胸臆，不但可以说，还可以写，而天帝为你准备好的纸就是这些极大极硬的花岗石。

这里几乎无石不刻，大者洗削整面石壁，写洋洋文章；小者暗取石上缓平之处，留一字两字。山风呼啸，石林挺立，秦篆汉隶旁出左右。千百年来，各种各样的人们总是这样挥汗如雨、气喘吁吁地登上这个大舞台，在这里留诗留字，借风势山威向天倾诉自己的思想，表达自己的意志。你看，帝王来了，他们对岱岳神是那样的虔诚，穿着长长的衮服，戴着高高的皇冠，又将车轮包上蒲草，不敢伤害岱神的一草一木，下令"不欲多人"，以"保灵山清洁"。他们受命于天，自然要到这离天最近的地方，求天保佑国泰民安。玉皇顶上现存最大的一面石刻就是唐玄宗在开元十三年（725）东封泰山时的《纪泰山铭》，高 13.2 米，宽 5.3 米，共 1 008 个字。铭曰："维天生人，立君以理。维君受命，奉天为子，代去不留，人来无已……"从赫赫高祖数起，大颂李唐王朝的功德。一面要扬皇恩以安民，一面又要借天威以佑君，帝王的这种威于民而卑于天的心理很是微妙。他们越是想守住天下，就越往山上跑得勤，据传，汉武帝就来过七次，清乾隆就来过十一次。在中华大地的万千群山中唯有泰山享有这种让天子叩头的殊荣。除了一国之主外，凡关心中华命运的人又几乎没有不来泰山的。你看诗人来了，他们要借这山的坚毅与风的狂舞铸炼诗魂。李白登高狂呼"天门一长啸，万里清风来"。杜甫沉吟着"会当凌绝顶，一览众山小"。志士来了，他们要借苍松、借落日、借飞雪来寄托自己的抱负。一块石头上刻着这样一首诗："眼底乾坤小，胸中块垒多。峰项最高处，拔剑纵狂歌。"将军来了，徐向前刻石："登高壮观天地间。"陈毅刻石："泰岳高耸万山从。"还有许多字词石刻，如："五岳独尊"、"最高峰"、"登峰造极"、"擎天捧日"、"仰观俯察"等等。其中"果然"两字最耐人寻味。确实，每个中国人未来泰山之前谁心里没有她的尊严、她的形象呢？一到极顶，此情此景便无复多说了。

《纪泰山铭》

　　我想，要造就一个有作为、有思想的人，登高恐怕是一个没有被人注意却在一直使用的手段。凡人素质中的胸怀开阔、志向远大、感情激越的一面确实要借凭高御风、采天地之正气才可获得。历代帝王争上泰山除假神道设教的目的外，从政治家的角度，他要统领万众治国安邦也得来这里饱吸几口浩然之气。至于那些志士、仁人、将军、诗人，他们都各怀着自己的经历、感情、志向来与这极顶的风雪相孕化，拓展视野，铸炼心剑，谱写浩歌，然后将他们的所感所悟镌刻在脚下的石上，飘然下山，去成就自己的事业。

　　看完极顶我们步行缓缓下山，沉在山谷之中。两边全是遮天的峰峦和翠绿的松柏。刚才泰山还把我们豪爽地托在云外，现在又温柔地揽在怀中了。泉水顺着山势随人而下，欢快地一跌再跌，形成一个瀑布、一条小溪，清亮地漫过石板，清音悦耳，水气蒸腾。怪石也不时地或卧或立横出路旁。好水好石又少不了精美的刻字来画龙点睛。万年古山自然有千年老树，名声最大的是迎客松和秦松。前者因其状如伸手迎客而得名，后者因秦始皇登山避雨树下而得名。在斗母宫前有一株汉代的"卧龙槐"，一断枝横卧于地伸出十多米，只剩一片树皮了，但又暴出新枝，欣欣向上，与枝下的青石同寿。如果说刚才泰山是以拔地而起的气概来向人讲解历史的沧桑，现在则以秀丽深幽的风光掩映着悠久的文明。我踏着这条文化加风景的山路一直来到此行预定的终点——经石峪。

经石峪，因刻石得名，就是石头上刻有经文的山谷。离开登山主道有一小路向更深的谷底蜿蜒而下，碎石杂陈，山树横逸，过一废亭，便听见流水潺潺。再登上几步台阶，有一亩地大的石坪豁然现于眼前。最叫人吃惊的是，坪上断断续续刻着斗大的经文。这是一部完整的《金刚经》，经岁月风蚀现存 1 067 个字。我沿着石坪仔细地看了一圈，这是一个季节性河槽，流水长年的洗刷，使河底形成一块极好极大的书写石板。这部经刻大约成于北齐年间。历代僧人就用这种独特的方式来表达自己的信仰。我在祖国各地旅行常常惊异于佛教信仰的力量和佛教徒表达信仰的手段。他们将云冈、敦煌的山挖空造佛，将乐山一座石山改造成坐佛，将大足一条山沟里刻满佛，现在又在泰山的一条河沟里刻满了佛经。那些石窟是要修几百年经几代人才能完成的。这部经文呢？每字半米见方，入石三分，字体古朴苍劲。我想虽用不了几百年，可顶着烈日，挥汗如雨，在这坚硬的花岗石上一天也未必能刻出一两个字。中国的书有写在竹简上的，写在帛上、纸上的，今天我却看到一部名副其实的石头书。我在这本大书上轻轻漫步，生怕碰损它那已历经千年风雨的页面。我低头看那一横一竖，好像是一座古建筑的梁柱，又像古战场的剑戟，或者出土的青铜器。我慢慢地跪下轻轻抚摸这一点一捺，又舒展身子躺在这页大书上，仰天沉思。四周是松柏合围的山谷，头上蓝天白云如一天井，泉水从旁边滑过，水纹下映出"清音流水"的刻字。我感到一种无限的满足。一般人登泰山多是在山顶上坐等日出，大概很少有人能到这偏僻深沟里的石书上睡一会儿的。躺在书上就想起赫尔岑有一句关于书的名言："书——是这一代对另一代的精神上的遗训。"泰山就是我们的先人传给后人的一本巨书。造物者造了这样一座山，这样既雄伟又秀丽的山体，又特意在草木流水间布了许多青石。人们就在这石上填刻自己的思想，一代一代，传到现在。人与自然就这样合作完成了一件杰作。难怪泰山是民族的象征，她身上寄托着多少代人的理想、情感与思考啊！虽然有些已经过时，也许还有点陈腐，但却是这样的真实。这座石与木组成的大山对创造中华民族的文明史是有特殊贡献的。谁敢说这历代无数的登山者中，没有人在这里顿悟灵感，而成其大业的呢？

天将黑了，我们又匆匆下到泰安城里看了岱庙。这庙和北京的故宫一个格式，只是高度低了三砖。可见皇帝对岱神的尊敬。庙中又有许多碑刻资料，塑像、壁画、古木、大殿，这些都是泰山的注脚。在中国就像只有皇帝才配有一座故宫一样，哪还有第二座山配有这样一座大庙呢？庙是供神来住的，而神从来都是人创造的。岱岳之神则是我们的祖先，点点滴滴倾注自己的信念于泰山这个载体，积数千年之功而终于成就的。他不是寺院里的观音，更不是村口庙里的土地、锅台上的灶君，是整个民族心中的文化之神，是充盈于天地之间数千年的民族之魂。我站在岱庙的城楼上，遥望夕阳中的泰山，默默地向她行着注目礼。

（1990 年 1 月）

冬日香山

　　要不是有公务，谁会在这天寒地冻的时节来香山呢？可话又说回来，要不是恰在这时来，香山性格的那一面，我又哪能知道呢？

　　开三天会，就住在公园内的宾馆里。偌大个公园为我们所独享，也是一种满足。早晨一爬起来我便去逛山。这里我春天时来过，是花的世界；夏天时来过，是浓荫的世界；秋天时来过，是红叶的世界。而这三季都游客满山，说到底是人的世界。形形色色的服装，南腔北调的话音，随处抛撒的果皮、罐头盒，手提录音机里的迪斯科音乐，这一切将山路林间都塞满了。现在可好，无花，无叶，无红，无绿，更没有多少人，好一座空落落的香山，好一个清静的世界。

香山顶上的香炉峰

　　过去来时，路边是夹道的丁香，厚绿的圆形叶片，白的或紫的小花；现在只剩下灰褐色的劲枝，枝头挑着些已弹去种子的空壳。过去来时，山坡上是些层层片片的灌木，扑闪着自己霜红的叶片，如一团团的火苗，在秋风中翻腾；现在远望灰蒙蒙的一片，其身其形和石和土几乎融在一起，很难觅到它的音容。过去来时，林间树下是丰厚的绿草，绒绒地由山脚铺到山顶；现在它们或枯萎在石缝间，或被风扫卷着聚缠在树根下。如果说秋是水落石出，冬则是草木去而山石显了。在山下一望山顶的鬼见愁，黑森森的石崖，蜿蜒的石路，历历在目。连路边的巨石也都像是突然奔来眼前，过去从未相见似的。可以想见，当秋气初收、冬雪欲降之时，这山感到三季的重负将去，便迎着寒风将阔肩一抖，抖掉那些攀附在身的柔枝软叶；又将山门一闭，推出那些没完没了的闲客；然后正襟危坐，巍巍然俯视大千，静静地享受安宁。我现在就正步入这个虚静世界。苏轼在夜深人静时游承天寺，感觉到寺之明静如处积水之中，我今于冬日游香山，神清气朗如在真空。

　　与春夏相比，这山上不变的是松柏。一出宿处的后门就有十几株两抱之粗的苍松直通天穹。树干粗粗壮壮，溜光挺直，直到树梢尽头才伸出几根遒劲的枝，枝上挂着束束松针，该怎样绿还是怎样的绿。树皮在寒风中呈紫红色，像壮汉的脸。这时太阳从东方冉冉升起，走到松枝间却寂然不动了。我徘徊于树下又斜倚在石上，看着这红日绿松，心中澄静安闲如在涅。觉得胸若虚谷，头悬明镜，人山一体。此时我只感到山的巍峨与松的伟岸，冬日香山就只剩下这两样东西了。苍松之外，还有一些新松，栽在路旁，冒出油绿的针叶，好像全然不知外面的季节。与松做伴的还有柏树与翠竹。柏树或矗立路旁，或伸出于石岩，森森然，与松呼应；翠竹则在房檐下山脚旁，挺着秀气的枝，伸出绿绿的叶，远远地做一些铺垫。你看它们身下那些形容萎缩的衰草败枝，你看它们头上的红日蓝天，你看那被山风打扫得干干净净的石板路，你就会明白松树的骄傲。它不因风寒而筒袖缩脖，不因人少而自卑自惭。我奇怪人们的好奇心那么强，可怎么没有想到在秋敛冬凝之后再来香山看看松柏的形象。

当我登上山顶时，回望远处，烟霭茫茫，亭台隐隐，脚下山石奔突，松柏连理，无花无草，一色灰褐。好一幅天然焦墨山水图。焦墨笔法者，舍色而用墨，不要掩饰只留本质。你看这山，她借着季节相助舍掉了丁香的香味、芳草的倩影、枫树的火红，还有游客的捧场，只留下这常青的松柏来做自己的山魂。山路寂寂，阒然无人。我边走边想，比较着几次来香山的收获。春天来时我看她的妩媚，夏天来时我看她的丰腴，秋天来时我看她的绰约，冬天来时却有幸窥见她的骨气。她在回顾与思考之后，毅然收起了那些过眼繁花，只留下这铮铮硬骨与浩浩正气。靠着这骨这气，她会争得来年更好的花、更好的叶，和永远的香气。

香山，这个神清气朗的冬日。

（1988 年 12 月）

清凉世界五台山

盛夏7月，我驾车来到山西的东北部，前往仰慕已久的佛教圣地——五台山。

五台山，许久以来在我心里有着一种神秘的色彩。常听说在五台山拜佛求愿是十分灵验的，也时不时听说某位朋友又去五台山还愿去了。似乎大家对到五台山求愿灵验后要去还愿是有共识的。我虽不是佛教信徒，但也常怀一颗常人崇拜圣灵之心，无缘之中似乎欠着五台山一点未了之情。如今，我终于来到了五台山的中心——台怀镇。

五台山为太行山的支脉，由东西南北中五大主峰环抱而成，五座高峰耸立，峰顶平坦宽阔，如垒似台，故称五台。五座山峰以台定名，东台望海峰，西台挂月峰，南台锦绣峰，北台叶斗峰，中台翠岩峰。五台中最高的是北台叶斗峰，海拔3 061.1米，是我国华北地区最高的山峰，有"华北屋脊"之称。五台山顶气温很低，甚至炎夏飞雪，故又名清凉山。五台山的自然风光固然奇丽，然而它之所以名播海内外，是因为它一直被奉为中国四大佛教名山（另三座是峨眉山、九华山、普陀山）之首。

五台山五峰之外称台外，五台之内称台内，台内以台怀镇为中心。小小的台怀镇上，到处都是游人和香客，当然也到处都是宾馆饭店。走在镇上，名山灵气扑面而来。这里四面环山，满山青松翠柏，数不清的寺庙依山分布在台怀镇周围，一座大白塔在蓝天白云的沐浴下显得格外雄伟壮观，那就是塔院寺的大白塔，塔高50余米。时见僧人正在庙宇之间一步一叩，我方知除了藏传佛教的藏区以外，这里也一样有五体投地苦行僧式的朝拜。

五台山叶斗峰

　　五台山建庙历史很久远，据记载：寺院始于汉明帝，盛于唐，清朝尤为鼎盛。原有寺院360座，现存124处；而唐以来的各代寺庙尚存47座，堪称世界古建艺术宝库。1257年，西藏名僧八思巴到五台山朝礼，喇嘛教开始传入五台山，形成汉传佛教与藏传佛教并存、"青庙"与"黄庙"同兴的盛况。五台山名刹古寺依山而建，相对集中，高低有序，鳞次栉比，佛教文化、古建筑与自然环境融为一体，成为研究中国宗教文化艺术的一块宝地，称五台山为中国佛教四大名山之首，名副其实。

　　五台山地区现存的124座寺庙分布在方圆百公里的范围内，如果只是粗略游完现有寺庙至少需要两个月的时间，若"大朝台"，即所谓五台登顶，则困难更大。从朝拜的僧人那了解到，能走遍全部寺庙并登上五座台顶的人很有限，一般人是很难全部走遍的，只有少数极其虔诚、持之以恒的僧人才能做到。相传，乾隆皇帝每次来五台山都想亲至台顶进香拜佛，均被风雪阻拦。乾隆四十六年（1781）春，他向曾在中台演教寺住过20年的黛螺顶的青云和尚询问登台事宜。青云和尚将台顶变化多端的气候如实禀告乾隆。台顶气候异常恶劣。五台之一的中台，一年有 8 个月降雪。而华北最高峰海拔 3 061.1 米的北台更甚，这里 8 月见雪，5 月解冻。据气象资料记载，五台台顶气温年平均为－2℃，极端最高气温只有 20℃，最低气温达－44.8℃。7 月份最热，平均气温为 9.5℃；1 月份最冷，月平均气温为－19℃。

据说乾隆知道难以登台顶后，便给青云和尚出了道难题：五年后再来时，既不登台顶，又要朝拜五台文殊。青云和尚在弟子的帮助下，将东台顶的聪明文殊、西台顶的狮子吼文殊、南台顶的智慧文殊、北台顶的无垢文殊、中台顶的孺童文殊，合塑于五文殊殿内。乾隆五十一年（1786）3月，乾隆来此殿进香，朝拜五台文殊，大喜，遂亲笔题诗一首。此诗刻制在黛螺顶碑记的背后。现在黛螺顶寺院山门前有牌楼一座，石狮一对，内有乾隆帝御制黛螺顶碑记一幢。黛螺顶风景幽雅，高瞻远瞩，整个台怀镇寺庙群尽收眼底。正是五台文殊像在黛螺顶的建成，使得人们不用转遍五台也可以朝拜五台文殊，因此这里被叫做“小朝台”，成为游人香客的必到之处。

徜徉在一所所历史久远的寺庙之中，遥望着一座座金碧辉煌的殿宇，凝视那阳光在绿荫中留下的点点光斑，聆听暮鼓晨钟木鱼经声，仿佛置身于冥冥之境，体会着时光恍然，神龙盘旋，唯愿大慈大悲，平安祝福，一切仿佛又是昨天。

时间有限，根据资料上的推荐，我重点游览了黛螺顶、显通寺、塔院寺、龙泉寺、镇海寺、南山寺、殊像寺、五爷庙、观音洞等有代表性的寺院，还驾车登上了最高的北台顶——叶斗峰，完成了我至少登上一台顶的心愿。去往北台顶的一路之上，山路盘旋惊险，一侧是绝壁深渊，一侧是绿树青松，溪水淙淙。山顶的云，青青淡淡，如梦如烟；山间的树，挺拔修丽，青翠欲滴；山中的水，清流生凉，幽雅并生。盛夏登上北台顶，虽然阳光直射，还是顿生寒意。放眼望去，真个是千嶂尽去，万里无碍，天造地化，一览无遗。置身这佛教圣山之巅，心灵如洗，堪为这天人合一的自然和谐所征服。

走遍五台山，细细品味五台山的历史文化，似有时光倒流、返璞归真之感。历史之厚重、人文之精华、佛教文化之精髓，这一切，怎不叫人赞叹江山之锦绣、文化之璀璨、天地之和谐？

在离开五台山之际，似已如释重负，心中也坦然了许多。回首望去，高耸的白塔、气势磅礴的寺庙建筑群、漫山遍野的苍松翠柏已浑然一体，好似一幅壮丽的山水长卷。我向渐渐模糊的圣地再一次深情地挥挥手：再见，佛教圣地五台山！再见，夏日的清凉世界。

（1984 年 1 月）

九华山悟佛

到九华山已是下午，我们匆匆安顿好住处便乘缆车直上天台。缆车缓缓而行，脚下是层层的山峦和覆满山坡、崖脚的松柏、云杉、桂花、苦楝，最迷人的是那一片片的翠竹，黄绿的竹叶一束一束，如凤尾轻摆，在黛绿的树海中摇曳，有时叶梢就探摸到我们的缆车，更有那些当年的新竹，竹杆露出茁壮的新绿，竹尖却还顶着土色的笋壳，光溜溜地，带着一身稚气直向我们的脚底刺来。

天台顶是一平缓的山脊，有巨石，石间有古松，当路两石相挤，中留一缝，石壁上有摩崖大字"一线天"。侧身从石缝中穿过，又豁然一平台。台对面有奇峰突起，旁贴一巨石，跃然昂首，是为九华山一名景"老鹰爬壁"。壁上则有松八九棵，抓石而生，枝叶如盖。登台俯望山下，只见松涛竹海，风起云涌。偶有杜鹃花盛开于万绿丛中如火炽燃。遥望山峰连绵弯成一弧，如长臂一伸，将这万千秀色揽在怀中。远处林海间不时闪出一座座白色的或黄色的房子，是些和尚庙或者尼姑庵。我心中默念好一湾山水，好一湾竹树。

流连些时候，我们踏着一条青石小路走下山来，这时薄暮已渐渐浸润山谷，左手是村落小街，右手是绿树深掩着的山涧，唯闻水流潺潺，不见溪在何处。山风习习，宁静可人，大家从都市走来，每个人都感觉到了一种久违了的静谧，谁也不说话，只是默默地享受。这时左边一个小院里突然走出一位老人，手持一个簸箕，着一身尼姑青衣，体形癯瘦，满脸皱纹，以手拦住我们道："善人啊，菩萨保佑你们全家平安，快请进来烧炷

九华山

香。"我一抬头才发现这是一个尼姑庵，大家好奇，便折身跟了进去。老妇人高兴得嘴里不住地念道："好人啊，贵人啊，菩萨保佑你们升官发财。"这其实是一间普通的民房，外间屋里供着一尊观音像，设一只香炉，一个蒲团。墙脚堆满一应农家用具，观音被挟持其中。我探身里屋，是一个灶房。我们向功德箱里丢了几张票子，便和老妇人聊了起来。老人 69岁，原住山下，来这里已 7 年。家里现有两个儿子、两个孙子。我说："现在村里富了，你为什么不回去抱孙子？"她说："儿媳妇骂得凶，说我出来了就别想再回去。""儿子来不来看你？""不来。他让我修行，说怎么都行，就是不许剃发。"老妇人指指自己稀疏的白发，一再解释。"香火好吗？""哪有什么香火？你不请，人就不进来。"我看一眼院子，有水井、桶杖之类，可想她一人生活的艰难。同行的两位女同志唏嘘不已，我也心中悒悒。下山时我便更留意街上的情景。整个山镇全是些大大小小的取了各种名字的庙庵、精舍、茅棚。许多还是新盖的，墙都刷成刺目的白色或黄色，门口贴副带佛味的对联，大门内供尊佛像，隐约香烟缭绕。原来这里的人世代以佛为生，人家竟以佛事相传。过一中等"精舍"，一着僧衣者立于门前与人闲话。我稍一搭讪，他便热烈地介绍开来。原来这大大小小的庙庵全山竟有七百多家，有的是正规管理的庙，而绝大部分都是起个名字就称佛、摆台香炉就迎客的"私"庙。宛如城里人，将自己临街的门窗打开，就是个小店。下山后我在招待所里谈及此事，一位当地人说："嘿！你还不知道，有的干脆就是两口子，白天男人穿上僧衣，女人穿上尼姑服，各摆一个功德箱，晚上并床睡觉，打开箱子数钱。"我一时语塞，不由联想起刚才那老妇人一再自我表白"儿子不让我削发"，大约怕我们以之为假。

第二天一早，我们即去拜谒这山上的名刹祇园寺。一进庙，见和尚们匆匆奔走，如有军情。一队老僧身披袈裟折入大雄宝殿，几个年轻一点的跑前跑后，就像我们地方上在开什么大会或者搞什么庆典。更奇怪的是一些俗民男女也匆匆进入一个客堂，片刻后又出来，男的油发革履之间裹一件僧袍，女的则缠一袭尼衣，唯露朱唇金坠和高跟皮鞋，僧俗各众进入大雄宝殿后，前僧后俗站成数排。只见前侧一执棒老僧击木鱼数下，殿内便经声四起，嗡嗡如隐雷。那些披了僧袍尼衣的俗民便也两手合十跟着动嘴唇。大殿两侧有条凳，是专为我们这些更俗一些的旁观游客准备的。我拣条凳子坐下，同凳还有两位中年妇女。一个掩不住地激动，怯生生又急慌慌地拉着那位同伴要去入列诵经，那一位却挣开她的手不去。要去的这位回望一眼佛友，又睁大眼睛扫视一下这神秘、庄严又有几分恐惧的殿堂，三宝大佛端身坐在半空，双目微睁，俯瞰人间。她终于经不住这种压力，提起宽大的尼袍，加入了那二等诵经的行列。我便挪动一下身子，乘机与留下的这位聊了起来。我说："你为什么不去？"她说："人家是为自己的先人做道场，我去给他念什么经。""这个道场要多少钱？""少说也得有几十万。这是一家新加坡的富商，为自己所有的先人做超度，念大悲咒。"我大吃一惊，做一场佛事竟能收这么多的钱！她说："便宜一点也行，出十元钱写个死者的牌位，可在殿里放七天。"她顺手指指大殿的左后角，我才发现那里有一堆牌位叠成的小山。我说："看样子你是在家的居士吧。"她说才入佛门，知之不多。问及身上的尼姑黑袍，她说是在庙上买来的，三十五元一件，凡入这个大殿的信徒，必须穿僧衣，庙上有供应。我这才明白，刚才那帮俗家弟子为什么要到客堂里去，专门来一次金蝉脱壳。这有点像学校里统一制作校服，是规矩但也是一笔可观的生意。

从祇园寺出来我们拾级而上去看山顶上的百岁宫，实际上是一个山洞。相传明代有一无暇和尚来此修行，积 28 年刺舌血写得一部华严经，活到 110 岁坐化，肉身 3 年不腐，门徒奇之，以金裹身，存之至今。因为是真身所在，这里香火更旺。我们到时这里也正大做道场，问及价目，曰每场 20 万元。山顶风景无他，只是大兴土木，满地砖木沙石，碍脚碍眼。庙门前空地上几个石匠正在叮叮当当地刻功德牌。路边小店起劲地放着念经的录音带，高声叫卖木鱼、念珠之类的法物。梵音与市声齐飞，游客共香客一体。我们缓缓下山，走几步就会碰到扛着木头或担着砖瓦的山民，这些苦力不时停下来将木料拄地，擦着汗水。但是他们不肯静下来休息，而是向每一个擦身而过的游客伸出手："菩萨保佑，行个好，给个茶水钱。钱给了修庙人比买了香火还灵。"一种矛盾的心理立即攫住了我的心，见苦而不救，有违人心；鼓励乞讨，又助长歪风。这种层层的堵截使人大为扫兴，那些佛心重、心肠软者更是被弄得十分尴尬，只要给了一个就会有两个、三个上身。我立即想起在印度访问时的情景，回国后愤而写了一篇《到处伸出一双乞讨的手》，想不到今天在国内的圣地名山又重陷那时的窘境。但我的心还是硬不起来，就与一个扛木头的山民聊了起来，知道他们的工钱是每扛百斤可得四元三角，是够苦的，便顺手掏出一张票子，那人的脸立即笑得像一朵花。可是我并没有一丝做了善事的喜悦。下山后又接着看了地藏王殿，这是九华山的主供菩萨，主管阴间轮回之事，殿内经声嗡嗡，木鱼声声。门口有一位边吃饭边当值的小僧，我问这里可做道场，他翻我一眼说："这是地藏王亲自住的地方，他专管超度，怎么会不做？"很怪我的无知。问及价码，700元到20万元不等。下山时我们从九华街穿过，路过两间储蓄所，见柜上都有和尚在存钱。从背后望去，其双手举在柜上，头向前探，腰板就拔得更直，僧袍也更显得挺括岸然。

中午吃饭时我心里总是不悦。中国四大佛教名山，前三个五台、峨眉、普陀，我早已去过，唯有九华心仪已久，不想今天却得了一个铜臭味极浓的印象。钱这个东西像流水，赚钱聚财如挖渠。有人挖工业之渠，借产品赚钱；有人挖农业之渠，借菜粮赚钱；有人挖商业之渠，借流通赚钱；另有书报、娱乐、旅游、饮食甚至赌博、色情，皆因各人所好而设专渠。这个世界上是处处挖渠，处处设坑，借高水低流之势，把你口袋里的那一点积蓄都要滴引过来，聚而敛之。但今天令我吃惊的是，向以慈悲、普度、舍身、苦行为本的佛，也自己或允许别人在这方圆百公里的九华山腹地引了这么多的渠，挖了这么大的坑。你看那山上卖香的，路边卖佛的，九华街上卖饭开店的，遍山开庙开庵的，拦路行乞的，据说还有经营墓地的。我突然感到昨天在山顶所陶醉的一湾山树，一湾翠竹，竟是一湾欲海。在薄暮时分于茂林修竹间所用心体会的淙淙细泉，原来都向着这个大海流了过来。我们仿佛不是来游山，不是来欣赏山水的美，而是被人招来送钱的，宛如河面上随波逐流的一片落叶。

午饭后我怀着怅然若失的心情下山。车到山口，闪过一湾翠竹和一棵枝叶如盖遮着半天的大树。树下露出了一座黄墙青瓦的古寺。这也是一座上了九华名刹榜的大庙，叫甘露寺，同时也是九华山佛学院。肃穆之象不由我驻车凭吊。正当中午，僧人午休，整座大庙寂然如灭，使人顿生忽入空门之感。大殿上杳无一人，唯几炷香袅袅自燃，几排坐禅的蒲团静列成行。佛祖端坐半空，目澄如水，静观大千。殿柱上挂有戒牌，上书《九华山佛学院坐禅规则》："进禅堂心平气和，万缘放下……"廊柱上有《僧伽壁训》："为僧首要老实，接物必重慈悲……"右侧为饭堂，十数排桌凳，原木原色，古拙简朴。桌上每隔二尺之远反扣两个碗，清洁照人。墙上有许多戒条都是当思一餐不易，一粒难得之语。饭厅之侧有平台，上植花木，红花绿叶。一小树干上悬一偈牌，上书："绿竹黄花即佛性，炎日皓月照禅心。"我顿觉佛无处不在。我们这样穿堂入室在大庙中随意行走，偶遇一二僧人也目不斜视，既不怕我们为偷为盗，也不把我们喜作上门的财神，心情比在山上时愉悦多了。返到大殿，我虽不信佛，还是双手合十对着佛像拜了三拜，口中说道："这才是真佛。"

从庙里出来继续下山，车子弯过一弯又一弯，峰峦叠翠，竹影绵绵。我想佛教到底是高深莫测，处处随缘，可以是立见现钱的摇钱树，也可以是一本悟不透的哲学书。你可以马上掏钱换一个安慰，换一个虔诚；也可以无限追求，以情以性去悟那四大皆空、永无止境的佛理佛心。

（1995 年 8 月）

武夷山——我的读后感

　　名山也已登过不少，但当我有缘作武夷之游时，却惊奇地发现这次却不劳攀援之苦，只要躺在竹筏上默读两岸的群山就行。只这一点就足够迷人了。

　　山村码头，长虹卧波的石桥下一条碧绿的溪水缓缓飘来。两岸群山将自己突兀的峰岩或郁葱的披发投入清澈的溪中。我们跳上一条竹筏，船工长篙一点，悠悠然滑向平如镜面的河心。河并不宽，一般也就三五十米，两旁山上的草木与崖上的石刻全看得清；水并不深，大都一篙见底，清得连水草石砾都看得分明；流也不急，长十四公里，落差才十五米，可任筏子自己随便去漂。只是弯子很多，可谓九曲十八弯。但这正是她的妙处，在有限的空间里增加了许多的容量，溪流围着山前山后地转，两岸的层峦叠嶂就争着显示自己的妩媚。

　　我半躺在筏上的竹椅里，微醉似地看两边的景色，听筏下汩汩的水声。耳边是船工喃喃的解说，这石、那峰、天王、玉女，还有河边的"神龟出水"，山坡上的"童子观音"。山水毕竟是无言之物，一般人耐不得这种寂寞，总要附会出一些故事来说。我却静静地读着这幅大水墨。

　　这两边的山美得自在，当她不披绿裳时，硬是赤裸得一丝不挂，本是红色的岩石经多年的氧化镀上了一层铁黑，水冲过后又留下许多白痕，再湿了她当初隆起时的皱褶，自然得可爱，或蹲或立，你会联想到静卧的雄狮、将飞的雄鹰或纯真的顽童、憨厚的老农，全无一点尘俗的浸染。但大多数山还是茂林修竹，藤垂草掩，又显出另一番神韵。筏子拐过一两道弯，河就渐行渐窄，山也更逼近水面，氤氲葱郁，山顶的竹子青竿秀枝，成一座绿色的天门阵，直排上云天，而半山上的松杉又密密匝匝地挤下来。偶有一枝斜伸到水面，那便是姜子牙无声的垂竿。浓密的草窝里会突然冒出一树芭蕉，阔大的叶片拥着一束明艳的鲜花，仿佛遗世独立的空谷佳人。河没有浪，山没有声，只有夹岸迷蒙的绿雾轻轻地涌动。水中起伏不尽的山影早已让细密的水波谱成一首清亮的渔歌，和着微风在竹篙的轻拨慢拢中飘动。这时山的形已不复存在，你的耳目也已不起作用，如朱自清在《荷塘月色》中仿佛听到了"梵婀铃上奏着的名曲"，我这时也只凭感觉来捕捉这山的旋律了。

武夷山风光

这条曲曲弯弯的溪水美得纯真，是上游五十平方公里的群山中，滴滴雨露轻落在叶上草上，渗入根下土中，然后，沙滤石挤，再溢出涓涓细流，又由无数细流汇成这能漂筏行船的大河。所以这水就轻软得可爱。没有凶险的水涡，没有震山的吼声，只是悄悄地流，静静地淌，逢山转身回秋眸，遇滩蹑足曳翠裙。每当筏子转过一个急弯时，迎面就会扑来一股爽人的绿风，这时我就将身子压得更低些，顺着河谷看出去，追视这幅无尽的流锦，一时如离尘出世，不知何往。在这种人仙参半的境界中，我细品着溪水的清、凉、静、柔，几时享受过这样的温存与妩媚呢？回想与水的相交相识，那南海的狂涛，那天池的冰冷，黄河壶口的"虎啸"，长江三峡的"龙吟"，今天我才找到水之初的原质原貌，原来她"最是那一低头的温柔，不胜凉风的娇羞"。在世间一切自然美的形式中，怕只有山才这样的磅礴逶迤，怕只有水才这样的尽情尽性，怕也只有武夷山水才会这样的相间相错、相环相绕、相厮相守地美在一起，美得难解难分，教你难以名状，难以着墨。我才信山水也是如情人，如名曲，可以让人销魂铄骨的。一处美的山水就是一个暂栖身心的港湾，王维有他的辋川山庄，苏东坡有他的大江赤壁，朱自清有他的月下荷塘，夏丏尊有他的白马湖，今天我也找到了自己的武夷九溪。

筏过五曲溪时，崖上有"五曲幼溪津"几个大字，那幼字的"力"故意写得不出头。原来这幼溪是一个明代人，名陈省，字幼溪，在朝里做官出不了头，便归隐此地来研究《易经》。石上还刻有他发牢骚的诗。细看两岸石壁，又有许许多多的古人题刻，我也渐渐在这幅山水画中读出了许多人物。那个曾带义兵归南宋，"而今识尽愁滋味，欲说还休"的词人辛弃疾，那个"但悲不见九州同"的诗人陆游，那个理学大师朱熹，都曾长期赋闲于此，并留下笔墨。还有那个一代名将戚继光，石壁上也留着他的铮铮诗句："一剑横空星斗寒，甫随平北复征蛮。他年觅得封侯印，愿学幽人住此山。"这是些什么样的人啊，他们是从刀光剑影中杀出来的英雄，是从书山墨海中走过来的哲人，他们每个人的胸中都有一座起伏的山，都有一片激荡的海。可是当他们带着人世的激动，风尘仆仆地走来时，面对这高邈恬静的武夷，便立即神宁气平，束手恭立了。

人在世上待久了，难免有这样那样的烦恼和这样那样的重负。为解脱这一切，历来的办法有二：一是皈依宗教，向内心去求平衡；二是到自然中去寻找回归。苏东坡是最通此道的，所以他既当居士，又寻山访水。但是能如消磁除尘那样，使人立即净化，霎时回归的山水又有几许？苏子月下的赤壁，毕竟是月色朦胧又加了几分醉意，何如眼前这朗朗晴空下，山清水幽，渔歌筏影，实实在在的仙境呢？如果一处山水能以自己的神韵净化人的灵魂，安定人的心绪，启示人生的哲理，使人升华，教人回归，能纯得使人起宗教式的向往，又美得叫人生热恋似的追求，这山就有足够的魅力了，就是人间的天国仙境。我登泰山时，曾感到山水对人的激励，登峨眉时，曾感到山水给人的欢娱，而今我在武夷的怀抱里，立即感到一种伟大的安详，朴素的平静，如桑拿浴后的轻松，如静坐功后的空灵。这种感觉怕只有印度教徒在恒河里洗澡，佛教徒在五台山朝拜时才会有的。我没有宗教的体验，却真正接受了一次自然对人的洗礼。武夷一小游，退却十年愁。对青山明镜，你会由衷地默念：什么都抛掉，重新生活一回吧。难怪这山上专有一处名"换骨岩"呢。

我正庆幸自己在默读中悟出了一点道理，突然眼前一亮，竹筏已漂出九曲溪，水面顿宽，一汪碧绿。回头一望，亭亭玉女峰正在晚照中梳妆，船工还在继续着他那说不完的故事。

（1990 年 11 月）

武当山——人与神的杰作

在武当山旅行最让我震撼的是万山丛中、绝壁之上和古树深处的宫殿。宫殿本是给人住的，给有权的王或皇住的，但不可理解，在这方圆八百里的荒山之中，怎么会有这么多的红墙绿瓦、木柱石梁，甚至还有铜铸、鎏金的大量宫殿。据统计，有 9 宫、8 观、72 庙、27 000 间房。真不知，历史是怎样完成这一杰作的。

武当大兴土木第一人当数朱棣。朱棣是违反封建帝王的传承法则，夺了侄儿的皇位上台的。他在任期间完成了中国建筑史上的两大工程：一是北修故宫，为我们留下了一座中国最尊贵的皇权殿堂；二是南修武当，为我们留下了一处国内最庞大的神权殿堂。史载，为修武当，朱棣运用了江南九省的赋银，30 万工匠，耗时 12 年。现在通行的说法是，他为了借神权来保皇位。可能还有更深一层的意思，这武当山也许是他经营的一个后方战略基地，一个政治陪都。但不管他是什么目的，却为我们留下了一批灿烂的文化遗产。我们只要先看看山上山下的两处大殿就会明白。

太和宫修在海拔 1 612 米的山顶上，规模宏大，明代时已有山门、朝圣殿、金殿等房 520 间，历经风雨、战火，就是现在也还存有 150 多间。它还有一个奇怪的名字——紫禁城，和北京的故宫紫禁城同名，也有一条长长的红色宫墙，将山头最高处全部圈起来，围成一座"皇城"，上顶蓝天，下眺汉水，俯瞰着林海茫茫、白云缭绕的 72 峰。太和宫里最好看的是金殿，整座大殿由黄铜铸成，表面又鎏以赤金。虽为铜铸，却是一座真正的大殿，高 5.5 米，宽 4.4 米，梁上的斗栱榫头、屋脊上的人物走兽、飞檐下的铃铛、四周的大柱围栏，各种构件应有尽有，花格镂空的门窗开合自如，殿内供设一样不少。我轻轻推开殿门，正中是庙的主人真武大帝的坐像，高 1.86 米。传说朱棣命画家为真武造像，画一张，不满意，杀一个画家，如是者数人。后一画家暗悟其意，就照朱棣的神态作画，当即通过。现在满山各庙留下的真武像都是这一个模式。朱棣是个政治强人，南下金陵夺皇位，北扫大漠拓疆土，又下诏修《永乐大典》，文治武功都要占全。他生性残忍，又喜伪装。名儒方孝孺不为他起草诏书，他就以刀抉其口，灭其十族，杀 873 人。但在庙里，有小虫落其衣，他轻放于树说："此物虽微，皆有生理，毋伤之。"你看现在这个"真武大帝"不威自重，静镇八方，还有几分慈祥。这是一个真真切切的人，圆头大耳，无冠，短须，丹眼，龙鼻，腰壮肩阔，以手按膝，凝视前方。更妙的是他身着一件锦袍，体态安详如春，衣纹流畅如水，却于前胸和袖口处露出金属纹的铮铮铠甲。轻衣便服，难掩杀气。这正合朱的身份。这尊神像无论从哪个角度讲都是一件极好的艺术品。它既无一般庙里神像的呆板，也没有帝王像居高临下的霸气，完美地表现了"神"与"皇"的结合。我真佩服这无名艺术家的构思之精和做工之巧。真武神连同旁边的金童玉女等共五尊真人大小的铜像当时在北京铸就，经大运河运到南京，再溯长江而上，又入汉水至武当山下，再搬到这海拔 1 600 多米的金顶上，可想是怎样的费工费时。现在山上还存有朱棣专为运送这批铜像下的圣旨："今命尔护送金殿船只至南京，沿途船只务要小心谨慎。遇天道晴明，风水顺利即行。船上要十分整理清洁。故敕。"后面又补了一句："船要十分清洁，不许做饭。"你看皇帝也这样婆婆妈妈，圣旨公文也不嫌啰唆。今天，当我们读这一段君权神授的故事时，却无意中读出了政治，读出了文化。感谢那些无名的工匠、艺术家，在 600 年前为我们预留下这多建筑、冶炼、雕塑、绘画的标本。

山顶的金殿是武当山海拔最高、施工难度最大的宫殿，以精见长；而山脚下的玉虚宫则是武当山海拔最低、占地最多的宫殿，以大见长。它又名老营宫、行宫，可知这是当年全山施工的大本营，又是驻扎军队的地方，也是皇帝出行办公、休息的地方。朱棣在启动北京故宫工程后四年，开始修玉虚宫，形制全照故宫的样子，只是等比缩小，而且山门、泰山庙、御碑亭等附属建筑越修越多，高峰时达 2 000 多间殿宇，占地 80 多万平方米，后经战火、水患，楼殿、屋宇逐渐荒废坍塌。到 20 世纪 90 年代，平地淤泥已达两米之深，沧海之变，宫墙之内已成了一个庞大的果园。1994 年花了 100 多万元，动用机械清土，这座深宫才大致露出了原貌。

武当山金殿

我一进山门，心灵为之一震，映入眼帘的是一个荒芜的广场，而铺地的巨石每块都有桌面之大。石面油光平滑，可知这里曾经涌过多少膜拜的人流，但石缝中钻出的荒草又告诉你，它已熬过不知多少年的寂寞。广场的尽头是巍峨的宫殿轮廓和红色的残垣断壁，衬着绵绵的远山，令人想起万里长城或埃及沙漠里的金字塔。这是另一个故宫，你脚下就是午门外的广场，只是多了一分岁月的悲凉。与北京故宫不同，院里多了四座碑亭。

我从来没见过这么大的碑和亭，过去所见庙里、陵前的碑亭也不过就是平地竖碑，四角立柱，搭顶遮雨而已。而眼前，先要踏上几十级台阶才能上到亭座，这时仰观亭身，墙高 9 米多，厚 2.6 米，一样的红墙绿瓦，只是顶子已经塌落，成了一个天井，越过墙头的高草矮树，露出一方蓝天白云。实际上这就是一个小的宫殿，里面端立着一扇冰冷的石碑，宛如庙里的神像。这碑也特别的巨大，重约 100 多吨，只驮碑的赑屃就高过人头。每面碑上刻有一道圣旨，第一道是讲要严肃山规，"一应往来浮浪之人，并不许生事喧聒，扰其静功，妨其办道"；第二道是讲这宫建成后如何灵验，"告成之日，神屡显像，祥光烛霄，山峰腾辉"。站在亭上北望，是广场、金水桥、玉带栏杆和巍峨的大殿，不亚于北京故宫的排场。可以设想，皇帝出行到此，这玉虚宫内外仪仗銮驾，山呼万岁，君权神授，何等威风。但是这豪华的行宫未能等到它主人的到来，朱棣在永乐二十二年（1424）死于北征途中。

朱棣死后，明清两代直至民国，这出人与神的双簧还在往下演。真武帝的封号越来越大，进香的人越来越多。但无论如何这造神运动也救不了它的主人。自明代以后武当虽越修越大，而中国封建王朝却越来越衰落。但这满山满沟的文化积淀却越来越深厚，到处是建筑、文学、绘画、雕刻、音乐、武术的精品。太子坡景区有一座五云楼，楼高五层，通高 15.8 米，却只由一柱支撑，交叉托起 12 根梁枋，建筑面积达 544 平方米。南岩景区，在半壁悬空为殿，殿外又横空挑出一长近 3 米、重达数吨的石雕龙头，祥云饰身，日光如炬，须髯生动。且不说其做工之精，如何装上去就是一谜。那天，我去寻访一处荒废的旧宫，半路向导说，沟下有一岩洞，披荆拨草，下去一看，洞里竟刻有一幅王维的自画像并一首诗。我望着起伏的沟壑和冉冉的云雾，真不知藏龙卧虎，这里面还有多少艺术的珍宝。

就像慈禧为自己祝寿却给后人留下了一座颐和园，朱棣为自己修家庙，却留下了一座文化武当山。其实，不只是中国这样，你看世界各地的金字塔、泰姬陵、希腊神庙等，那些为皇、为王、为神造的宫殿、教堂、园林，最终都逃离了它的主人，而回到了文化的怀抱。历史总是在重复这样的故事，王者借手中的权力，假神道设教，造神佑主，而忘了打扮神灵时绝离不开艺术。于是神就成了艺术的载体，而那些被奴役的工匠倒成了艺术创作的主体。历史不以英雄的意志为转移，总是按它的取舍标准，有时"买椟还珠"，舍去该舍的，留下该留的。

武当山 1994 年被联合国列入世界文化遗产名录。

（《人民日报》2011 年 11 月 1 日）

芦芽山记

山西多山，太行、吕梁纵贯南北，分卧东西，全省境内几乎无平地。其间较著名者有历代皇帝封禅祭扫的北岳恒山，有伯夷、叔齐不食周粟而死的首阳山，有介子推不受晋文公之封而焚身的介休绵山。但因这些地方历史掌故的名声太大，倒常常使游人忘记了山水本身的美。所以，若是真游山，还是无名的好。于是，在山西，我们便选中了吕梁山北梢芦芽山自然保护区的主峰——芦芽山。

忻州芦芽山

　　十一日晨，天微阴。我们备足干粮、水，东南出五寨县城，乘车行十多分钟，便投入大峡谷中。谷底乱石如斗，两侧峰崖急扑而下，遮天蔽日。车上下颠簸似浪中行舟，又紧贴山根爬行，缓缓如一豆甲虫。离市井才十数里，便顿如隔世。瞩目窗外，那山有的整石以为峰，拔地而起，节节如笋；有的斜卧如虎豹，周身斑驳有纹，更有其大如房的卵石，以一尖足立于山巅，石上又石，成累卵之危，仿佛一推即可滚落。山少树，石青黑，多水痕。可以想见，史前时期，这里曾是洪水汤汤，这些巨石被飘举如树叶，山谷被切割如豆腐。后来骤然水退，寂寂石存，山高谷深，悄然至今。

　　再走，山坡多灌草，郁蔽如棕毡，间有松树散立其间。以后树渐渐增多，松、杉直立如筷，密密匝匝，不得深视。这山正如其名，峰多峭拔如出土芦芽，这时一律为绿树所覆，你前我后，纷沓相叠，正是旧县志上说的"芦芽叠翠"。举目越过层峦望开去，满山满野的林子，近处墨绿，稍远深绿，再远浅绿，层层次次，最后只剩下一层朦胧的绿意融入天穹。车子像一叶扁舟，在这片绿海的波峰浪谷中穿行。

　　约九时半，我们来到主峰下，这时云已阴得沉沉欲坠了。山脚几个看林人说，怕有雨，今天是万不可登山了。远远而来的我们，岂肯悻悻地回去，大家每人折了一根枯树枝，便一头扎进黑林子里。头上云来云往，林中忽明忽暗，落叶积地盈尺，一踏一个虚坑。这里本少人迹，今天又飘着细雨，四周淅淅沥沥，唯闻雨打松枝与风弄树叶之声，越发静得怕人。脚下不时横着倒地的枯木，庞然身躯，用杖一捅就是一个窟窿。两边立着被雷劈死的大树，或中心炸裂，或齐肩削去，皆断躯残肢，一副惨苦悲怒之状。朽黑的树身上又生出寸厚的绿苔，奇奇怪怪地立于空林间，如虎狼鬼魅。抬头时常给人一身冷汗。领路的老杨说，他上这山已有十一次了，倒有九次走错了路，但愿今天不再犯第十次错误。

　　爬了约一小时，我们跃上一面斜坡，眼前骤然大亮，两山峰之间现出一片开阔地，虚云轻雾贴着两边的山，笼着坡上的树，在阔地的远处小心地拱合成一个大圆圈。而这个圆形的阔地上却无一根树木，清一色的阔叶绿草，托着大朵的黄花，微雨中灿若群星，又娇如美人出浴，四周绿树白云都是她们的陪伴。大家心情为之一振，高歌狂呼一阵，便东折而上攀小径向顶峰冲去，这时山更陡，峰更峭，景亦更奇。我们攀行在石磴上，雾入衣袖，云拂脚面。俯视脚下则山川无形，天地不分，唯白云一片，滚滚如大海波涛，风振林梢，又隐隐传来千军万马之声。间或脚下石路正过两山谷口时，则浓云团团缕缕斯涌而出，急喷狂走之状，若山下正有大军鏖战，硝烟冲天却又寒气逼人，不敢稍留。将凌绝顶时要过一短峡，仅容一人单行，曰束身峡；要过一梯，横木九节，梯担两峰间，曰"九杠梯"，下临无底。这是全峰最险之处，过去当地人说，凡不做亏心事者才敢过梯。现在两边虽加了栏杆，但仍然令人目眩。过木梯便是芦芽绝顶了。这是一块巨大的孤石，下细上大，状如蘑菇，探伸在半空之中。石上有小庙一座，曰太子殿，是过去求雨人表示虔诚所到的终点。这时云蒸雾裹，已不辨天上人间。殿宇的檐角时隐时现，云中探出几株古松，我确信自己还未离地而去。

雨还在下，我们挂杖下山了，当钻出密林时衣服早已湿透，鞋帮上满是星星点点的野花瓣子，早已成绣鞋一双。看林人笑道，还从未见过你们这般有兴致的人，忙招呼我们回屋烤火。这时我们心头贮满了愉快，哪管什么鞋湿衣凉，连忙辞谢，驱车下山。山下雨小。回看林间已挂上了无数条细亮细亮的瀑布，轻柔柔的，从水绿的林梢垂下来，跃在石上汇入谷底。谷底的水比来时已很大了，只是不见半点泥沙，还是原来的清。

在别人不愿出门的时候，去游人迹少至的地方，我们的心中泛起一丝莫名的骄傲。

（1987 年 4 月）

雨中明月山

江西西部有明月山，藏于湘赣之间，不为人识。当地政府恨世人不识璧中之玉、闺中之秀，便邀海内外作家记者团作考察之游。

头一日，游人工栈道，乘缆车登顶，云绕脚下，雾入衣襟，游者不为所动；第二日，看大庙，殿宇巍峨，新瓦照人，更不为所动。当晚，人走一半。

第三日，微雨，主人再邀所余之人作半日之游。无车无马，徒步爬山。一入山门，立见毛竹数竿，有两握之粗。青绿滚圆的竹面上泛出一层

江西明月山

细濛濛的白雾，竹节处的笋叶还未褪净，一看就是当年的新竹。但其拔地接天，已有干云捉月之势。众人精神为之一振，纷纷冲上去照相，然后开始爬山。

路沿峭壁而修，左山右河。山几不见土石，全为翠竹所盖；河却无岸无边，难见其貌，其实就是两山间一谷。谷随山的走势呈"之"字形，忽左忽右，渐行渐高。谷间只有四样东西：竹、树、石、水。水流漱石，雪浪横飞，竹木相杂，堆绿染红，好一幅深山秋景图。石头一色青黑。大者如楼，小者如房，横空出世，杂布两岸。有那顺洪水而流落谷底者，无论大小皆平滑圆滚，俯仰各态。雨，似下非下，濛濛茸茸，湿衣润肤。正行间，路边有一石探向谷中，四围藤树横绕围成天然扶栏，我说好个"一石观景处"，凭"栏"望去，只见竹浪层层，满川满山，一直向天上翻滚而去。近处偶有一枝，探向林外，正是苏东坡诗意"竹外一枝斜更好"。竹子这东西无论四季，总是一样的青绿，永葆青春朝气。大家就说起苏东坡，宁肯食无肉，不可居无竹，又说到城里菜市场上卖的竹笋。主人见我们对竹感兴趣，突然说："你们知道不知道，这竹子是分公母的？"我们一下子静了下来，都说不知。他说："你看，从离地处起往上数，找见第一片叶子，单叶为公，双叶为母。"众人大奇，拨开竹子一找，果然单双有别。我自诩爱竹，却还不知这个秘密。大家又问，这有何用？"采笋子呀！山里人都知道，只有母竹根下才能挖到笋子。"原来，这山不只是为了人看的。

等到又爬了几里地，过了一座吊桥，再折上一段石板路，半天里忽一堵石壁矗立面前，壁上有瀑布垂下，约有几十层楼房那么高。石壁的背后和四周都簇拥着绿树藤萝，如一幅镶了边的岩画，而画面就是直立起来的江河奔流图。它不像我们在长江或黄河边，看大浪东去，浩浩千里，而是银河泻地，雪浪盖顶。我自然无法接近水边，只试着往前探了一点身子，便有湿云浓雾猛扑过来，要裹挟我们上天而去。我赶紧转身向后，这时再回望来路,只见云雾倏忽,群山奇峰飘忽其上,古庙苍松隐约其间。近处谷底绿竹拍岸,流水奏琴,偶有一束红叶,伏于石间,如夜间火光之一闪。

这时,主人在下面半山腰的一间石室前招手,待我们款款下来,他已设好茶桌。茶备两种。一种为当地的黄豆、橙皮、姜丝所制,驱寒暖胃,咸辣香绵,慢慢入心;而另一种则为山上采的野茶,清清淡淡,似有似无,就如这窗外的湿雾。我们都不再说什么,只是端着杯子,静静地望着远处。许久,不知谁喊了一声:"天不早了,该下山了。"我说:"不走了,就这样坐着,等到来年春天吃笋子。"

（《人民日报》2010 年 3 月 11 日）

山中夜话

宁夏南部山区，地广人稀。入夜后的山村格外寂静。

有友人讲一事。那年他在当地下乡，晚饭后无事，数人在村头老槐树下听一老者说古。众人正听得入迷，老者忽戛然不言，徐而说："有动静。"众人侧耳，不闻一声。老者曰："再听。"座中有人俯耳于地，果然有声。时断时续，橐橐而至。满座皆惊，若寒蝉之噤。山高月小，唯闻山风过草之声，俄顷，一人说，有两人走来；又一人说是一大一小；又一人说，是一人与一狗。正议论间，天际一线，月照山脊，有绰绰之影，又续闻踢踏之声。渐近，是一个人，两手各牵一只猴。老者喜曰："是玩猴人来了！"忙上前问候。知夜行数十里，还未吃饭，返身回屋，取来一饼，说："先压压饥。"玩猴人接过一分为三，先予两猴各一块。猴慌不择食。众即雀跃，围着猴与人，兴奋有加。

山中清远，无以为乐，看玩猴，亦是难得一乐事。

（2001 年 9 月）

水韵情长

娘子关上看飞泉

　　娘子关，雄踞太行山东侧，正当晋、冀两省的交界。史载唐太宗之妹平阳公主曾奉命驻兵于此，创建城关，故而得名。盛夏7月，我们一行数人出平定县城，驱车九十里前来造访。这里山高谷深，草茂树稀，迎着山风还有几丝寒意。山上现存新旧两关，旧关只剩两楼和一些阶梯残石，共二十七级，极陡，人登时需俯身弯腰，手脚并用。新关尚完整，有一条小道直通山下，关门仅能过一车一马，可谓"一夫当关，万夫莫开"。城墙顺山势起伏，蜿蜒而去，谷底风回水响，声若雷鸣，使人不由生吊古之幽

万里长城第九关——娘子关

情。汉初，韩信曾在这里攻打赵国，背水一战，大获全胜。如今这山畔、沟下已星散着不少工厂、机关、居民和驻军，给这荒僻的山野增添了一些生机。再加上这里以泉水著称，潺潺泉流灌溉着山凹崖后的绿柳青田，北国的原野颇有一点江南的景象。

我们先去看玉龙泉，泉下已修一电厂，用此水来发电。过去喷水的玉龙头已不复见，只见一处很大的泉口，上有石盖，盖的东西两侧各留六个大孔。水从泉眼内向上喷出，直冲石盖，然后向两边穿孔而出，汇入一个大池中。我们站在石盖上，脚下嘭嘭然如立鼓面。水池中建有石舫，舫边另有一个石条砌就的大游泳池。难得的是这急喷横流的大水却无泥沙，一池碧波清若空无，这时一群顽童正在池里嬉水，他们一丝不挂，来去翕忽，宛若游鱼。

娘子关的泉眼有一百多处，最壮观的当数水帘洞泉。我们转过一个山崖，只见对面山嘴上一挂飞泉飘然而下。这时人恰好与飞泉的半腰相齐，隔岸平视，看个正好。那泉后的山石在流水的浸润下满是苔藓、葛藤，一层叠一层，厚重、滑腻，像一幅墨绿的挂毯。那飞泉白光一闪，当空划破厚重的浓绿，散成一挂珠帘，轻轻贴着石壁垂下来；又像是一轴素绢，靠着绿壁，浴着艳阳，时舒时卷，楚楚有情，就专等谁来作画题诗了。我看着看着，忽而心里不知足起来，就攀藤附葛，向谷底探去。同伴们直喊使不得，但我哪顾这些。谷底多巨石，光滑、圆润、洁白，是上游洪水冲下来的，其状如卧牛、奔象、群羊、飞马……而深谷两峰的石壁却另是一种奇观：石形或凸或凹，石面若松针杂陈，若蜂窝相叠，石色又似白似黄，不能确指，一起构成这面千奇百怪的大浮雕。这时谷底细雾蒙蒙，仰观山岩、飞泉，如面纱相遮。我想，抽象派的艺术家，要是站在这里指石壁而言，说这是人、是兽、是车、是马、是田园村舍，你是不能完全否认的。原来这也是一种钟乳石，不过桂林的钟乳石经大水浸蚀，成柱、成林；这里的经湿雾浸润，成线、成丝。那好比是一座园林，这却如一个盆景，各得其妙。当地群众叫这种石头为上水石。石多孔，取一块置浅水盘中，水可徐徐升到石巅，若再撒些豆、麦、花籽于上，则可发芽抽绿，移青山绿水于案几之上，使室内春意盎然。

到谷底观飞泉，不仅能默察其细微，还可领略其声威，仰望蓝天一线，两山壁立，谷中激流湍急，虎啸雷鸣。水帘后深草茂树，不知其底。传说那里面有个神仙住过的老君洞。我突然记起县志上的一首明人题咏："娘子关头水拍天，老君洞口赤霞悬。惊雷激浪三千丈，洞里仙人不得眠。"稍近帘底，水烟雾气，缠臂绕腿。我大着胆子靠前几步，大珠小珠，立时劈面盖顶。这时仰观水帘，真是银河泻地，云翻水怒。苏东坡观庐山是"横看成岭侧成峰"，我看这娘子关飞泉堪称"远似淑女近如虎"。我喜滋滋地淋了一身水，退坐在远处的一块大石头上。我细品着这水，她是泉，但又不是一般的涓涓细流；是瀑布，但又不是泥沙俱下的洪水。她从山顶迸石而出，又飘飘落下。黄河滚滚没有她这样妩媚，长江浩浩没有她这般激越，那排空的海浪又没有她这样俊美。她豪爽、多情、开朗、大方，把大把的珍珠悬空撒下，摔得粉碎，然后又在谷底，掬拢成一泓清潭，再转山绕石，悠然而去。空谷独坐，我吸着湿润润的雾，听着水在石上弹奏的歌，看着水珠在阳光中幻成的五彩的霓，任清泉在我心头静静地淌。山顶上伙伴们已招手催行了，我却一片痴情，好像对这水还有许多未说完的话。

回来的路上，我问一位水利工作者，才知道这方圆几百里都是石灰岩山区。石间缝隙甚多，地面水全渗到了地下深处。太行东来，到这关前骤然下降，地层错动，于是那些经石间千过万滤的清清流水，便一起被挤出地面。这关上关下到处是大泉小水，有的老乡在家里搬起一块石板便可汲水呢。这大概就是"蓄之既久，其发必速"的道理吧。

（1981 年 7 月）

壶口瀑布

壶口在晋、陕两省边境上，我曾两次到过那里。

第一次是雨季，临出发时有人告诫："这个时节看壶口最危险，千万不要到河滩里去，赶巧上游下雨，一个洪峰下来，根本来不及上岸。"果然，车还在半山腰就听见涛声隐隐如雷，河谷里雾气弥漫，我们大着胆子下到滩里，那河就像一锅正沸着的水。壶口瀑布不是从高处落下让人们仰观垂空的水幕，而是由平地向更低的沟里跃去，人们只能俯视被急急吸去的水流。其时，正是雨季，那沟已被灌得浪沫横溢，但上面的水还是一股劲地冲进去、冲进去……我在雾中想寻找想象中的飞瀑，但水浸沟岸，雾

壶口瀑布

罩乱石，除了扑面而来的水汽、震耳欲聋的涛声，什么也看不见，什么也听不见，只有一个可怕的警觉：突然就要出现一个洪峰将我们吞没。于是，急慌慌地扫了几眼，我便匆匆逃离，到了岸上回望那团白烟，心还在不住地跳……

第二次我专选了个枯水季节。春寒刚过，山还未青，谷底显得异常开阔。我们从从容容地下到沟底，这时的黄河像是一张极大的石床，上面铺了一层软软的细沙，踏上去坚实而又松软。我一直走到河心，原来河心还有一条河，是突然凹下去的一条深沟，当地人叫"龙槽"，槽头入水处深不可测，这便是"壶口"。我依在一块大石头上向上游看去，这龙槽顶着宽宽的河面，正好形成一个丁字。河水从五百米宽的河道上排排涌来，其势如千军万马，互相挤着、撞着，推推搡搡，前呼后拥，撞向石壁，排排黄浪霎时碎成堆堆白雪。山是清冷的灰，天是寂寂的蓝，宇宙间仿佛只有这水的存在。当河水正这般畅畅快快地驰骋着时，突然脚下出现一条四十多米宽的深沟，它们还来不及想一下，便一齐跌了进去。沟底飞转着一个个旋涡，急如滚水之锅。当地人说，曾有一头黑猪掉进去，再漂上来时，浑身的毛竟被拔得一根不剩。我听了不觉打了个寒噤。

黄河在这里由宽而窄，由高到低，只见那平坦如席的大水像是被一个无形的大洞吸着，顿然拢成一束，向龙槽里隆隆冲去，先跌在石上，翻个身再跌下去，三跌、四跌，一川大水硬是这样被跌得粉碎，碎成点、碎成雾。从沟底升起一道彩虹，横跨龙槽，穿过雾霭，消失在远山青色的背景中。当然这么窄的壶口一时容不下这么多的水，于是洪流便向两边涌去，沿着龙槽的边沿轰然而下，平平的、大大的，浑厚庄重如一卷飞毯从空抖落。不，简直如一卷钢板出轧，的确有那种凝重、那种猛烈。尽管这样，壶口还是不能尽收这一川黄浪，于是又有一些各自夺路而走的、乘隙而进的、折返迂回的，它们在龙槽两边的滩壁上散开来，或钻石觅缝，汩汩如泉；或淌过石板，潺潺成溪；或被夹在石间，哀哀打旋。还有那顺壁挂下的，亮晶晶的如丝如缕……而这一切都隐在湿漉漉的水雾中，罩在七色彩虹中，像一曲交响乐，一幅写意画。我突然陷入沉思，眼前这个小小的壶口，怎么一下子集纳了海、河、瀑、泉、雾，所有水的形态？兼容了喜、怒、哀、怨、愁，人的各种情感？造物者难道是要在这壶口中浓缩一个世界吗？

看罢水，我再细观脚下的石。这些如钢似铁的顽物竟被水凿得窟窟窍窍，如蜂窝杂陈，更有一些地方被旋出一个个光溜溜的大坑，而整个龙槽就是这样被水齐齐地切下去，切出一道深沟。人常以柔情比水，但至柔至和的水一旦被压迫竟会这样怒不可遏。原来这柔和之中只有宽厚绝无软弱，当她忍耐到一定程度时就会以力相较，奋力抗争。据《徐霞客游记》所载，当年壶口的位置还在这下游 1 500 米处。你看日夜不止，这柔和的水硬将铁硬的石寸寸地剁去。

黄河博大宽厚，柔中有刚；挟而不服，压而不弯；不平则呼，遇强则抗，死地必生，勇往直前。像一个人，经了许多磨难便有了自己的个性；黄河被两岸的山、地下的石逼得忽上忽下、忽左忽右时，也就铸成了自己伟大的性格。这伟大只在冲过壶口的一刹那才闪现出来被我们看见。

（《人民日报》1993 年 8 月 23 日）

附：我写《壶口瀑布》

《壶口瀑布》是我在记者任上写的最后一篇散文。1987 年我正在黄河壶口采访，接到北京来的电话，国家成立新闻出版署，要我立即回京上任，从此结束了我 13 年的一线记者生涯。人的一生总有几个驿站，几个起止点。对我来说壶口这个地方算一个。

黄河于我有特殊的缘分。我小学、中学阶段是在黄河的支流汾河边成长。大学一毕业就分配在内蒙古黄河边的临河县。只听这个名字，就知道离河有多么近了。头一年先在农村劳动，有一项农活就是淌黄河水浇地。

仲夏的后半夜，万籁俱静，月光如水，你蹲在田头能听到玉米喝着黄河水，噼噼啪啪拔节的响声。第二年我到县委工作，第一个任务就是到黄河边防"凌汛"，沉睡一冬的黄河解冻了，河上飘浮而下的冰块浩浩荡荡，如出海的舰队。但一时不畅就会塞堵叠垒成冰凌大坝，决堤泛滥。后来当了记者就沿黄河上下采访，河边的人和事，还有黄河因季节和地势不同而出现的万千变化，在我脑子里印象极深。这篇《壶口瀑布》是我心中黄河的缩影，也是我对黄河精神的理解。

《壶口瀑布》是作为写水的题材入选教材的，如教学时可参考我的其他几篇与黄河有关的散文：《壶口瀑布记》、《河套忆》、《西北三绿·刘家峡绿波》、《假如毛泽东去骑马》及另几篇写水的散文：《晋祠》、《天星桥——桥那边有一个美丽的地方》、《长岛读海》、《武夷山——我的读后感》等。

（2013 年 5 月 20 日）

壶口瀑布记

凡世间能容、能藏、能变之物唯有水。其亦硬亦软，或傲或嗔，载舟覆舟，润物毁物，全在一瞬之间。时桃花流水而阴柔，时又裂岸拍天而狂放。凡河川能伸能屈，能收能藏，唯我黄河。其高峡为镜，平原飘带，奔川浸谷，挟雷裹电，即因时势而变。时滔天接地而狂呼，时又拥地抱天而低言。

我曾徘徊于黄河上游的刘家峡水库，惊异于她如泊如镜的沉静；曾生活于河套平原，陶醉于她如虹如带的飘逸；也曾上溯龙门，感奋于她如狮如虎的豪壮。但当我沿河上下求索而见壶口时，便如痴如狂。壶口在山西吉县境内，是黄河上唯一的瀑布。因状如壶口而得名。水流至此急冲沟下，人观瀑布由上俯下，只见烟水迷漫，船行至此得拖出河岸，绕过壶口。即古书上所载"河里冒烟，旱地行船"。原来黄河在这里，先因山逼而势急，后依滩泻而狂放，排山倒海，万马奔腾，喧声盈天。却正当她得意扬眉之时，突以数里之阔跌入百尺之峡，如水入壶，腾荡急旋。于是飞沫起虹，溅珠落盘，成瀑成漱，如挂如帘。裂坚石而炸雷，飞轻雾而吐烟，虎吼震川，隆隆千里，龙腾搅谷，巍巍地颤。波起涛落，切层岩如豆腐，照徐霞客所记，三百年来竟剜石开沟上剁三百余米。激流飞湍，锉顽石如木铁。据民间所言，有黑猪落水，眨眼之间，褪毫拔毛，竟成雪白之豚。黄河于斯于此，聚九天雷霆，凝江海之威，水借裂石之力，轰然辟开大道坦途；沙借波旋之势，细细磨出深沟浅穴。放眼两岸，鬼斧神工，脚下这数里之阔的磐石，经黄河涛头这么轻轻一钻一旋，就路从地下出，水从天上来。她顺势一跃，排山推岳，挟一川豪情，裹两岸清风，潇洒而去，再现她的沉静、她的温柔、她的悲壮、她的大度。去路千里缓缓入海。

呜呼！蕴伟力而静持，遇强阻而必摧，绕山岳而顺柔，坦荡荡而存天地。美哉，壮哉，我的黄河！

（《人民日报》1993 年 8 月 23 日）

作者在黄河壶口瀑布图前

乌梁素海——带伤的美丽

假如让你欣赏一位带伤流血的美人，那是一种怎样的尴尬。四十年后，当我重回内蒙古乌梁素海时，遇到的就是这种难堪。

乌梁素海在内蒙古河套地区东边的乌拉山下。四十年前我大学刚毕业时曾在这里当记者。叫"海"，实际上是一个湖，当地人称湖为海子，乌梁素海是"红柳海"的意思。红柳是当地的一种耐沙、耐碱的野生灌木。单听这名字，就有几分原生态的味道。而且这"海"确实很大，历史上最大时有 1 200 多平方公里，是地球上同纬度的最大淡水湖。那时我还没有见过真正的大海，每当车行湖边，但见烟水茫茫，霞光潋潋。翠绿的芦苇，在岸边小心地勾起一道绿线，微风吹过，这绿线就起伏着舞动开去，如一首天堂里的乐曲。湖里的水鸟，鸥、鹭、鸭、雁、雀等就竞相起舞，或掠过水波，或猛扎水中，浪花轻溅，像有一只无形的手在弹拨着水面。而水中的鱼儿好像急不可耐，等不到水鸟来抓它，就自动候地一下跳出水面，闪过一个个白点，像是五线谱上跳动的音符。这时走在湖边，心头会突然涌起那已忘却多时的优美文章，什么"落霞与孤鹜齐飞，秋水共长天一色"，什么"沙鸥翔集，锦鳞游泳，岸芷汀兰，郁郁青青"。我就明白从来不是好文章写出了真美景，而是真美景成就了好文章。乌梁素海就是这样一篇写在北国大地上的锦绣文章。每当船行湖上时，我最喜欢看深不可测的碧绿碧绿的水面，看船尾激起的雪白浪花，还有贴着船帮游戏的鲤鱼。而黄昏降临，远处的乌拉山就会勾出一条暗黑色的曲线，如油画上见过的奔突的海岸，当时我真觉得这就是大海了。

　　那时，"文革"还未结束，市场上物资供应还比较匮乏，城里人一年也尝不到几次肉，但这海子边的人吃鱼就如吃米饭一样平常。赶上冬天凿开冰洞捕鱼，鱼闻声而来，密聚不散，插进一根木杆都不会倒。那个岁月时兴开"学习毛主席著作讲用会"，有一次我们整理材料，在河套各县从西向东采访，很辛苦，伙食也没有什么油水。乌梁素海是最后一站，还有好几天，大家就盼望着到那里去解馋。到达的当晚，我们果然吃到了鱼，而这种吃法，为我平生第一次所见。每人一大碗堆得冒尖的大鱼块，就像村里人捧着大碗蹲在大门口吃饭一样，这给我留下永久的记忆，当时的鱼才五分钱一斤。以后走南闯北，阅历虽多，但无论是在我国南方的鱼米之乡或国外以海产为主的国家，再也没有碰到过这种吃法，再也没有过这样的享受。那时，每当外地人一来到河套，主人就说："去看看我们的乌梁素海！"眼里放着亮光，脸上掩饰不住的骄傲。

　　这次我们真的又来看乌梁素海了，是水务部门的特别邀请，但不是为看海的美丽，而是来参加会诊的，来看它的伤口。

乌梁素海

　　七月的阳光一片灿烂，我们乘一条小船驶入湖面，为了能更有效地翻动历史的篇章，主人还请了一些已退休的老"海民"，与我们同游同忆。船中间的小桌上摆着河套西瓜、葵花籽，还有油炸的小鱼，只有寸许来长。主人说，实在对不起，现在海子里最大的鱼，也不过如此了。我顿觉心情沉重。坐在我对面的王家祥，是原乌梁素海渔场的工会主席。他说："那时打鱼，是用麻绳结的大眼网。三斤以下的都不要，开着70吨的三桅大帆船进海子，一网10万斤，最多时年产500万吨。打上鱼就用这湖水直接煮，那才叫鲜呢。现在，这水你喝一口准拉肚子。"（不知是否为验证他的话，当天下午，我们一行中就有两人拉肚子，而不能正常采访了。）当年的兵团知青、退休干部于秉义说，上世纪70年代时，这里随便打一处井，7米深，就自动往上喷水。水务公司的秦董事长在一旁补充："到90年代已是30米深才能见水；到2007年，要120米才见水，15年水位下降了90米，年均6米。"

海上泛轻舟，本来是轻松惬意的事，可是今天我们却无论如何也轻松不起来。这应了李清照的那句词："只恐双溪舴艋舟，载不动，许多愁。"我们今天坐的船真的由过去的70吨三桅大船退化成像一只舴艋似的舴艋小舟。河套灌区是我国三大自流灌区之一。黄河自宁夏一入内蒙古境，便开始滋润这800里土地。经过总干、干、分干、支、斗、农、毛七级灌水渠道，流入田间，又再依次经总排干、排干等七级排水沟，将水退到乌梁素海，在这里沉淀缓冲后，再退入黄河。所以，这海子是河套平原的"肾"，首先起储水排水的作用。同时，又是河套的"肺"，它云蒸雾霭，吐纳水汽，调节气候。所以才有800里平原的旱涝保收，才有和北面乌拉山著名的国家级森林保护区的美景。但是，近几十年来人口增加，工厂增多，农田里化肥农药增施，而进入湖中的水量却急剧减少，水质下滑。你想，排进湖里的这些水是什么水啊？就是将800里平原浇了一遍的脏水。河套农田每年施用农药1 500吨，化肥50万吨，进入乌梁素海的工业及生活污水3 500万吨，这些都要洗到湖里来啊。所以，当地人说，乌梁素海已经由河套平原的"肾"和"肺"，退化为一个"尿盆子"了。这话虽然难听，但很形象，也很警人。

在船舱里坐着，听大家叙往事，说今昔，虽清风拂面，还是拂不去心头的一怀愁绪，我便到后甲板散步。只见偌大的湖面上，用竹竿标出二三十米宽的一条水道，我们的这个"舴艋"小舟只能在两竿之间小心地穿行。原来，湖面的水深已由当年的平均 40 米，降为不足 1 米，要行船，就只好单挖一条行船沟。我再看船尾翻起的浪，已不是雪白的浪花，而是黄中带黑，像一条刚翻起的犁沟。半腐半活的水草，如一团团乱麻在水面上荡来荡去，再也找不见往日的碧绿，更不用说什么清澈见鱼了。乌海难道真的应了它的名字，成了乌黑的海、污浊的海？只有芦苇发疯似地长，重重叠叠，吞食着水面。主管农水的李市长说，这不是好现象，典型的水质富营养化，草盛无鱼，恶性循环。

现在如果你不知内情，远眺水面，芦苇还是一样的绿，天空还是一样的蓝，水鸟还是一样的飞，猛一看好像无多变化。可有谁知道这乌梁素海内心的伤痛，她是林黛玉，两颊微红，弱不禁风，已经是一个病美人了，是在强装笑颜，强支病体迎远客。我举目望去，远处的岸边有些红绿房子，泊了些小游船，在兜揽游客。船边地摊上叫卖着油炸小鱼，船上高声放着流行歌曲。不知为什么，我一下想起那句古诗："商女不知亡国恨，隔江犹唱《后庭花》。"

中午饭就在岸边的招待所里吃。俗话说，无酒不成席，而在内蒙古还要加上一句"无歌不成宴"。乐声响起，第一支歌就是《美丽的乌梁素海》。歌手是一位漂亮的蒙古族姑娘，旋律婉转，琴声悠扬，只是听不清歌词。歌罢，我请歌手重新念一遍歌词，她顿时有几分不自然。李市长出来解围说："不好意思，这还是当年的旧歌词，和现在的实景已经远不相符了。"我说："不怕，我们随便听听。"她就念道："乌梁素海美，美就美在乌梁素海的水。滩头芦苇密，水中鱼儿肥，点点白帆伴渔歌，水鸟空中飞。夜来泛舟苇塘荡，胜游漓江水，暖风吹绿一湖水，船入迷津人忘归。"

刚才人们还沉浸在美丽的旋律中，她这一念倒像戳破了一层华丽的包装：现在水何绿？鱼何肥？帆何见？怎比漓江水？顿时满场陷入片刻的沉默与尴尬，主客皆停箸歇杯，一时无言。客中只有我一人是当年从这里走出去的，40年后重返旧地，算是亦客亦主。便连忙打破沉默说："是有点找不到这歌词里的影子了。这次回来我发现，40年来在这块土地上已消失了不少东西。老李、老秦，你们还记得三白瓜吗？白籽、白皮、白瓤，吃一口，上下唇就让蜜糊住了；还有冬瓜，有枕头大，专门放到冬天等过年时吃，用手轻轻一拍，都能看到里面蜜汁的流动；糜子米，当年河套人的主食米，煮粥一层油，香飘口水流。现在都一去不回了。连当年玉米地里的爬山调也听不到了。"我这几句解嘲的话，又引来主人一阵欷歔。他们说，都是化肥、农药、人多惹的祸。

乌梁素海啊，过去多么绰约多姿健康美丽，而现在这样的苍老，这样的伤痕累累。但就是这样的病体，她还在承担着难以想象的重负：每年要给黄河补充1.3亿方的下游水；给天空补充3.6亿方的气候调节水；给大地补充6千万方的地下水。可是她自己补进来的只有4亿立方溶进了化肥、农药、盐碱的排灌水。入不敷出，强她所难啊！她得的是综合疲劳症，是在以疲弱之躯勉强地支撑危局，为人们尽最后的一丝气力。李市长说，如不紧急施救，她将在数十年内如罗布泊那样彻底干涸。现在设想的办法是，在黄河上引一专用水开渠，于春天凌汛期水有多余时，给她补水输血。大家听得频频点头，都忘了吃饭。正说着，主人忽觉不妥，忙说："不要这样沉重，办法总会有的，饭还是要吃，歌还是要唱的。"于是，乐声又轻轻响起。歌声中又见青山、绿水、帆白、鱼肥。

受伤的乌梁素海，我们祈祷着你快一点康复，快一点找回昨日的美丽。

（《人民日报》2010年8月18日）

冬季到云南去看海

　　年末深冬季节，到云南腾冲考察林业，主人却说，先领你去看热海。我心里一惊，这大山深处怎么会有海，而海又怎么会是热的？

　　车出县城便一头扎进山肚子里。公路呈"之"字形，车子不紧不慢、一折一折地往上爬。走一程是山，再走一程还是山；一眼望去是树，再看还是树。只见一条条绿色的山脊，起起伏伏，一层一层，黛绿、深绿、浅绿，由近及远一直伸到天边。直到目光的尽头，才现出一抹蓝天——这蓝天倒成了这绿海的远岸。

　　走了些时候，渐渐车前车后就有了些轻轻的雾，再看对面的林子里也飘起一些淡淡的云。我说："今天真算是上得高山了。"主人笑道："正好相反，你现在是已下到热海了。"我才知道，那氤氲缥缈、穿林裹树的并不是云，也不是雾，竟是些热腾腾的水汽，我们车如船行，已是荡漾在热海之上了。

　　所谓热海，是一个方圆八平方公里的地热带。腾冲是一个休眠火山区。多少年前，这里曾经火山喷发，现在地面上仍留有许多旧痕。如圆形的火山口、黑色的火山石，还有奇特的"柱状节理"，那是岩浆喷出时瞬间形成的一片美丽的石柱。但最奇的是地下的热海。大约火山熄灭后还是不死心，便试探着要找一个出口，地下的岩浆就悄悄地摸到这里，一直蹿到离地表还有七八公里处，用炽热的火舌不停地向上喷舔着地面。于是这八平方公里的土地就成了一台巨大的锅炉，地下水被煮得滚烫，一个名副其实的热海。

　　热海虽名海，但我们并不能像苏东坡那样"纵一苇之所如，凌万顷之茫然"，也不能如曹操那样"东临碣石，以观沧海"。因为这海是藏在地下的，我们只能去找几个海眼"管中窥豹"。最大的一个海眼就是著名的"大滚锅"，单听这个名字，就知道它的威力。要看这口大锅先得爬上一个高高的"锅台"。我们拾级而上，还未见锅就已听到滚滚的沸水之声，头上热气逼人。上到锅台一看，这口石砌的大锅，直径 3 米，深 1.5 米，沸腾的热浪竟有尺许之高。由于长年累月地滚煮，锅沿上已结了一层厚厚的水碱，真是一口老锅。大锅前又开出一条数米长二尺来宽的石槽，亦是水沸有声，热气腾腾，槽上架着一排竹篮，里面蒸着土豆、鸡蛋、花生等物。这恐怕是我见过的最奇特的蒸笼了。游人可以上去随意品尝这地心之火与山泉之水的杰作，就像在城市路边的早点摊上吃小笼包子。我们看惯了日夜奔流不息的江河，可谁又见过这无年无月翻滚不止的开水大锅呢？我抬头看一眼天上的白云和锅后山崖的绿树，忽然想起张若虚的那首名诗："江畔何人初见月，江月何年初照人？"这山上何时现滚锅，滚锅何时初见人呢？天地间悄悄地隐藏有多少秘密！

腾冲热海

　　因为地处热海之上，山上山下露头的温泉就随处可见。有的潺潺而流，兀自成潭；有的点点而滴，挂垂成线；还有的间歇而喷，如城市广场上的音乐喷泉。但这泉水都脱不了一个"热"字，于是就用来做浴池，连普通的山民家也开池营业。为了能更深一层感知热海之美，我们选了一处浴室推门而入，待穿过短廊才发现并没有"入室"，而是豁然开朗，又置身在半山之上。原来这里的浴池并不是平地之池，而是一个一个挂在半壁，就如高楼上的阳台。试想，在半山之上，绿风白云，枕石漱流是什么样子？我极兴奋，不肯下水，先披衣环顾四周做一回精神上的沐浴。只见偌大一个池子，犹抱琵琶，叫一株从石缝中探出的大叶榕树俯身遮去了大半，而一株老藤左伸右屈就做了这池子的栏杆。池边杂花弱草，青苔翠竹，池水清清见底，水面热气微微蒸腾。水先是从一个石龙头中注入池中，再漫过池沿，无声地贴着石壁滑向山下，于是过水的半面山岩就如一堵谁家宾馆大堂里的水幕墙，淋淋潺潺。我凭栏遥望着对面林梢上升起的轻轻的雾和脚下谷底游走的云，竟有一种将军阅兵似的自豪，然后翻身入水畅游其中，仰望蓝天白云，觉得自己就是一条天上之鱼。天下真有这样的海吗？

　　因为刚才池边的那棵大叶榕树，下山时我就留心起这山上的植被。我知道榕树喜热，多见于福建、广东，或者西双版纳，现在能现身于偏北的腾冲定是得了地下的热气。这么一想，果然发现这方圆远近处的树的确特别，既有许多亚热带的芭蕉、棕榈，又有本地的松、柏、杉、樟，还有远古时期留存下来的曾与恐龙为伴的黑桫椤树。有一种我从未见过，枝如杨柳，叶如榆钱，在这个隆冬季节满树还缀着些红绒绒的花朵，主人说，这属柳科，就叫红丝绿柳。啊，好浪漫的名字。现在科学家已经弄清热海的来历，是这满山的绿树饱饱地蓄足了水，然后再慢慢地渗入地下，经地火加热后又悄悄送回地面，这个过程75年一个周期，循环往复，湍流不息。这么说来，我们现在既是行在密林之中，又是站在历史的河岸上。这块神奇的土地，我已说不清到底该叫它热海还是绿海，抑或岁月之海。其实它就是一个为地热所蒸腾、绿树所覆盖、岁月所打造的令人陶醉的生态之海。

（《中国绿色时报》2010 年 12 月 24 日）

海思

没有见过海，真想不出她是什么样的。

眼前这哪里是海呢？只是水，水的天，水的地，水的色彩，水的造型。那如花灿开的浪，时起时伏的波，星星点点的雨，湿湿蒙蒙的雾，一起塞满了这个蓝天覆盖下的穹庐。她们笑着，叫着，舔食着天上的云朵，吞没了岸边的沙滩，狂呼疾走，翻腾飞跃。极目望去，那从天边垂下来的波涛，一排赶着一排，浩浩荡荡，如冲锋陷阵的大军；那由地心里泛起的浪花，沸沸扬扬，一层紧追着一层，像秋天田野上盛开的棉朵。那波浪互相拥挤着，追逐着，越来越近，越来越高，赶来到脚下时便陡立成一道道齐齐的水墙，像一匹扬鬃跃蹄的野马，呼啸着扑上岸来，"啪"的一声，一头撞在那些圆溜溜的礁石上，顷刻间便化作了点点水珠和星星飞沫。还不等这些水珠从礁石上退下，又是一排水墙，又是一声巨响，一阵赶着一阵，一声接着一声，无休无止，无穷无尽。倒是水雾里的那几只海鸥在悠闲地盘旋着，打着浪尖。我站在礁石上，任海风鼓满襟袖，任浪花打湿鞋袜，那清风碧波，像是从天上，从地下，从四面八方，从我的五脏六腑间一起涌过。我立即被冲洗得没有一丝愁绪，没有一星杂虑。而那隆隆的浪，滚滚的波，那浪波与礁石搏斗的音乐，又激荡起我浑身的热血。海啊，原来是这个样子。

每天，我在海边散步，便被织进一张蓝色的大网中。我知道这水和空气本是透明无色的。但天高水深，那无数的"无色"便积成了这种可见而不可触的蔚蓝色，似有似无，给人一种遐想，一种缥缈，一种思想的驰骋。朱自清说，瑞士的湖蓝得像欧洲小姑娘的眼，我这时却觉得这茫茫的大海蓝得像一个神秘的梦。

渐渐，我奇怪这海的深和阔。那滚滚的海流河来何去？那万丈长鲸，何处是它的归宿？那茫茫的彼岸又是什么样子？我想起书上说的，在那遥远的百慕大海区，舰艇会突然失踪，飞机会自然坠落。在大西洋底，有比喜马拉雅山还高的海岭在起伏，有比北美大峡谷还深的海底深谷在蜿蜒。还有那海底的古城，那长满了绿苔的墙，那曾是住宅和商店的房。真不知这一片深蓝色中还有多少个这样的谜。本来，不管是亚洲高原上的大河，还是大洋洲大陆上的小溪，都将在这里汇合；不管是杨贵妃沐浴过的温泉，还是某原子能电厂用过的冷却水，都要在这里相聚。时间和空间在大海里拥抱。太阳晒着将这一切蒸发、循环；台风鼓着，将它们翻腾、搅拌。亿万年的历史，五大洲的文明，纵横相间，一起在这里汇拢，融进这片深深的蓝色。科学家说，物质是不灭的，那么掬起一捧海水，这里该有属于大禹那个时代的氢，也该有哥伦布呼吸过的氧。于是，我明净的心头又涌上一汪蓝色的沉思。

当我从海湾的那边返回时，乘的是船。风平浪静，皓月当空。船在月光与水波织成的羽纱中飘荡。我躺在铺位上，倾听那海风海浪的细语，身子轻轻地摇晃着，不由想起那唱着催眠曲的母亲，和她手里的摇篮。本来，地球上并没有生命，是大海这个母亲，她亿万年来哼着歌儿，不知疲倦地摇着，摇着，摇出了浮游生物、摇出了鱼类，又摇出了两栖动物、脊椎动物，直到有猴，有猿，有人。我们就是这样一步步地从大海里走来。难怪人对大海总是这样深深地眷恋。人们不断到海边来旅游，来休憩，来摄影作画、寻诗觅句，原来是为了寻找自己的血统、自己的影子、自己的足迹。无论你是带着怎样的疲劳、怎样的烦恼，请来这海滩上吹一吹风，打一个滚吧，一下子就会返璞归真，获得新的天真、新的勇气。人们只有在这面深蓝色的明镜里才能发现自己。

当我弃船登岸时，又转过身来，猛吸一口带咸味的空气，海啊，你在我的心里。

(1983 年 10 月)

长岛读海

想知道海吗？先选一个岛子住下来，再拣一条小船探出去，你就会有无穷的感受。八月里在烟台对面的长岛开会，招待所所长是一个很热情的人，叫林克松，与美国总统尼克松只一字之差。一天下午，他说："我给你弄一条小船，到海里漂一回怎么样？"吃过早饭，我们驱车到了海边。船工们说风太大不敢出海，老林与他们商议了一会儿，还是请我们上了船。他说："你来了，我们没有'惊官动府'，要不然，你今天就享受不上这小船的味道了。"我想今天就冒上一回险。

快艇高高地昂起头在海上划一道雪白的浪沟。海水一望无际，碎波粼粼，碧绿沉沉。片刻，我们就脱离了陆地，成了汪洋中的一片树叶。这时基本上还风平浪静。大家有说有笑，一会儿就到了庙岛。这岛因地利之便是一座天然的避风良港，历代都十分繁华，岛上有一座古老的海神庙。海神为女性，这里称海神娘娘，在福建一带则叫妈祖。妈祖在历史上确有其人，是福建湄洲的一林姓女子，善航海，又乐善好施，死后人们奉为海神。宋代时朝廷初封林家女为顺济夫人，元时封天妃，清时封天后，神就这样一步步被造成了。这反映了不管是官府还是百姓，都祈求平安。后殿右侧是一陈列室，有各种不同时代、不同类型的船只模型，大多是船民、船商所献。室后专有一块空地，供人们祭神同燃放鞭炮之用。人们出海之前总要来这里放一挂鞭，是求神也是自我安慰。地上的炮皮已有寸许之厚。我国沿海一带，直至东南亚，甚至欧美，凡靠海又有华人的地方都有妈祖庙。庙岛的海神庙依山而筑，山门上大书"显应宫"三个大字，据说十分灵验。山门两侧立哼、哈二将。门庭正中则供着一个当年甲午海战时致远舰上的大铁锚。这铁锚和致远舰还有舰的主人，带着一个弱国的屈辱和悲愤，以死明志一头撞进敌阵，与敌船同沉海底。半个多世纪后它又显灵于此昭示民族大义。锚重一吨，高二点五米，环大如拳，根壮如股。海风穿山门而过呼呼有声，大锚拥链威坐，锈迹斑斑，如千年老树。我手抚大锚，远眺山门之外，水天一色，烟波浩渺，遥想当年这一带海域，炮火连天，血染碧波，沉船饮恨，英雄尽节。再回望山门以内，哼哈二将昂首挺立，海神端坐，庙堂寂寂。我想这哼哈二将本是佛教的守护神，因为他们有力便借来护庙；这大铁锚本是海战的遗物，因为它忠毅刚烈也就入庙为神。人们是将与海有关的理想幻化为神，寄之于庙。这庙和海真是古往今来一部书，天上人间一池墨。

长岛

离开庙岛我们向外海方向驶去。海水渐渐显得烦躁不安。这海水本是平整如镜，如田如野，走着走着我们像从平原进入了丘陵，脚下的"地"也动了起来。海像一幅宽大的绿锦缎，正有一个巨人从天的那一头扯着它抖动，于是层层的大波就连绵不断地向我们推压过来。快艇更加昂起头，在这幅水缎上急速滑行。老林说开花为浪，无花为涌。我心中一惊，那年在北戴河赶上涌，军舰都没敢出海，今天却乘这艘小船来闯海了。离庙岛越来越远，涌也越来越大。船上的人开始还兴奋地说笑，现在却一片静默，每人的手都紧紧地扣着船舷。当船冲上波峰时，就像车子冲上了悬崖，船头本来就是向上昂着的，再经波峰一托，就直向天空，不见前路，连心里都是空荡荡的了。我们像一个婴儿被巨人高高地抛向天空，心中一惊，又被轻轻接住。但也有接不住的时候，船就摔在水上，炸开水花，船体一阵震颤，像要散架。大海的涌波越来越急，我们被推来搡去，像一个刚学步的小孩在犁沟里蹒跚地行走，又像是一只爬在被单上的小瓢虫，主人铺床时不经意地轻轻一抖，我们就慌得不知所措。我不知道这海有多深，下面有什么在鼓噪；不知道这海有多宽，尽头有谁在抻动它；不知道天有多高，上面什么东西在抓吸着海水。我只担心这半个花生壳大的小船别让那只无形的大手捏碎。这时我才感到要想了解自然的伟大莫过于探海了。在陆地上登山，再高再陡的山也是脚踏实地，可停可歇。而且你一旦登上顶峰，就会有一种已把它踩在了脚下的自豪。可是在海里呢，你始终是如来佛手心里的一只小猴子，你才感到了人的渺小，你才理解人为什么要在自然之上幻化出一个神，来弥补自己对于自然的屈从。

我们就这样在海上被颠、被抖、被蒸、被煮，腾云驾雾走了约半个小时。这时海面上出现了一座小山，名龙爪山，峭壁如架如构。探出水面，岩石呈褐色，层层节节如龙爪之鳞。山上被风和水洗削得没有一苗树或一根草，唯有巨浪裹着惊雷一声声地炸响在峭壁上。山脚下有石缝中裂，海水急流倒灌，雪白的浪花和阵阵水雾将山缠绕着，看不清它的本来面目。老林说这山下有一洞名隐仙洞，是八仙所居之地，天好时船可以进去，今天是看不成了。我这时才知道，在我国广泛流传的八仙过海原来发生在这里。古代的庙岛名沙门岛，是专押犯人的地方，犯人逃跑无一不葬身海底。一次有八个人浮海逃回大陆，人们疑为神仙，于是传为故事。现在我们随着起伏的海浪，看那在水雾中忽隐忽现的仙山，仿佛已处在人世的边缘，在海上航行确实最能悟出人生的味道。当风平浪静，你"纵一苇之所如，凌万顷之茫然"，觉得自己就是仙；当狂涛遮天，船翻楫摧，你就成了海底之鬼。人或鬼或仙全在这一瞬之间。超乎自然之上为仙，被制于自然之下为鬼，千百年来人们就在这个夹缝里追求，你看海边和礁岛上有多少海神庙和望夫石。

离开龙爪山我们破浪来到宝塔礁。这是一块突出于海中的礁石，有六七层楼高，酷似一座宝塔。海水将礁石冲刷出一道道的横向凹槽，石块层层相叠如人工所垒，底座微收，远看好像风都可以刮倒，近看却硬如钢浇铁铸。我看着这座水石相搏产生的杰作，直叹大自然的伟力。过去在陆地上看水与石的作品，最多的是溶洞。那钟乳石是水珠轻轻地落在石上，水中的碳酸钙慢慢凝结，每年才长约 0.1 毫米，终于在洞中长成了石笋、石树、石塔、石林。可今天，我看到水是怎样将自己柔软的身子压缩成一把锉、一把刀，日日夜夜永无休止地加工着一座石山，硬将它刻出一圈圈的凸凸凹凹，分出塔层，磨出花纹，完工后又将塔座多挖进一圈，以求其险，在塔尖之上再加一顶，以证其高。又在塔下洗削出一个平台，以供那些有幸越海而来的人凭吊。这些都做好之后还不算完，大海又将宝塔后的背景仔细调动一番。离塔百多米之远是一带壁立的山凹，像一道屏风拱卫相连，屏面云飞兽走，沙树田园。屏与塔之间，奇石散布，如谁人的私家花园。我选了一块有横断面的石头，斜卧其旁，留影一张。石上云纹横出，水流东西，风起林涛，万壑松声，若人之思绪起伏不平，难以名状。脚下一块大石斜铺水面，简直就是一块刚洗完正在晾晒的扎染布。粉红色的石底上现出隐隐的曲线，飘飘落落如春日的柳丝，柳丝间又点洒些黑碎片，画面温馨祥和，"燕子声声里，相思又一年。"这是任何一个画家都无法创作出的作品。大海作画就是与人工不同，如果我们来画一张画，是先有一个稿子，再将颜色一层一层地涂上去，而这海却是将点、线、色等等，在那天崩地裂的一瞬间，就全都熔铸在这个石头坯子里，然后就用这一汪海水蘸着盐，借着风，一下一下地磨，一遍一遍地洗，这画就制成了。实际上我们现在看着的这一幅画仍正在创作中。《蒙娜丽莎》挂在巴黎博物馆里，几百年还是原样，而我们过十年、百年后再来看这幅石画，不知又将是什么样子。现代科技发明有高速摄影机，能将运动场上的快动作分解开来看。有谁再来发明一个超低速摄影机，将这幅画的形成过程录下来，拿到美术院校的课堂上去放，那将是一门绝精彩的"自然艺术"课。

下午看九丈崖。这是北长山岛的一段海岸，虽名九丈实则百丈不止。从崖下走一遍可以感受海山相吻、相接、相拼、相搏的气魄。我们从南面下海，贴着山脚蹭着崖壁走了一圈。右边是水天相连的大海，海上人立而起的白浪像草原上奔驰的马群，翻滚着，嘶鸣着，直扑身旁。左边是冰冷的石壁，犬牙交错，刀丛剑树，几无退路。那浪头仿佛正是要把人拍扁在这个砧板上，我们就在这样的夹缝中觅路而行。但是脚下何曾有什么路，只是一些散乱的踏石和在崖上凿出的石蹬。行人一边如履薄冰地探路，一边又提心吊胆地看着侧面飞来的海浪。老林走在前面，他喊着："数一、二、三！三个浪头过后有一个小空当，快过！"我们就像穿越炮火封锁线一样，弓腰塌背，走走停停。尽管十分小心，还是会有浪头打来，淋一身咸汤。这时最好的享受就是到悬崖下，仰着脖子去接几滴从天而降的甘露。原来与海的苦涩成对比，九丈崖顶上不断飘落下甜甜的水珠。这些从石缝里渗出来的水，如断线的珍珠，逆着阳光折射出美丽的色彩。我们仰着脸，目光紧追定一颗五色流星，然后一口咬住，在嘴里咂出甜甜的味道。在仰望悬崖的一刹那，我又突然体会到了山的伟大。它横空出世，托云踏海，崖壁连绵曲折尽收人间风景。半山常有巨石，与山体只一线相连，如危楼将倾；山下礁石则乱抛海滩，若败军之阵。唯半山腰一条数米宽的浅红色石层，依山势奔突蜿蜒，如海风吹来一条彩虹挂在山前。背后海浪从天边澎湃而来，在脚下炸出一阵阵的惊雷，山就越发伟岸，崖就越发险绝。我转身饱吸一口山海之气，顿觉生命充盈天地，物我两忘，神人不分。

（1996 年 1 月）

永远的桂林

桂林山水实在是一个老而又老的题目，人们却总在不停地谈论，又可见它的美丽不减，魅力无穷。因为人们还看不够，还没有把它弄明白，就要来欣赏，来探寻，并在探寻中获得美的享受。每年大约有 1 000 万人从世界各地到桂林来，就是为了看这里的山、这里的水、这里的石头。这几样东西哪里没有？但这里就是与别处不一样，美得让人吃惊，美得让人心醉。文人墨客艺术化了的溢美之词且不去说，陈毅的题词倒是一句大实话："愿做桂林人，不愿做神仙。"

新年刚过，有桂林之游。我们先是乘船顺漓江由桂林到阳朔。水面清浅，浅得让你不敢相信，坐在船上能看见水里的石头。因为水浅，不起波，水面就平得像一面镜子。这么浅的水，却能漂得动这条百十来人的船，也亏了这水的平静，船是平底用不着多吃水，就像一块木片似的，稳稳地漂。这首先就让你感到很亲切，既不野，也不险。据说从桂林到阳朔80 公里，落差才只有 38 米。江面上偶然漂过几个竹筏，是七根竹子扎成的，筏上总有一位渔翁，横一根竹篙，携两只鱼鹰。远看去绿波埋脚，人好像直接踩在水面上，神话里的八仙过海、观音出水大概就是这个样子。这时两岸的山就在水边稀稀疏疏地排开来，山头没有北方那样尖的峰或顶，总呈一个柔和的弧，从平地突然钻出，像圆圆的馒头，像立起的田螺，虽在冬季还是披满草树。山，隔不远就一个，临水而立，随着水的弯弯千媚百态。这山并不高，一般也就四五十米。所以在船上什么都可以看个清楚。看山间的树，树间偶尔露出的红叶，看石头，石上的纹路，还有那些不知何时留下的摩崖题字。就像在城里的马路上闲走，看两边的高楼，谁家的阳台上晾着一件好看的衣服，谁家新漆了一扇窗户。江水贴着山根轻轻地转，说轻是轻到不知是流还是不流，没有浪，没有波，甚至没有涟漪。其实这水是专来为山做镜子的。你看水里的倒影，一丝不差，是几何学上标准的对称体。船过杨家坪，有山名羊角，那水里也就真的浸着一只大羊角。随着水的左曲右折，每一个山头就可以一个一个前后左右地看，还可以镜外看了镜里看。山水向来是叫人豪迈，叫人昂扬洒脱的，今天却像一件工艺品直跳到你的手上，叫你赏，叫你玩。梳妆江畔立，顾影明镜里，为君来不易，叫您恣意看。辛弃疾词："我见青山多妩媚，料青山见我应如是。"这里山也不阳刚，水却更阴柔，秀得很，也嫩得很。在这里你是无论如何也吼不得一声，喊不得一句的。过杨家坪不久，有半边渡。那是因为山一时向河边走得太近，将脚泡到了水里，人贴岸行走便断了路，还要搭几步船。说是渡船却又不来对岸，渡了半天却还在那一边继续走路。这时正有一帮小学生放学，像群羊羔撒欢，直颠得河中的树影乱颤。正当野渡无人舟自横，四五个小不点飞身上筏，一个稍大一点的就自觉殿后，竹篙一点，唿哨一声，红领巾便迎风燃起五六团火苗，眨眼就飘到了路那一端。河这岸有几个女子在浅水处的石头上捶衣，孩子在草窝里嬉戏，背后稍远处有农夫在耕地。因是冬末，没有常见的漓江烟雨，平林漠漠，景色清明。岸边不时闪过一丛丛的凤尾竹，竹后是农家袅袅的炊烟。往前方眺望，群峰起伏，如一队行进的骆驼，隐约驼铃在耳。回首来处，水天迷茫，山峰相连相叠，如长城的垛口，回环不绝。站在船上，我不时冒出这样的念头：这是真山真水吗？在北方，人行山里几天几夜出不去，不知道要钻多少一线天、扁担峡；车行山里，跃上峰巅，倒海翻江。而这山水却奇巧如盆景，美丽如童话。说是盆景，却是真的山水、树木；说是童话，我们又真真切切地置身其内。事物每当真假难分时，就像水墨画氤氲出一种迷蒙的美，像无题诗传达着一种说不清的意，像舞台上反串的角色透出一种新鲜与活泼。这是我初读桂林的印象。

桂林漓江

上岸之后我们乘车从旱路往回返，这时没有了水光掩映，却又多了满野的绿风。路边的小山一个个兀立平野，近看像一座座圆头碉堡，像一个个麦垛。山不高，满头都披着茸茸的草树，恨不能停车伸手去摸摸它，或者一头扎到草堆，重做一场儿时的美梦。同车的一位青年朋友说："原来世上真有这样的山。小时候认识了象形的'山'字，总也找不到想象中的山，今天才算解了这个谜。"大家都哈哈大笑。这些麦垛大大小小地交错着，淡出淡入，绿枝蒙蒙，像一团团春风刚梳妆过的杨柳。远到天边就只剩下一痕痕绿色的曲线。我们是专门驱车去看月亮洞的。那实际上是远处的一座山峰，中穿一洞，这洞又被前面的山所遮掩。车子前行就渐渐看到一眉弯月，月亮由亏到圆，灿若小姑娘的笑脸，再行又渐为轻云所遮，如月食之变。那年美国总统尼克松来游，大声叫绝，非要上山去探个究竟。这本是苏州园林中惯用的"移步换景法"，不想大自然却早有创造在这里等着。

第二天我们又在城里看了一天山。城里看山，这本身就是一个新鲜话题。都市里怎么能有山？有也只能是公园里的假山。那年我在昆明登龙门，看到城近郊有那样的真山已是大吃一惊，不想这桂林却有几十个大大小小的山头直跑到城里的马路边，钻到机关的院子里，蹲到人家楼前的窗户下，或者就拦在十字路口看人来人往。孤山、穿山、象山、叠彩山、骆驼山、独秀峰就这样真真切切地和人厮混在一起，桂林人每天上班下班，车水马龙绕山走，假日里则摩肩接踵，在山坡上滚，山肚子里钻。相处久了连山也都有了灵气。最有名的是象鼻山，城边水旁一个四脚稳立的大象，长长的鼻子直伸到水里，水下又有一个同样的象。骆驼峰，就是一峰蹒跚西行的长毛驼，连背上的两个驼峰、前伸的鼻子和旅途劳顿的神态都惟妙惟肖。人说这是世界上最大的骆驼。这些山大都被改造成公园，真山真水，当然比景山、颐和园要好看得多。桂林的山中皆有洞，洞大不可言。我只上到穿山的一个洞里，传说这是伏波将军一箭射穿的。洞内可坐数百人，有石桌石凳，夏天退了休的老人就在这里下棋、打牌做神仙。这洞的上面又还有同样的一层。除了上山看洞，还可入地看洞。资格最老的当然是芦笛岩。在这个地下龙宫里，竟都是些石笋、石柱，石的瓜、果、桃、李，石的狮、虎、猴、龟。

有的奇石是任怎样高明的大师也雕绘不出的惊天地的杰作。我奇怪这里大至山、小至石，怎么都如此逼近生命，凝聚着活力？桂林这块地方真是从山水到草木，从天上到地下，让灵气窜了个遍，浸了个透。人杰者，百代出一；地灵者，万里难觅。今独此地，除了上帝的垂青，鬼斧神工，又能作何解呢？

不知为什么在桂林我总要想起苏州。它们分别是从自然和人工的两头去逼近美，都是想把这两头拉过来挽成一朵美丽的花。人不但美食、美衣，还讲究择美而居。一种办法是选一块极富自然美的地方安营扎寨，这就是桂林。另一个办法是把自己居住的地方尽量打扮得靠近自然，这就是苏州。人类本来开始像小鸟恋窝一样依偎着自然，向往自然。古代有多少僧道隐者为享松竹之乐而逃离都市。但是随着人力的强大，人类又开始排斥自然，他们建起了现代的都市，用钢筋、水泥、玻璃、铝合金重垒了一个新窝，但同时也就开始接受应有的惩罚。而我们在桂林却找到了一个答案，像桂林山水一样珍贵的是桂林人与自然相契合的精神，像桂林山水一样令人羡慕的是桂林人的生存环境，他们在尽情实现人的价值的同时，既不是如僧看庙般媚就自然，也不是如大都市那样赶走自然，而是在自然的怀抱里把现代文明发挥得恰到好处，把自然的美留到极限，让人对自然永存一分纯真、一分童心，人与自然相亲相融。我这才理解了陈毅所说"愿做桂林人，不愿做神仙"。神仙虽好，没有烟火。桂林是一个有烟火的仙境，一个真山真水的盆景，一个成年人的童心梦。

（1995 年 8 月）

天星桥——桥那边有一个美丽的地方

全国的好山水也不知道去了多少处，竟没有想到还有这么美丽的地方。

天星桥在贵州黄果树旁，景区不算很大，方圆 5.7 平方公里，三个半小时就可以逛完，基本上是走平地，也不会让你很累。整个景区前半部主要看山石之奇，后半部主要看水秀之美，而渗透在全过程的是绿色的树、绿色的风。虽然还是不脱石美、水美、树美，但是它却硬能化平淡为神奇，将几个最普通的音符谱成了一首天上的乐曲。

天星桥风景区

石头哪里没有？但这里的石头总要变出个样，像一个曲子的变奏，熟悉中透着新鲜，叫你有一种感觉到却说不出的激动。比如石的表面经常会隆起一簇簇的皱褶。它本是个铜头铁脑、生硬冰凉的东西，却专向柔弱多情方面取貌摄形，如裙裾之褶，如秋水之纹，如美人蹙眉，如枯荷向空。这种强烈的反差，从你心里揉搓出一种从未有的美感，你忍不住要叫、要喊。再说它的形，也实在不俗，它决不肯媚身媚脸地去像什么，是什么。反而，它什么也不像，什么也不是，在你头脑的储存里根本找不见这样的物件。比如一座石山，大约有一座楼那么高，侧面看它却薄得像一本书，或者干脆是一张纸，硬是挺立在那里，水从脚下绕，藤在身上爬。它是什么？什么也不是，就是美。

天星桥景区的前半部是石在水中。浅浅的水面托起无数错落的石山、石崖、石壁，又折映出婆娑多姿的影。有的山平光如洗，映在水里是一面立着的镜子；有的中裂一缝，就是一道飞来的利剑。而在这些石崖石壁之间则贴着水面散布着365块石头，游人就踩着它荡着绿波，作画中游。因为这石的数目暗合了一年的天数，所以总会有一块正是你的生日石，此园就名数生园。你站在石上可以体会一下降世以来这最美丽的一天。行到景区的中部可以看到两座对峙的山峰，相距数十米之遥，它们各探出一只手臂呼唤对方。但就在相差一拳之远时，臂长莫及，徒唤奈何。这时一块巨石从天而降，上大下小，正好卡在其中，于是两手以石相接，形成一座云中的石桥。你仰望天桥忽然觉得自己就是刚刚从这桥上来到人间。

天星桥的水是为石而生的。一入景区，脚下就是水，是一面静静的大镜子，让你正面、反面、侧面，从各个角度来看山，看石，看自己。随物赋形，这水一时被众山穿插成千岛之湖，一时又被幻成漓江秋色，忽而又错落成武夷九曲，当然都是微型美景。钻过了那云中之桥，山高谷深，就渐有恢宏之气。谷底有一座深潭，名冒水潭，方圆数里，一泓秋水深不可测。潭为四山所合，不见源头，水从深底冒出，成两米多高的水柱，又静静滑落潭面，如夜空中的礼花。

水从冒水潭里流出之后，宣泄在一片石滩里，撞在各样石柱、石笋上，此景就名水上石林。云南的石林是看过的，那些无枝无叶的树，无言地伸向天空，让你感到生命的逝去；桂林的溶洞也是去过的，那湿漉漉、阴沉沉的石笋、石塔在幽暗中枯坐默守，让你感到岁月的凝固。当石头们只是同类相聚时，无论怎样地表现，也不脱冰冷生硬，就像一场纯由男性表演的晚会。而现在绿水碧波像一群姑娘欢快地冲入这片石林，大声喊着叫着，整个滩里银花朵朵，湿雾蒙蒙。游人从这块石跳到那块石，在流水的伴唱中，舞蹈着穿过这片已有亿万年的生命之林。水的结尾处是一个叫作珍珠泉的地方。平软的水波滑过整石为底的沟坡，在石面上滚成一颗颗的珍珠，又在阳光中幻出五颜六色，如一群快乐的孩子。突然这一切消失在一块巨石之下，当你急忙翻过石梁去寻，却只有无边绿树静无声。这水真是一个来无踪去无影的洛神。

天星桥的树以榕树为多，叶大荫浓，满谷绿风。有一株名"美人树"，树身高大绰约，枝叶如裙裾飘动。有一株叫"民族大家庭"，一从石中钻出即分成56根树干。还有一株并不是树，是一株老藤，也许当初是被风吹了一下，就挂在了谷对面的一棵高树上，生命之力竟将这藤拉得笔直，数丈之长，一腕之粗，像一根空中的单杠。因为这谷里除了石就是水，那树根，不是抓吸在石上，就是浸泡在水中。水、石、树这样无拘无束地相拥相抱，实在是天星桥的个性。从数生园出来，路边有一块一房多高的巨石，光溜溜的石壁上却顶出一株胳膊粗的小树。导游总喜欢考考游人，根在哪里？你俯近石壁细看，那树根粗者如筷，细者如丝，嵌隙觅缝，奔走东西，此壁就名"寻根壁"。当有巨石立在水中时，树根就贴着石面匍匐而下，再纵横交错慢慢抽紧，就像我们在码头上看到的，吊车用绳网从水里提起一件重物。那赭色的根胀满了力，像大木桶外条条的铜箍，又像大力士臂上暴突的青筋。你看这是一种多么美妙的结合，石临水巧妆，因水而灵；水绕石弄影，因石而秀；而这树呢，抱坚石而濯清流，展青枝而吐绿云，幻化出一团浓烈的生命。这种生命的力量和美感充盈在这条不大的山谷之中，让人流连忘返，回肠荡气。

我一定还会跨过这座桥的，我忘不了这里的美丽。

（《人民日报》2006 年 4 月 11 日）

夏感

　　充满整个夏天的是个紧张、热烈、急促的旋律。好像炉子上的一锅冷水在逐渐泛泡、冒气而终于沸腾了一样，山坡上的芊芊细草渐渐滋成一片密密的厚发，林带上的淡淡绿烟也凝成一堵黛色长墙。轻飞曼舞的蜂蝶不多见了，却换来烦人的蝉儿，潜在树叶间一声声地长鸣。火红的太阳烘烤着一片金黄的大地，浪翻滚着，扑打着远处的山、天上的云，扑打着公路上的汽车，像海浪涌着一艘艘的舰船。金色主宰了世界上的一切，热风浮动着，飘过田野，吹送着已熟透的麦香。那春天的灵秀之气经过半年的积蓄，这时已酿成一种磅礴之势，在田野上滚动，在天地间升腾。夏天到了。

　　夏天的色彩是金黄的。按绘画的观点，这大约有其中的道理。春之色为冷的绿，如碧波，如嫩竹，贮满希望之情；秋之色为热的赤，如夕阳，如红叶，标志着事物的终极。夏正当春华秋实之间，自然应了这中性的黄色——收获之已有而希望还未尽，正是一个承前启后、生命交替的旺季。你看，麦子刚刚割过，田间那挑着七八片绿叶的棉苗，那朝天举着喇叭筒的高粱、玉米，那在地上匍匐前进的瓜秧，无不迸发出旺盛的活力。这时她们已不是在春风微雨中细滋慢长，而是在暑气的蒸腾下，蓬蓬勃发，向秋的终点做着最后的冲刺。

　　夏天的旋律是紧张的，人们的每一根神经都被绷紧。你看田间那些挥镰的农民，弯着腰，流着汗，只想着快割，快割；麦子上场了，又想着快打，快打。他们早起晚睡亦够苦了，半夜醒来还要听听窗纸，可是起了风；看看窗外，天空可是遮上了云。麦子打完了，该松一口气了，又得赶快去给秋苗追肥、浇水。"田家少闲月，五月人倍忙"，他们的肩上挑着夏秋两季。

遗憾的是，历代文人不知写了多少春花秋月，却极少有夏的影子。大概春日融融，秋波澹澹，而夏呢，总是浸在苦涩的汗水里。有闲情逸致的人，自然不喜欢这种紧张的旋律。我却要大声赞美这个春与秋之间的黄金的夏季。

（1984 年 6 月）

秋思

　　十月里有机会到吕梁山中去。一进到山的峰谷间，秋浓如酒，色艳醉人。长年生活在城市里的人，真不知道大自然原来是这样地换着时装。这山，原该是披着一件绿裳的吧，而这时，却铺上了一层花毯，那绒绒的灌木、齐齐的庄禾、蔚蔚的森林，成堆成簇，如烟如织，一起拼成了一幅五光十色的大图案。

　　这花毯中最耀眼的就是红色。坡坡洼洼，全都让红墨浸了个透。你看那殷红的橡树、干红的山楂、血红的龙柏，还有那些红枣、红辣椒、红金瓜、红柿子等，都珍珠玛瑙似地闪着红光。最好看的是荞麦，从根到梢一色娇红，齐刷刷地立在地里，远远望去就如山腰里挂下一方红毡。点缀这红色世界的还有黄和绿。山坡上偶有几株大杨树矗立着，像把金色的大扫帚，把蓝天扫得洁净如镜。镜中又映出那些松柏林，在这一派暄热的色彩中泛着冷绿，更衬出这酽酽的秋色。金风吹起，那红波绿浪便翻山压谷地向天边滚去。登高远望，只见紫烟漫漫，红光蒙蒙，好一个热烈、浓艳的世界。

　　我奇怪，这秋色为什么红得这么深浓。林业工作者告诉我，这万山一片在春之初本也是翠绿鹅黄，一色新嫩。以后栉风沐雨，承受太阳的光热，吸吮大地的养分，就由浅而深，如黛如墨；再渐黄而红，如火如丹。就说这红枣吧，春天里繁花满枝，秋时能成果的也不过千分之二三，要经过多少场风吹雨打、蜂采蝶传，才得收获那由绿而红，一粒拇指肚大的红果。这其中浓缩了造物者多少的心血。那满山火红的枫叶则是因为她的叶

吕梁山秋色

绿素已经用完，显红色的花青素已经出现。这是一年来完成了任务的讯号，是骄傲与胜利的标志。

本来，四时不同，爱者各异。人们大都是用自己的心情去体味那无言的自然。所以春花灼灼，难免林小姐葬花之悲；秋色似水，亦有欧阳修夜读之凉。其实顺着自然之理，倒应是另一种感慨。芳草萋萋，杨柳依依，春景给人的是勃发的踊跃之情，是幻想，是憧憬，是出航时的眺望；天高云淡，万山红遍，秋色给人的是深沉的思索，是收获，是胜利，是到达彼岸后的欢乐。一个人只要是献身于一种事业，一步步地有所前进，他的感情就应该和这大自然一样的充实。我站在这秋的山巅，遥望那远处春天曾走过的小路，不觉想起保尔在晚年关于年华的那段名言："人最宝贵的是生命。生命给予我们每个人只有一次。人的一生应当是这样度过：回忆往事，他不会因为虚度年华而悔恨，也不会因为生活庸俗而羞愧；临死的时候，他能够说，我的整个生命和全部精力，都献给了世界上最壮丽的事业——为解放全人类而斗争。"我想，不管是少年、青年还是中年人，都请来这大自然的秋色中放眼一望吧。她教你思考怎样生活，怎样去创造人生。

(1981 年 10 月)

草原八月末

朋友们总说，草原上最好的季节是七八月。一望无际的碧草如毡如毯，上面盛开着数不清的五彩缤纷的花朵，如繁星在天，如落英在水，风过时草浪轻翻，花光闪烁，那景色是何等地迷人。但是不巧，我总赶不上这个季节，今年上草原时，又是八月之末了。

在城里办完事，主人说："怕这时坝上已经转冷，没有多少看头了。"我想总不能枉来一次，还是驱车上了草原。车子从围场县出发，翻过山，穿过茫茫林海，过一界河，便从河北进入内蒙古境内。刚才在山下沟谷中所感受的峰回路转和在林海里感觉到的绿浪滔天，一下都被甩到另一个世界上，天地顿时开阔得好像连自己的五脏六腑也不复存在。两边也有山，但都变成缓缓的土坡，随着地形的起伏，草场一会儿是一个浅碗，一会儿是一个大盘。草色已经转黄了，在阳光下泛着金光。由于地形的变换和车子的移动，那金色的光带在草面上掠来飘去，像水面闪闪的亮波，又像一匹大绸缎上的反光。草并不深，刚可没脚脖子，但难得的平整，就如一只无形的大手用推剪剪过一般。这时除了将它比作一块大地毯，我再也找不到准确的说法了。但这地毯实在太大，除了天，就剩下一个它；除了天的蓝，就是它的绿；除了天上的云朵，就剩下这地毯上的牛羊。这时我们平常看惯了的房屋街道、车马行人还有山水阡陌，已都成前世的依稀记忆。看着这无垠的草原和无穷的蓝天，你突然会感到自己身体的四壁已豁然散开，所有的烦恼连同所有的雄心、理想都一下逸散得无影无踪。你已经被溶化在这透明的天地间。

　　车子在缓缓地滑行，除了车轮与草的摩擦声，便什么也听不到了。我们像闯入了一个外星世界，这里只有颜色没有声音。草一丝不动，因此你也无法联想到风的运动。停车下地，我又疑是回到了中世纪。这是桃花源吗？该有武陵人的问答声；是蓬莱岛吗？该有浪涛的拍岸声。放眼尽量地望，细细地寻，不见一个人，于是那牛羊群也不像是人世之物了。我努力想用眼睛找出一点声音。牛羊在缓缓地移动，它们不时抬起头看我们几眼，或甩一下尾，像是无声电影里的物，玻璃缸里的鱼，或阳光下的影。仿佛连空气也没有了，周围的世界竟是这样空明。

丰宁坝上草原风光

　　这偌大的草原又难得的干净。干净得连杂色都没有。这草本是一色的翠绿，说黄就一色的黄，像是冥冥中有谁在统一发号施令。除了草便是山坡上的树。树是成片的林子，却整齐得像一块刚切割过的蛋糕，摆成或方或长的几何图形。一色桦木，雪白的树干，上面覆着黛绿的树冠。远望一片林子就如黄呢毯上的一道三色麻将牌，或几块积木，偶有几株单生的树，插在那里，像白袜绿裙的少女，亭亭玉立。蓝天之下干净得就剩下了黄绿、雪白、黛绿这三种层次。我奇怪这树与草场之间竟没有一丝的过渡，不见丛生的灌木、蓬蒿，连矮一些的小树也没有，冒出草毯的就是如墙如堵的树，而且整齐得像公园里常修剪的柏树墙。大自然中向来是以驳杂多彩的色和参差不齐的形为其变幻之美的。眼前这种异样的整齐美、装饰美，倒使我怀疑不在自然中。这草场不像内蒙古东部那样风吹草低见牛羊，不像西部草场那样时不时露出些沙土石砾，也不像新疆、四川那样有皑皑的雪山、郁郁的原始森林作背景。她像什么？像谁家的一个庭院。"庭院深深深几许。"这样干净，这样整齐，这样养护得一丝不乱，却又这样大得出奇。本来人总是在相似中寻找美。我们的祖先创造了苏州园林那样的与自然相似的人工园林，获得了奇巧的艺术美。现在轮到上帝向人工学习，创造了这样一幅天然的装饰画，便有了一种神秘的梦幻美，使人想起宗教画里的天使浴着圣光，或郎世宁画里骏马腾啸嬉戏在林间，美得让人分不清真假，分不清是在天上还是人间。

在这个大浅盘的最低处是一片水，当地叫泡子，其实就是一个小湖。当年康熙帝的舅父曾带兵在此与阴谋勾结沙俄叛国的噶尔丹部决一死战，并为国捐躯。因此这地名就叫将军泡子。水极清，也像凝固了一样，连倒影的云朵也纹丝不动。对岸有石山，鲜红色，说是将士的血凝成。历史的活剧已成隔世渺茫的传说。我遥望对岸的红山、水中的白云，觉得这泡子是一块凝入了历史影子的透明琥珀，或一块凝有三叶虫的化石。往昔岁月的深沉和眼前大自然的纯真使我陶醉。历史只有在静思默想中才能感悟，有谁会在车水马龙的街市发思古之幽情？但是在古柏簇拥的天坛，在荒草掩映的圆明废园，只会起一些具体的可确指的联想。而这空旷、静谧、水草连天、蓝天无垠的草原，教人真想长啸一声"念天地之悠悠"，想大呼一声"魂兮归来"。教人灵犀一点想到光阴的飞逝，想到天地人间的久长。

我们将返回时，主人还在惋惜未能见到草原上千姿百态的花。我说，看花易，看这草原的纯真难。感谢上帝的安排，阴差阳错，我们在花已尽，雪未落，草原这位小姐换装的一刹那见到了她不遮不掩的真美。正如观众在剧场里欣赏舞台上浓妆长袖的美人是一种美，画家在画室里欣赏裸立于窗前晨曦中的模特又是一种美。两种都是艺术美，但后者是一种更纯更深的展示着灵性的美。这种美不可多得也无法搬上舞台，它不但要有上帝特造的极少数的标准的模特，还要有特定的环境和时刻，更重要的还要有能生美感共鸣的欣赏者。这几者一刹那的交汇，才可能迸发出如电光石火般震颤人心的美。大凡看景只看人为的热闹，是初级；抛开人的热闹看自然之景，是中级；又能抛开浮在自然景上的迷眼繁花而看出个味和理来，如读小说分开故事读里面的美学、哲学，这才是高级。这时自然美的韵律便与你的心律共振，你就可与自然对话交流了。

呜呼！草原八月末。大矣！净矣！静矣！真矣！山水原来也和人一样会一见钟情，如诗一样耐人寻味。我一步三回头地离开那块神秘的草地。将要翻过山口时又停下来伫立良久。像曹植对洛神一样"背下陵高，足往神留，遗情想像，顾望怀愁"。明年这时还能再来吗？我的草原！

（1992 年 2 月 10 日）

三十年的草原　四十年的歌

　　内蒙古歌手在民族宫大剧院演出了一场"蒙古族长调歌曲演唱会"，主题是保护草原，遏制沙化。大幕未启，节目单发下来，上面赫然印着一位老歌手的名字：哈扎布。我心中猛然一惊，真的他还在世！

　　我没有见过哈扎布，也没有听过他的歌。记住这个名字是因为叶圣陶老的一首诗《听蒙古族歌手哈扎布歌唱》。1968 年我大学毕业分配到内蒙古工作，一到当地先搜集资料，有一本名人游内蒙古的诗文集，其中有叶老这首诗。开头两句就印象极深，至今仍能背出："他的歌韵味醇厚/像新茶，像陈酒。/他的歌节奏自然/像松风，像溪流。"我读这诗已是三十多年前，这三十多年间再未听说过哈扎布的名字，更没有想到今天还能听到他的歌。

　　因为是呼唤保护环境，恢复生态，晚会的气氛略有点压抑。老歌手是最后出台的，主持人说他今年整八十岁。他着一件红底暗花蒙古袍，腰束宽带，满脸沧桑，一身凝重。年轻歌手们一字排开拱列两旁。他唱的歌名叫《苍老的大雁》，嗓音略带暗哑，是典型的蒙古族长调。闭上眼睛，一种天老地荒、苍苍茫茫的情绪袭上我心。过去内蒙古闻名海内外，是因它美丽的草原、美丽的歌声。我三十年前在那里当记者，曾在草原上驰过马，躺在草窝里仰望蓝天白云，静听那远处飘来的，不是为了演唱而唱的歌。当时一些传唱全国的著名歌词现在还能记得。"鞭儿击碎了晨雾，羊儿低吻着草香。"那时无论如何也不会想到，这种美丽几十年后就要消失。近几年沙尘暴频起草原，直捣北京。去年，北京一家大报曾发表了一整版

今昔对比的照片，并配通栏大标题："昔日风吹草低见牛羊，今天老鼠跑
过见脊梁"。今晚，我闭目听歌，不觉泪涌眼眶。新茶陈酒味不再，松涛
无声水不流。当年叶老因歌而起的意境已不复存在，剧场一片清寂。我仿
佛看见一只苍老的大雁，在蓝天下黄沙上一圈圈地盘旋，在追忆着什么，
寻找着什么。坐在我身后的是一位至今仍在草原上当记者的同志，他悄悄
地说了一句："心里堵得慌。"

晚会后回到家里深夜难眠，我起身找到三十多年前的笔记本，叶老的
诗还赫然其上：

> 他的歌韵味醇厚，
> 像新茶，像陈酒。
> 他的歌节奏自然，
> 像松风，像溪流。
> 每个字都落在人心坎上，
> 叫人默默颔首，
> 高一点低一点就不成，
> 快一点慢一点也不就，
> 唯有他那样恰好刚够，
> 才叫人心醉神怡，尽情享受。
>
> 语言不通又有什么关系，
> 单听歌声就能知情会意。
> 无边的草原在歌声中涌现，
> 草嫩花鲜，仿佛嗅到芳春气息，
> 静静的牧群这儿是，那儿也是，
> 共进美餐，昂头舐舌心欢喜。
> 跨马的健儿在歌声中飞跑，
> 独坐的姑娘在歌声中支颐，

健儿姑娘虽然远别离，

你心我心情如一，

海枯石烂毋相忘，

誓愿在天鸟比翼，在地枝连理。

这些个永远新鲜的歌啊，

真够你回肠荡气。

他的歌韵味醇厚，

像新茶，像陈酒。

他的歌节奏自然，

像松风，像溪流。

莫说绕梁，简直绕心头。

更何有我，我让歌占有。

弦停歌歇绒幕垂，

竟没想到为他拍手。

　　当年叶老虽听不懂蒙语，但他真切地听到了其中的草嫩花鲜，静静的牧群，还有回肠荡气的爱情。我查了一下叶老写诗的日期：1961 年 9 月，距今正好四十年。我抄这诗也过了三十年。三十年、四十年来，当我们惊喜地看着城市里的水泥森林疯长时，却没想到草原正在被剥去绿色的衣裳，无冬无夏，羞辱地裸露在寒风与烈日中。

　　没有绿色哪有生命？没有生命哪有爱情？没有爱情哪有歌声？若叶老在世，再听一遍哈扎布的歌，又会为我们写一首怎样深沉的诗？归来吧，我心中的草原，还有叶老心中的那一首歌。

（《人民日报》2001 年 12 月 13 日）

西北啊，西北

要接受一次爱国主义教育吗？要探寻一条英雄之路吗？最好到西北一行。

——摘自日记

有人说，假如用一块硬纸片剪出我们共和国的地图，再在上面选一个点，用一根细棍将它平衡地顶起来，那么这一个点正好是兰州。你没有想到吧，那遥远的兰州竟是我国地理上的中心。以地理而论，我国政治、文化、经济、人口的分布是多么不平衡。所以一些有识之士一再强调开发西北，中央更作出了本世纪末我国开发的重心在西北的决定。我就是在这样的形势下去西北寻访那些开发者的足迹，去景仰祖国的这半壁河山的。

从兰州出来，列车西去，这便是有名的河西走廊。晚上出发，在车上睡了一夜，坐了一天，又睡了一夜，第三天早晨才算走出了这个长廊。只有这时，我才感到祖国的幅员辽阔，才更深一层地体会到祖国的伟大。躺在铺位上，随着车身的摇晃，我想起就在我们出发西行的同时，报社有一个代表团也东行出发到国外去访问。这时我们还没有走出一个省，而他们却早已跨出国境线了。

早晨醒来，我把额头贴在窗玻璃上，贪婪地放眼这西北的大地。天还没有大亮，一望无际的戈壁滩上长着半人高的绿刺，东一簇，西一簇的，这几乎是戈壁滩上唯一的生物。东边天上渐露出一束亮光，刺得人眼睛睁不开，那些骆驼刺更成了模糊的一团团，远望就如操场上正待检阅的士兵。果然，有一位将军出来阅兵了，那就是太阳。他的出场可真不一般，东山背后先是一片微明，继而又放出一大片红烟，这红烟直冲到极高的天空，将云雾都染上了红色，如此有半个小时，气氛着实威严。就像戏台上大将出场前总要有一阵紧锣密鼓一样，经过这一番渲染后，太阳才慢慢地露出一点眉毛，露出半个脸庞，然后刹那间一下跳出地面。果然，他一出来就带着军威，带着浑身的火焰。他给这个世界上的先不是光，而是色，是橘红的色。他将这种色染给了地上的每一样物质，那粼粼的石子，那肃立的骆驼刺，那一切显示线条的地方都镶上这种橘红的边，只有西北的土地才能排出这样威武的仪仗。这广场大极了，静极了，威武极了，将军要训话了。然而他没有说，只是用目光扫视着一切，而且慢慢地升高，以便更清楚地看到全场，看到他的全部人马。

列车在飞驰，人们都将身子贴向窗户，静静地迎接这个西北的早晨。我闪过了一丝念头，好像我们进入了一个史前的洪荒世界。我们过惯了那种吵闹的都市生活，走惯了两边夹着高楼的路，听惯了人声与车声的嘈杂，一夜醒来后，这外面展现在眼前的也是我们的祖国吗？啊，祖国在我记忆中，是天安门的红墙黄瓦，是西子湖的粼粼秋波，是泰山的青松，是黄山的白云，何时还曾有过这样未被开发的原野、这样雄浑的气势？祖国的风貌、祖国的色彩、祖国的气概这样地激人壮志，在祖国这结实的胸脯面前再懦弱的人也会鼓起一往无前的勇气！我把头紧紧地贴在窗玻璃上不愿离开，像孩子偎在大人身边。祖国啊，我又一次发现了你。我也发现了，没有在母亲怀中受过爱抚的人，不懂得母爱；不熟悉祖国大地的人，很难懂得爱国。

在西北的日子里，这种对祖国的发现之感，对自身爱国之心的发现之感，时时会突然跳了出来。到新疆不久，一天我到吐鲁番去。正是中午，广阔的沙滩蒸腾着热气。但这不是水汽，而是向上飘着的干热，腾腾地如同火焰一般。这里的干、热、旱是世界闻名的。夏天，沙面温度最高时可达72℃，旱得可以一年不见一滴雨。偶然下点雨，雨滴还未落地，就在空中被干空气吸收尽了。我看着远处的山，周身赤红，这便是《西游记》上写的火焰山了。再看更远处的天山，却又白雪遮帽，静静地蹲在那里，像一个世世代代沉思默想的老人。我现在所置身的地方，正是有名的吐鲁番，它是世界上仅有的两个最低的地方之一，比海平面还要低 150 米，这里是一个聚宝盆，我到盆地的葡萄沟里去，那葡萄藤粗得如臂如股，交错扶疏，搭成几百米的长廊。如珠似玉的果实垂着，打人的头，遮人的眼。葡萄园紧连着瓜田，那有名的哈密瓜像枕头一样东卧一个，西躺一只。切开后咬一口，蜜浆粘着嘴唇。哦，正是因为这旱啊、这热啊、这低啊，才有这样出类拔萃的物产。那远山上的雪水渗下来，在地上慢慢地滋润，那天上的太阳射下来，在头上狠狠地加热。我们见惯的绿叶，在景山，在北海，在武夷山下，在漓江旁，常是专让人赏心悦目、怡情增趣的，而这里，每一片绿叶都是一个高效率的化工厂，在作着能量转化、制造糖分的工作。那葡萄，那哈密瓜，含糖率竟达 20％以上。西北的沙漠、西北的戈壁，竟是贮满了糖汁的啊。我在葡萄架下漫步，让脸轻轻地磨那冰肌玉肤的葡萄；我在沙滩上坐下，用手慢慢地抓起一把细沙，撒开，让它流到地下，再抓一把，再撒开。我体会着她的温软，看着她的晶莹，这就是西北吗？这苍凉掩盖着的娇媚，这洪荒中掩藏着的锦绣，这苦涩后紧跟着的甜蜜。正像歌唱这里的一首歌说的："我的心儿醉了。"

从吐鲁番返回，车过达坂城时起了风。路边的树在风中弯成了一面弓，车子开得十分吃力。被风扬起的细沙从车篷的缝隙里钻进来，匀匀地落在头上、脸上、衣袖上。达坂的风在世界上怕也是数一数二的。每年八级风可刮一百天以上，风速大时每秒可达五十五米，连火车在逆风中也开不动，有一次大风甚至将十节空车厢吹翻。"狂吹人上天，疾卷车如纸。"这是清人描写新疆大风的诗句。今天的风没有这样大，但也已昏天暗地的了。风擦着车帮，打着尖利的唿哨。车身震颤着，在和一个无形的力士作着殊死的搏斗。天气也突然冷起来了，上车时还穿着短袖衬衣，这时却都把毛衣加在了身上。出门遇上这种天气是扫兴的，而此时，我却如在钱塘观潮，在海边看浪，感到一种豪气扑面而来。祖国啊，你不只有如画的风景，春兰秋菊的容颜，你也有雷霆，也有闪电。你不喜欢那些只会泪眼对故国明月的儿女，你不爱那些只沉浸于一勺西湖水的子孙。你要用自己的强悍、骁勇去感染、锤炼出无愧于你的儿女！

吐鲁番葡萄沟

多么辽阔的土地啊，只新疆一个省，就有三个法国大。多么壮美的河山啊，你在西北行走，无论在甘肃、在青海、在新疆，也无论在冬天、在夏天，你只要一抬头就会看到那皑皑的雪峰，他飘着白须，那样高远，那样静穆。你开着车，走过青海湖，走过天池，走过玛纳斯湖，它们静静地躺着，明净的水面那样深沉、那样含蓄。它们在等待啊，等待。我搜索着自己脑中关于西北的诗词，大都是些"无花只有寒"的悲怨，都是些"北风卷地白草折"的吟叹。直到解放后，这里组建了生产建设兵团，出了一位武将诗人，他就是兵团政委张仲翰。他有一首《老兵歌》唱道：

> 江山空半壁，何忍国土荒。
> 君有万夫勇，莫负好时光。

西北，这壮美的大地啊，你终于等来了，等来了开发的大好时光。

其实，西北的开发并不自今日始。

我出发作西北之行时，随身带了一本解放前出版的《中国的西北角》的书，可见国民党政府就已在喊着开发西北了。一批实业家确也曾在这里惨淡经营交通、矿业。到乌鲁木齐后，我又买了一本《历代西域诗抄》，进一步知道在清末民初时，就着手这里的开发。左宗棠有诗云："西域环兵不计年，当时立国重开边。……置省尚烦它日策，兴屯宁费度支钱。"他在与沙俄作战的途中还一路亲率士兵修路、植柳。至今，人们在天水、平凉等地还可看见两人合抱不住的"左公柳"。再远，还可追溯到汉张骞、李广、卫青、霍去病。清康熙中叶时又从甘肃境内的 56 个州县西迁了 2 400 户，经营敦煌。千百年来，黄帝的子孙们并没有因为这块土地的荒凉而放弃了对它的经营、对它的开发。他们用赤子的热心来暖化这冰天雪地，用爱国之情来培出沙海的绿荫。这种艰苦而又伟大的开发工作一直持续到现在。它使我们这些同是炎黄子孙，但生活在风和日丽之乡和都会街市里的人，一来这里便不由生发对西北同胞们的敬意，相形之下甚而还有自我惭愧之感。

在西北，我访问了许多在南方出生长大的知识分子。他们是新中国培养的第一批大学生。可是这里早成了他们的第二故乡，江南留给他们的是童年温暖的记忆，这里却给他们注入了事业的生命力。有一位女考古学家，叫穆舜英，也是南方人。她在这里考察时曾发掘出一具古楼兰王国的女尸，虽距今已 1 200 多年，但衣饰完整，浓眉大眼，被称为"睡美人"。发掘那天，漫天大风，她和伙伴们抬着这位"睡美人"从山上走下来，心头充满了一种有生以来从未有过的欢乐。她是第一个进入这个地区的女科学家，也是第一个在这里发现了完整古尸的人。对科学事业来说，对开发者来说，第一意味着什么？意味着牺牲，意味着英雄，意味着科学史上的一个新坐标。我想起那个因在我国西北地区考察而闻名于世的瑞典探险家斯文·赫丁。他当年越过塔克拉玛干大沙漠进入罗布泊地区，进到古楼兰。他骄傲地说："从前没有一个白人到过世界上这个地方。我是第一个，我就是这里的君王。"炎黄子孙们哪里去了？为什么让一个白人在这里当"君王"？彭加木同志赌这口气，他率队第一个穿越罗布泊，驱车在古丝绸路上疾驶，他和他的继承者得到了一大批最珍贵的资料。他们填补了一个空白，在地学领域又开辟了一块天地，他们才是这里的"君王"！西北，真是一块砥砺人意志的巨石。在我和一位经常出入沙漠的研究员连续两天的谈话中，从早到晚，他没有想到给客人倒一杯水，自然他自己也不喝一口，这是长期在沙漠里工作养成的习惯。他已经像一株红柳、一苗沙枣、一丛骆驼刺，完全征服了这里的环境，成了这大风、黄沙与冰雪的主人。

在和这些西北开发者一块生活的日子里，我时常想到一个问题，人在这个世界上来去，总应留下一点痕迹，对历史有一点奉献，就像那在甘肃秦安出土的六千年前的彩陶和那敦煌石窟里不知名的艺术家的泥塑。那么这痕迹留在哪里呢？留在那已经人满为患的都市吗？留在那已在炒着冷饭的学术领域吗？这些地方早已是新痕压旧迹，很难再有建树了。还是毛主席的那句老话，要绘图，最好是白纸。在准噶尔盆地的边缘，我拜访了一批军垦战士，他们全都来自上海、武汉、重庆、成都等南方大都市。他们在这张白纸上很快就绘出了新图。这原来渺无人烟的沙窝，现在长着几个人一次都吃不完的大甜瓜，长着全国最好的长绒棉。他们亲手建起的石河子新城，全新的街道，全新的建筑，全新的居民，全市人口平均年龄只有23岁。我问一个上海青年，为什么不想回上海？他说："这里天高地阔，回去憋得不行！"文学老前辈王统照说过："人是在环境中容易被征服的动物。"是的，环境太安逸了要夺人志的。白居易写江南是："吴酒一杯春竹叶，吴娃双舞醉芙蓉"，而大西北则是："大漠风尘日色昏，红旗半卷出辕门"。同是炎黄子孙，西北子弟更得天地之豪情！

万千年来，人类的活动只限于地表，他们盖房、挖沟、烧陶、打猎、埋葬，也只不过在地表几米、十几米深的土层上作着搅动。考古学上将这一层留有人类文明痕迹的土地叫作"文化层"。包括那伟大的敦煌艺术，也只是坐落在这一层上。随着科学的发达，人类文明的痕迹也在逐渐向地心伸延。

在兰州，我遇见这样一批搞石油地质的人，他们的钻头已打到地下的一万米深处，而他们研究的石油成因又可追溯到三亿多年前的地球。"深山有宝贝，狮虎来看守。"恶劣的气候正是这油海上的看守者。但是勇敢者来了，当年这些刚出校门的热血青年，背着石头袋子，提着地质锤，爬冰卧雪，在野外遇到一间破房子便是最好的宿处。男女队员中间隔上一溜书包，和衣而卧，鼾声如雷。天不亮又向新的目标前进。我会见了一位当年的女子野外勘探队长。她是杭州人，那曾是西子湖般明亮的双眸旁已经爬满了鱼尾纹。她深情地回忆着过去的英雄生涯，怀念为我国石油事业贡献出青春甚至生命的战友。和她同期来西北的还有杨虎城将军的女儿，她在一天外出回来时迷了路。第二天早晨，伙伴们在帐篷外一里地处发现了她，但是已被风雪埋葬了生命。由这两个英雄的女性，我想到敦煌文物所的一位副所长。她，一个上海姑娘，从考古系毕业后就来到三危山下的沙窝里，只身一人30多年。她们的青春都献给了祁连风雪，而西北的资源、文化，连同恶劣的自然条件又成就了她们的事业。我国的石油事业，从玉门，从柴达木走出来，走向大庆，走向大港，走向全国各大油田。我们的敦煌艺术终于从沙堆下被发掘出来走向全世界。啊，这批伟大的开拓者，这批优秀的炎黄子孙，天赋西北于他们！他们对得起西北，对得起祖国母亲！

我从西北回来已经很长一段时间了。但是，一闭眼，脑海里就是那皑皑的雪山，那明镜般的天池，那滚滚的黄河，那一望无际的戈壁，还有那些在山河大漠间工作的可敬可爱的人们。这几年旅游之风大盛，有人向往国外的现代文明，有人留恋江南的明山秀水，我却愿中华儿女都到西北一行，那里会给你思考，给你鼓舞，催你奋进。我们不该忘记西北——祖国的半壁河山，更不该忘记：我们自己，是喝着黄河水的炎黄子孙。

（1983 年 11 月）

大西北的戈壁

石河子秋色

国庆节在石河子度过。假日无事，到街上去散步。虽近晚秋，秋阳却暖融融的，赛过春日。人皆以为边塞苦寒，其实这里与北京气候无异。连日预告，日最高气温都在二十三摄氏度。街上菊花开得正盛，金色与红色居多。花瓣一层一层，组成一个小团，绒绒的，算是一朵，又千朵万朵，织成一条条带状的花圃，绕着楼，沿着路，静静地闪耀着她们的光彩。还有许多的荷兰菊，叶小，状如铜钱，是专等天气快要冷时才开的。现在也正是她们的节日，一起簇拥着，仰起小脸笑着。蜜蜂和蝴蝶便专去吻她们的脸。

花圃中心常有大片的美人蕉。一来新疆，我就奇怪，不论是花，是草，是瓜，还是菜，同样一个品种，到这里就长得特别的大。那美人蕉有半人高，茎粗得像小树，叶子肥厚宽大，足有二尺长。她不是纤纤女子，该是属于丰满型的美人。花极红，红得像一团迎风的火。花瓣是鸭蛋形，又像一张少女羞红的脸。而衬着那花的宽厚的绿叶，使人想起小伙子结实的胸膛。这美人蕉，美得多情，美得健壮。这时，她们挺立在节日的街心拉着手，比着肩，像是要歌，要说，要掏出心中的喜悦。有一首歌里唱道："姑娘好像花儿一样，小伙儿心胸多宽广。"这正是她们的意境。

石河子，是一块铺在黄沙上的绿绸。仅城东西两侧的护城林带就各有150米宽。而城区又用树行画成极工整的棋盘格。格间有工厂、商店、楼房、剧院。在这些建筑间又都填满了绿色——那是成片的树林。红楼幢幢，青枝摇曳；明窗闪闪，绿叶婆娑。人们已分不清，这城到底是在树林中辟地盖的房、修的路，还是在房与路间又见缝插针栽的树。全城从市中心推开去，东西南北各纵横着十多条大路，路旁全有白杨与白蜡树遮护。杨树都是新疆毛白杨，树干粗而壮，树皮白而光，树冠紧束，枝向上，叶黑亮。一株一株，高高地挤成一堵接天的绿墙，一直远远地伸开去，令人想起绵延的长城，有那气势与魄力。而在这堵岸立的绿墙下又是白蜡。这是一种较矮的树，它耐旱耐寒，个子不高，还不及白杨的一半，树冠也不那样紧束，圆散着，披拂着。最妙的是它的树叶，在秋日中泛着金黄，而又黄得不同深浅，微风一来就金光闪烁，炫人眼目。这样，白杨树与白蜡树便给这城中的每条路都镶上了双色的边，而且还分出高低两个层次。这个大棋盘上竟有这样精致的格子线。而那格子线的交叉处又都有一个挤满美人蕉与金菊的大花盘，算是一个棋子。

我在石河子的街上走着，以新奇的目光打量着它，打量着这个棋盘式的花园城。这时夕阳斜照着街旁的小树林，林中有三五只羊在捡食着落叶。孩子们背着书包绕树嬉戏。落日铺金，一片恬静。这里有城市的气质，又有田园的姿色，美得完善。她完全是按照人们的意志描绘而成的一幅彩画。我想这彩画的第一笔，应是 1950 年 7 月 28 日。这天，刚到达新疆不久的王震将军带着部队策马来到这里。举目四野，荆棘丛生，芦苇茫茫，一条遍布卵石的河滩，穿过沙窝，在脚下蜿蜒而去。将军马鞭一指："我们就在这里开基始祖，建一座新城留给后世。"三十多年过去了，这座城现在已出落得这般秀气。在我们这块古老的国土上，勤劳的祖先不知为后世留下了多少祖业。他们在万里丛山间垒砖为城，在千里平原上挖土成河。现在我们这一代，继往开来，又用绿树与鲜花在皑皑雪山下与千里戈壁滩上打扮出了一座城，要将她传给子孙。他们将在这里享用这无数个金色的秋季。

（1983 年 11 月 12 日）

西北三绿

古曲有《阳关三叠》，如怨如诉，叙西北之荒凉，写旅人之悲怆。今天，当我也作西北之行时，却感到别有一番生机，即兴所记，而成《西北三绿》。

刘家峡绿波

当我乘交通艇，一进入黄河上游的刘家峡水库时，便立即倾倒于她的绿了。这里的景色和我此时的心情，是在西北各处和黄河中下游各段从来没有过的。

一条大坝拦腰一截，黄河便膨胀了，宽了，深了，而且性格也变得沉静了。那本是夹泥带沙，色灰且黄的河水；那本是在山间湍流，或在垣上漫溢的河床，这时却突然变成了一汪百多平方公里的碧波。我立即想起朱自清写梅雨潭的那篇《绿》来。他说："那醉人的绿呀，仿佛一张极大极大的荷叶铺着……"我真没有想到，这以"黄"而闻名于世的大河，也会变成一张绿荷叶的。水面是极广的，向前，看不到她的源头，向后，望不尽她的去处。我挺身船头，真不知该作怎样的遐想。朱自清说，西湖的绿波太明，秦淮河的绿波太暗，梅雨潭的特点是她的鲜润。而这刘家峡呢？我说她绿得深沉，绿得固执。沉沉的，看不到河底，而且几尺深以下就都看不进去，反正下面都是绿。我们平时看惯了纸上、墙上的绿色，那是薄薄的一层，只有一笔或一刷的功底。我们看惯了树木的绿色，那也只不过是一叶、一片或一团的绿意。而这是深深的一库啊，这偌多的绿，可供多

刘家峡水库

少笔来蘸抹呢？她飞化开来，不知会把世界打扮成什么样子。大湖是极静的，整个水面只有些微的波，像一面正在晃动的镜子，又像一块正在抖动的绿绸，没有浪的花、涛的声。船头上那白色的浪点刚被激起，便又倏地落入水中，融进绿波；船尾那条深深的水沟，刚被犁开，随即又悄然拢合，平滑无痕。好固执的绿啊。我疑这水确是与别处不同的，好像更稠些，分子结构更紧些，要不怎会有这样的性格？

这个大湖是长的，约有六十五公里，但却不算宽，一般宽处只有二三公里吧，总还不脱河的原貌。一路走着，我俯身在船舷，平视着这如镜的湖面，看着湖中山的倒影，一种美的享受涌上心头。山是拔水而出的，更确切点，是水漫到半山的。因此，那些石山，像柱，像笋，像屏，插列两岸，有的地方陡立的石壁则是竖在水中的一堵高墙。因为水的深绿，那倒影也不像在别处那样单薄与轻飘，而是一线庄重的轮廓，使人想起夕阳中的古城。在这样的地方，这样的时刻，即使游人也不敢像在一般风景区那样轻慢，那样嬉戏，那样喊叫。人们站在舷边，伫望两岸或凝视湖面。这新奇的绿景，最易惹人在享受之外思考。我知道，这水面的高度竟是海拔一千七百多米。李白诗云："黄河之水天上来"，那么，这个库就是一个在半空中接住天水而造的湖，也就是说，我们现时正做着半空水上游呢。我国幅员辽阔，人工的库、湖何止万千，刘家峡水库无论从高度、从规模，都是首屈一指的。当年郭沫若游此曾赋词叹道："成绩辉煌，叹人力，真正伟大。回忆处，新安鸭绿，都成次亚。"那黄河本是在西北高原上横行惯了的，她从天上飞来，一下子被锁在这里。她只有等待，在等待中渐渐驯顺，她沉落了身上的泥沙，积蓄着力量，磨炼着性格，增加着修养，而贮就了这汪沉沉的绿。她是河，但是被人们锁起来的河；她是海，但是人工的海。她再没有河流那样的轻俏，也没有大海那样的放荡。她已是人化了的水泊，满贮着人的意志，寄托着人们改造自然的理想。她已不是一般的山洼中的绿水，而是一池生命的乳浆，所以才这样固执，这样深沉，才有这样的性格。

船在库内航行，不时见两边的山坡上伸下一根根的粗管子，像巨龙吸水，头一直埋在湖里，那是正修着的扬水工程。不久，这绿水将越过高山，去灌溉戈壁，去滋润沙漠。当我弃舟登岸，立身坝顶时，库外却是另一种景象。一排有九层楼高的电厂厂房，倚着大坝横骑在水头上。那本是静如处女的绿水，从厂房里出来后，瞬即成为一股急喷狂涌的雪浪，冲着、撞着向山下奔去，她被解放了，她完成任务了，她刚才在那厂房里已将自己内涵的力转化为电。大坝外，铁塔上的高压线正向山那边穿去。像一齐射出的箭。她带着热能，东至关中平原，西到青海高原，北至腾格里沙漠，南到陇南。这里的工作人员说，他们每年要发五十六亿度电，只往天水方向就要送去十六亿度，相当于节煤一百二十万吨呢。我环视四周，发现大坝两岸山上的新树已经吐出一层茸茸的绿意，无数喷水龙头正在左右旋转着将水雾洒向它们。是水发出了电，电又提起水来滋润这些绿色生命。这沉沉的绿水啊，在半空中做着长久的聚积，原来是为了孕育这一瞬的转化，是为了获得这爆发的力。现在刘家峡的上游又要建十一个这样大的水库了，将要再出现十一层绿色的阶梯。黄河啊，你快绿了，你将会"碧波绿水从天来，奔流到海不复回"。刘家峡啊，你这一湖绿色会染绿西北，染绿全国的。我默默地祝福着你。

天池绿雪

雪，自然不会是绿的，但是它却能幻化出无穷的绿。我一到天池，便得了这个诗意。

在新疆广袤的大地上旅行，随处可以看见终年积雪的天山高峰。到天池去，便向着那个白色的极顶。车子溯谷而上，未见池，先发现山上流下来的水，成一条河。因山极高，又峰回沟转，这河早成了一条缠绵无绝的白练，纷纷扬扬，时而垂下绝壁，时而绕过绿树。山是石山，沟里无半点泥沙，水落下来摔在石板上跌得粉碎，河床又不平，水流过七棱八角的尖石，激起团团的沫。所以河里常是一团白雾，千堆白雪。我知道这水从雪山上来，先在上面贮成一池绿水，又飞流而下的。雪水到底是雪水，她有自己的性格、姿态和魅力。当她一飞动起来时，便要还原成雪的原貌。她在回忆自己的童年，她在流连自己的本性。她本来是这样白，这样纯，这样柔，这样飘飘扬扬的。她那飞着的沫，向上溅着，射着，飘着，好像当初从天上下来时舒舒慢慢的样子。她急慌慌地将自己撞碎，成星星点点，成烟，成雾，是为了再乘风飘去。我还未到天池边，就想，这就是天池里的水吗？

等到上了山，天池在群山的环抱之中。一汪绿水，却是一种冷绿。绿得发青、发蓝。雪峰倒映其中更增加了她的静寒。水面不似一般湖水那样柔和，而别含着一种细密、坚实的美感，我疑她会随时变成一面大冰的。一只游艇从水面划过，也没有翻起多少浪波，轻快得像冰上驶过一架爬犁。我想要是用一小块石片贴水飘去，也许会一直飘滑到对岸。刘家峡的绿水是一种能量的积聚，而这天池呢？则是一种能量的凝固。她将白雪化为水，汇入池中，又将绿色做了最大的压缩，压成青蓝色，存在群山的怀中。

新疆天池

池周的山上满是树，松、杉、柏，全是常青的针叶树，近看一株一株，如塔如麤，远望则是一海墨绿。绿树，我当然已不知见过多少，但还从未见过能绿成这个样子的。首先是她的浓，每一根针叶，不像是绿色所染，倒像是绿汁所凝。一座山，郁郁的，绿的气势，绿的风云。再，就是她的纯。别处的山林在这个季节，也许会夹着些五色的花，萎黄的叶，而在这里却一根一根，叶子像刚刚抽发出来；一树一树，像用水刚刚洗过，空气也好像经过了过滤。你站在池边，天蓝，水绿，山碧，连自身也觉通体透明。我知道，这全因了山上下来的雪水。只有纯白的雪，才能滋润出纯绿的树。雪纯得白上加白，这树也就浓得绿上加绿了。

我在池边走着，想着，看着那池中的雪山倒影，我突然明白了，那绿色的生命原来都冷凝在这晶莹的躯体里。是天池将她揽在怀中，慢慢地融化、复苏，送下山去，送给干渴的戈壁。好一个绿色的、雪山怀抱的天池啊，这正是你的伟大，你的美丽。

丰收岭绿岛

从戈壁新城石河子出发，汽车像在海船上一样颠簸了三个小时后，我登上了一个叫丰收岭的地方。这已经到了有名的通古特大沙漠的边缘。举目望去，沙丘一个接着一个，黄浪滚滚，一直涌向天边。没有一点绿色，没有一点声音，不见一个生命。我想起瑞典著名探险家斯文·赫丁在我国新疆沙漠里说过的一句话："这里只差一块墓碑了。"好一个死寂的海。再往前跨一步，大约就要进入另一个世界。一刹那，我突然感到生命的宝贵，感到我们这个世界的可爱。

我不由回过身来。只见沙枣、杨、榆、柳，筑起莽莽的林带，透过绿墙的缝隙，后面是方格的农田，红的高粱，黄的玉米，白的棉花，正扬着笑脸准备登场。这大概就是丰收岭名字的由来。起风了，风从沙漠那边来，那苍劲的沙枣树，挺起古铜色的躯干，挥动厚重的叶片；那伟岸的白杨，拔地而起，在云空里傲视着远处的尘烟；那繁茂的榆、柳拥在白杨身下，提起她们的裙裾，笑迎着扑面的风沙。绿浪澎湃，涛声滚滚，绿色就在我的身后，我不觉胆壮起来。绿色在原始森林里叫人恐怖；在无边的大海上，让人寂寞；在茫茫的草原上，使人孤独。而现在，沙海边的这一点绿色啊，使人振奋，给人安慰，给人勇气，只有在此时此地，我才真正懂得，绿色就是生命。现在，这许多的绿树，连同她们的根须所紧抱着的泥沙，泥沙上覆盖着的荆棘、小草，已勇敢地深入到沙海中来，形成一个尖圆形的半岛。我沿半岛的边缘走着，想到最前面去看看那绿色和黄沙的搏斗。前面杨、榆、柳那类将帅之木已经没有，只派着这些与风沙勇敢肉搏着的尖兵。她们是：红柳、梭梭树、沙拐枣、沙打旺等灌木，一簇簇，一行行。要论容貌，她们并不秀气，也不水灵，干发红，叶发灰，而且稀疏的枝叶也不能尽遮脚下的黄沙。但这是一个伟大的群体，我抬头望去，方圆上千亩，一片朦胧的新绿，正是"沙间绿意薄如雾，树色遥看近却无"。

这绿雾虽是那样的淡，那样的薄，那样的柔，但却是一张神奇的网，她罩住了发狂的沙浪，冲破了这沉沉的死寂。我沿着人工栽植的灌木林走着，只见一排排的沙土已经跪伏在她们的脚下，看来这些沙子已被俘获多时，沙粒已经开始黏结，上面也有了稀疏的草，有了鸟和兔子的粪，已有了生命的踪迹。治沙站的同志告诉我，前两三年这脚下还是流动的沙丘，引进这些沙生植物后，沙也就驯服多了。梭梭林前涌起的沙梁，虽将头身探起老高，像一匹嘶鸣的烈马，但还是跃不过树丛。那树踩着它的身子往上长，将绿的枝抽它的背，用绿的叶去遮它的眼，连小草也敢"草假树威"，到它的头上去落籽生根。它终于认输了，气馁了，浑身被染绿了。治沙站的同志又转过身子，指着远处那些高大的防风绿墙说："七八年前，连那些地方也是流沙肆虐之地。"我停下脚来重新打量着这个绿岛，她由南而北，尖尖地伸进沙漠中来，像一支绿色的箭，带着生命世界的信息，带着人们征服荒原的意志，来向这块土地下战表了。漠风吹过来，这个绿岛上涛声滚滚，潮起潮落，像一股冲进荒漠里的绿流，正浸润着黄沙，慢慢地向内渗移。我联想到，千百年来流水剥去了大地的绿衣，黄河毁了多少田园，挟带着泥沙冲进碧波滔滔的大海。黄色在入海口渐渐蔓延，渐渐推移，于是我们的海域内竟出现了一座黄海。这是大自然的创造。而现在，人们却让沙海中出现了一座绿岛，这是人的创造。

我在这座人工绿岛上散步，细想着，这里的绿不同于黄河上碧绿的水库，也不同于天山上冷绿的天池，那些绿的水，是生命的乳汁，是生命的抽象，是未来的理想；而这里的绿，就是生命自己，是生命力的胜利，是伟大的现实。

丰收岭的绿岛啊，就从这里出发，我们去收获整个世界。

我从西北回来顺手摘了这三片绿叶。亲爱的读者，你看，西北还荒凉吗？我可以骄傲地宣布，我们的西北将会出现历史上最美丽的时期。

（1984 年 10 月）

那青海湖边的蘑菇香

小时长在农村，食不为味只求饱。后来在城市生活，又看得书报，才知道有"美食家"这个词。而很长时间，我一直怀疑这个词不能成立。我们常说科学家、作家、画家、音乐家等，那是有两个含义：其一，他首先是一份职业、一个专业，以此为工作目标，孜孜以求；其二，这工作必有能看得见的结果，还可转化为社会财富，献之他人，为世人所共享。而美食家呢？难道一个人一生以"吃"为专业？而他的吃又与别人何干？所以我对"美食"是从不关心、绝不留意的。

十年前，我到青海采访。青海地域辽阔，出门必坐车，一走一天；那里又是民歌"花儿"的故乡，天高路远，车上无事就唱歌。省委宣传部的曹部长是位女同志，和我们记者站的马站长一递一首地唱，独唱，对唱，为我倾囊展示他们的"花儿"。这也就是西北人才有的豪爽，我走遍全国各地未见哪个省委的部长肯这样给客人唱歌的，当然这也是一种自我享受。但这种情况在号称文化发达的南方无论如何是碰不到的。一天我们唱得兴起，曹部长就建议我们到金银滩去，到那个曾经产生了名曲《在那遥远的地方》的地方去采访，她在那里工作过，人熟。到达的当天下午我们就去草滩上采风，骑马，在草地上打滚，看蓝天白云，听"花儿"和藏族民歌。曹部长的继任者桑书记是一位藏族同志，土生土长，是比老曹还"原生态"的干部。

晚上下了一场小雨。第二天早饭后桑书记领我们去牧民家串门儿，遍野湿漉漉的，草地更绿，像一块刚洗过的大绒毯，而红的、白的、黄的各

青海湖

色小花星布其上，真是一个名副其实的金银滩。和昨天不一样，草丛里又钻出了许多雪白的蘑菇，亭亭玉立，昂昂其首，小的如乒乓球，大的如小馒头，只要你一低头，随意俯拾，要多少有多少。这些小东西捧在手里绵软湿滑，我们生怕擦破她的嫩肤，或碰断她的玉茎。我这时的心情，就是人们常说的"天上掉馅饼"，喜不自禁。连着走了几户人家，看他们怎样自制黄油子，用小木碗吃糌粑，喝马奶酒，拉家常。老桑从小在这里长大，草场上这些牧马、放羊的汉子，不少就是他光屁股时候的伙伴。蒙蒙细雨中，他不停地用藏语与他们热情地问候，开着玩笑，又一边介绍着我们这些客人。而印象最深的是，每当我们踩着一条黄泥小路走向一户人家时，一不小心就会踢飞几个蘑菇。而每户人家的门口都已矗立着几个半人高的口袋，里面全是新采的蘑菇。

老桑掀开门帘，走进一户人家。青海湖畔高寒，虽是 8 月天气，可一到雨天家里还是要生火的。屋里有一盘土炕，地上还有一个铁火炉。这炉子也怪，炉面特别的大，像一个吃饭的方桌，油光黑亮。这是为了增加散热，和方便就餐时热饭、温酒。雨天围炉话家常，好一种久违了的温馨。我被让到炕头上，刚要掏采访本，老桑说："别急，咱们今天上午不工作，只说吃。——娃子！到门口抓几个菌子来。"一个八九岁的红脸娃就蹿出门外，在草丛里三下两下弯腰采了十几个雪白的蘑菇，用衣襟捧着，并水珠儿一起抖落在炕沿上。我突然想起古人说的十步之内必有芳草，这娃迈出门外也不过五六步，就得此美物。而城里人吃的鲜菇也至少得取自百里之外吧，至于架子上的干货更不知是几年以上的枯物了。老桑挽了挽袖子说："看我的，拿黄油来。"他用那双粗大的黑手，捏起一个小白菇，两个指头灵巧地一捻，去掉菇把，翻转菇帽，仰面朝上。又轻撮三指，向菇帽里撒进些黄油和盐。那动作倒像在包三鲜馄饨。然后将蘑菇仰放在热炉面上，齐齐地排成一行，像年夜包的饺子。不一会儿，炉子上发出哒哒的响声，黄油无声地溶进菇瓢的皱褶里，那鲜嫩的菇头就由雪白而嫩黄，渐渐缩成一个绒球状，而不知不觉间，莫名的香味已经弥漫左右进而充盈整个屋子了，真有宋词里"暗香浮动月黄昏"的意境。也不要什么筷子、刀叉，我们每个人伸出两指，捏着一个蘑菇球放入口中——初吃如嫩肉，却绝无肉的腻味；细嚼有乳香，又比奶味更悠长。像是豆芽、菠菜那一类的清香里又掺进了一丝烤肉的味道，或者像油画高手在幽冷的底色上又点了一笔暖色，提出了一点亮光。总之是从未遇见过的美味。

从草原返回的路上，我还在兴奋地说着那铁炉烤香菇，司机小伙子却回头插了一句嘴："这还不算最好的，我们小时候在野地里，三块砖头支一个石板，下面烧牛粪，上面烤蘑菇，比这个味道还要香。"大家轰的一阵笑，又引发了许多议论，纷纷回忆一生中遇到的最好的美味。但结论是，再也吃不到从前那样的好东西了。这时老马想起了一首"花儿"，便唱道："上去高山着还有个山，平川里一朵好牡丹。下了高山（着）折牡丹，心乏（着）折了个马莲莲。"曹部长就对了一首："山丹丹花开刺刺儿长，马莲花开到（个）路上。我这里牵来你那里想，热身子挨不到（个）

一打上。"啊，最好的美味只能是梦中的情人。

回到北京后我十分得意地向人推荐这种蘑菇新吃法。超市里有鲜菇，家里有烤箱，做起来很方便，凡试了的，都说极好。但是我心里明白，却无论如何也比不上草原上、雨天里、热炕边、铁炉上，那个土黄油烤鲜菇的味道，更不用说那道"牛粪石板菇"了。人的一生不能两次趟过同一条河流，世界上最好的东西只能是记忆中的一瞬。物理学上曾有一个著名的"测不准原理"，两个大物理学家——玻尔和爱因斯坦为此争论不休。爱氏说能测准，玻氏反驳说不可能，比如你用温度计去量海水，你读到的已不是海水的温度。我又想起胡适的话，他说真正的文学史要到民间去找，到在口头上流传的作品中去找，一上书就变味了。确实，时下文学又有了"手机段子"这个新品种，它常让你捧腹大笑或拍案叫绝，但却永远上不了书。你要体验那个味道只有打开手机。

看来，城里的美食家是永远也享受不到"牛粪石板菇"这道美味了。

（《北京日报》2012 年 6 月 7 日）

河套忆

白居易忆江南，最忆的是红花、绿水、桂子、芙蓉。我却常想起西北的河套，想那里的大漠、黄河、沙枣、蜜瓜。

1968年底，我从首都的大学毕业后被分配到内蒙古西部的一个小县里，迎接我的是狂风飞沙，几乎整日天地混沌，嘴、鼻子、耳朵里沙土不绝。风刮过来时，路上的人得转过身子，逆风倒行。那风也有停歇的时候，一天，我们几个人便乘这个难得的机会，走出招待所，穿过那些"文化大革命"留下的残墙断壁，到城外去散心。只见冰冷的阳光下起伏的沙丘如瀚海茫茫，一直黄到天边。没有树，没有草，没有绿，甚至没有声音。在这里好像一切都骤然停止。我们都不说话，默默地站着，耳边还响着上午分配办公室负责人的训话："你们这些知识分子在这里自食其力，好好改造吧。"知识就是力量。我们这几个人是有力量的，各有自己的专业，有天文、化学、历史、建筑知识，可是到哪里去自食其力呢？眼前只有这一片沙漠，心头没有一点绿荫。

春天到了，我和民工一起被派到黄河边去防汛。开河前的天气是阴沉低闷的，铅灰色的天空，像一口大锅扣在头上，不肯露出一丝蓝天。长长的大堤裹满枯草蓬蒿，在风中冷得颤抖。那茫茫大河本是西来，北上，东折，在这里绕了一个弯子又浩浩南去的。如今，却静悄悄的，裹了一身银甲，像一条沉睡的巨龙。而河的南岸便是茫茫的伊克昭沙漠，连天接地，一片灰黄。我一个人巡视着五六里长的一段堤，每天就在这苍天与莽野间机械地移动，像大风中滚动着的一粒石子。我的心也像石头一样的沉。我只盼着快点开河，好离开这忧郁的天地。

一天下午，当我又在河堤上来回走动时，眼睛突然一亮，半天上云开一线，太阳像一团白热化的火团挤开云缝，火团旁那铅块似的厚云受不了这炽热，渐渐由厚变薄，被熔化，被蒸发。云缝越来越宽，阳光急泻而下，在半空中洒开一个金色的大扇面。这时远处好似传来隐隐的雷鸣，我的心激动了，侧过耳朵静静地听着，声音却好像是从脚下发出的。啊，老河工说过，春气是先从地下泛动的。忽然我又发现不知何时，黄河那身银色的铠甲裂开了一线金丝，在渐渐地扩宽。那是被禁锢了一冬的河水啊，正在阳光下欢快地闪出软软的金波。不一会儿偌大的冰河就破碎了，浮动了。黄河伸伸懒腰苏醒了，宽阔的水面漂着巨大的冰块，顺流直下，浩浩荡荡，像一支要出海的舰队。那冰块相撞着发出巨大的响声，有时前面的冰块流得稍慢一些，后面的便斜翘着，一块赶一块地压了上来，瞬时就形成一道冰坝，平静的河面陡然水涨潮涌。北国的春天啊，等不得那柳梢青绿，墙头杏红，竟来得这样勇猛。

不知何时，堤外的河滩里跑来一群觅草的马，它们狂奔着，嘶鸣着，一会儿吻吻地下的春泥，一会儿又仰天甩着长鬃。我被感染了，不禁动了那在心头关锁了许久的诗情，轻声咏道：

> 俯饮千里水，仰嘶万里云。
> 鬃红风吹火，蹄轻翻细尘。

我的心解冻了。

春天过后，我们被分配到一个生产队去当农民。每天担土拉车，自食其力。生活是单调的，但倒也新鲜。书全都锁进了箱子。我从头学着怎样锄草、间苗、打坷垃。我已学会用一根叫"担杖"的棍子担土，学会不怕膻味吃羊肉汤泡糕，还知道酸菜烩猪肉时最好用铜锅，那菜就越煮越泛出鲜绿。高兴时也去和放马的后生们一起骑上马在草地上狂奔，只是不敢备鞍，怕摔下来挂了镫。晚上也到光棍房里去听古，有时也能凑上去开几句粗野的玩笑。一次，我从牧人处得到了一个黑亮的野黄羊角，竟用心地雕起烟嘴来。渐渐地，我们的饭量大了，胳膊腿儿粗了，只是不怎么用脑了，对箱子里的书也渐渐淡忘。只有偶尔开会夜归，抬头望天，学天文的就指给大家，哪个是"牛郎"，哪个是"织女"。抱把柴火蒸馒头时，学化学的就挽起袖子来兑碱，算是我们还有一点知识。

夏初的一夜，经过一天的劳累，我在泥壁草顶的小屋里酣卧。一觉醒来，月照中天，寰宇一片空明，窗外的院子白得像落了一层薄霜。不知为什么，我不觉动了对北京的思念。这时的北海，当是碧水涟涟，繁花似锦了。铁狮子胡同我们那个古老的校园——那里曾是鲁迅先生不能忘却的刘和珍君牺牲的地方——这时那一树树的木槿该又用她硕密的花朵去遮掩那明净的教室。图书馆的楼下一定又泛起了一阵阵的清香，那满园的丁香也该已开放。和着月色，我忆起宋人的诗句，"暗香浮动月黄昏"。这样不知过了多时，便又在一种浮动的暗香中蒙眬睡去。

1969 年作者在河套

翌日，我起来扫院子，鼻间总有一种若有若无的清香。我怀疑还是昨夜的梦，但这香又总不肯退去。原来沙枣花已悄悄绽开。我拉着扫把伫立着。房东大爷看见了说："后生，想家了吧，春过了，你们也该走了。"我说："大爷，我们不走了，就在这里当一辈子农民。"不料，他胡子一抖，脸上闪过一丝不快，连说："那还行？那还行？"

　　一年后，我们自然是分配了，工作了，去自食其力了。去年夏天，我们这一伙河套人在北京的一个朋友家里小聚。主人说要给大家吃一件稀罕物，说着便捧出一个金黄如碗大的东西。众人一见，不觉齐声惊呼："河套蜜瓜！"在北京见到这种东西，真如他乡遇故人，席间气氛顿时活跃。瓜切开了，那瓤像玉，且清且白，味却极甜，似糖似蜜，立时香溢满室。老朋友们尽情畅谈，经过那场沧桑之变，各人终于又走上了自己的路。大家诉说着，互相安慰、祝贺、勉励。当然，也少不了忆旧，重又陶醉河套平原那迷人的夏夜、火红的深秋，最后自然又谈到桌上的蜜瓜。那样苦的地方，怎么能产出这样好的瓜呢？我们这些在那块土地上生活过的人自然知道，是因为经了那风沙、干旱和早晚极悬殊的温差，这瓜里的蜜才酿炼得这样甜、这样浓。事物本是相反才能相成的。

　　河套，我永不会忘记那个我刚开始学步的地方。

（1983 年 5 月）

1969 年作者在河套农村锻炼

河套日记

最近内蒙古研究乌梁素海的生态恢复，我应邀重回故地。岁月如梭，转眼已是 40 年。40 年来这里有什么变化呢？人多了，车多了，楼多了；而许多的自然美景、物种及附于其上的情感却少了，甚至是永远地消失了。巴彦淖尔归来，我翻阅 40 年前的采访日记，恍如隔世，这就是当年的河套？当年的乌梁素海吗？从中我又窥见了当时的环境、气候、生态、政治、生产和人们生活的"原生态"。只是逝者如斯，那些政治术语，如"阶级仇恨"、"反修防修"、"人民公社"，现在的年轻人恐怕要借助政治辞典才能阅读。而日记中的一些人物，如乌梁素海上的打鱼人、知青女教师、织毛口袋的手艺人，连他们的职业都已成为历史。最遗憾的是已消失的生态环境和奇丽的自然美景，这些只能在上一代人的记忆里去寻找了。幸亏还有这几章断断续续的日记为我们留下了一点历史的蛛丝马迹，一点恢复和谐生态环境的参考。

1972 年 8 月 7 日

上午正式向报社报到，下午县革委会宣传组开欢送会。从今天起就调往内蒙古日报社了，任报社驻巴盟记者。

1968 年 12 月被分配到临河，经一年多的农村劳动锻炼后被分到革委会，到今天共三年七个月时间，生活在社会上，特别是在政府机构中，使自己的政治嗅觉、阶级观点、路线觉悟有了提高，改变了学校时的书呆子气，使那种天真烂漫的幻想有了落实的地方，并得到了修正。这便是三年多的收获。

以后的任务是怎样努力搞好新闻工作，在新的阵地上利用这几年的基础有所进取。

1972 年 8 月 10 日

今天到磴口。这里盛产河套蜜瓜，皮硬而黄，香甜如蜜，每年 8 月成熟，远销区内外，今年第一次向国外出口。到瓜熟季节，田头堆积如山，各家都备瓜待客。我们一来到这里，老朋友们就以瓜盛情款待。因有是作：

> 不需烟和茶，客至敬以瓜，
>
> 蜜汁溢唇齿，寒香盈两颊。

1972 年 8 月 12 日

今天从磴口县来到乌拉特前旗的乌梁素海采访。真是"才吃磴口瓜，又食乌海鱼"。

民谚"黄河百害，唯富一套"。黄河自宁夏西来，从磴口县进入内蒙古河套地区，自流灌溉，滋润了八百里农田后，退入乌梁素海，又向东流入山西。于是巴彦淖尔的西、东两端便出现两个奇迹。最西边的磴口紧靠乌兰布和沙漠，是"早穿皮袄午穿纱"的气候，特别适宜种瓜果；而最东边的乌梁素海，竟有 600 多平方公里的水面，是一个塞外的"江南水乡"。这是我无论如何没有想到的。我是一直生活在北方，乌梁素海是我平生见过的最大的"海"。当天下午，通讯组的同志就领我到海上去打鱼，而那鱼不时地自己跳出水面，有一条竟跳到小船上。最多的是鲤鱼，还有长着两根长胡子的鲶鱼。船工是 50 年代年从河北白洋淀支援到这里的。过去当地人不吃鱼，也不会打鱼，现在开始吃了，但鱼太多，很便宜，五分钱一斤。他说冬天，破冰捕鱼，一网能打 10 万斤呢。船不时穿过青翠的芦苇林，水鸟多得叫不上名字。这种景色我只有在电影上看到过。

1972 年 9 月 13 日

今天早晨出发由陕坝镇到新红大队。这个大队是全盟农业先进单位。去年粮食亩产 672 斤，糖菜亩产 6 000 多斤，以粮食为纲全面发展，我参观了他们的玉米、高粱等秋粮作物，还有糖菜等经济作物。印象最深刻的是造林工作抓得好，林带成网，这里地处阴山脚下，春冬季风沙严重，这些林带发挥了极重要的作用。途中吟成小诗四首：

车出陕坝镇

车向山根射去，

秋天的田野一望无际。

火红的高粱，

金黄的糜子，

悠扬的山歌飘荡着五谷的香气！

公路伸向春天

一带青山压着地缘，

一条公路伸向春天。

轻车赶着羊群，

羊群涌入了云间。

车过山间小学

一团红云扑入眼帘，

乡村小学突现在面前。

车身一闪——

紫红的校舍，

紫红的操场，

无数火红的小脸蛋，

一齐向我们呼喊。

急回首,

红火的领巾

正被山风点燃!

车过山洪地

车过山洪地,

路旁石如麻。

大者停碌碡,

小者滚西瓜。

一剑南北劈,

一线东西斜。

轻车似飞舟,

我心翻浪花。

1972 年 11 月 15 日

小记两个人物。

今天来到杭锦后旗沙海公社新红大队采访。这里已是很长时间不来干部了。傍晚,我到了大队部,只见一个十七八岁的小青年在门口织羊毛口袋。这是一种笨重的手工劳动。用一把 7 斤重的铁刀,一刀一刀地把纬线压紧,一天只能织几尺。我问他,你一个人织吗?他说还有他的师傅,在屋里缝口袋。

我进了屋里,一个中年人,个子不高,正低头缝着毛口袋。我想这就是他了。还不等我开口,他便抬起头来,热情地招呼我坐,又递过来一支烟。我说:"辛苦吧。"他说:"说不上,有一碗饭吃就行。"天色已发黑,我说:"看不见做活了。"他说:"今天又交代起了,现在睡觉就是咱们的任务。"他已 42 岁,但还未娶过妻子。我说:"为什么不找一个?"他说:

"二十来岁的时候有过这念头，但以后也就不想它了。我一个人当口袋匠，一个月可以挣 100 多元，交队里一些还有四五十元，走到哪儿，吃到哪儿，给哪个队干活，哪队还不热情招待？干不动时，有集体五保哩。找那家口干什么？现在要找都是带孩子的，你养活人家，等将来你鼻涕邋遢了，老不死的样，人家还不嫌弃你，何苦呢？"

晚上我就和他睡在一个炕上，他话很多，看过不少古书。他的哲学就是干活、吃饭，自己还买了个收音机带在身上。晚上一人打开听听歌曲，还挺爱好音乐。就是这样一个自由职业者。临睡时，他说要吃药。我说："什么病？"他说也没什么。人这一辈子就像地里的糜子，到八月十五不割也不行了。"我已是七月十五的糜子了。"其实他才四十刚出头。

第二天晚上我正在土炕上写稿，进来一个老汉，姓张，就在大队房后住。很健谈，也很乐意显示自己。他说，他有很多秘方，治了不少疑难病。他在 20 多岁时碰见了一个妇女口鼻流血，多年治不好，他用了二两当归，一两川芎，童便泡七次，蒸七次，焙干研末，黄酒为引冲服，治好了。还有一次，用自己配的药丸，加三分麝香，治好了一个食道癌患者。

1973 年 6 月 10 日

沙枣是农田与沙漠交错地带有的树种，研究河套生态、气候不能不研究沙枣。我注意观察沙枣已有好几年，但由观察而仔细思考都还是近来的事。

记得还是我刚从北京来到河套时就对沙枣这种树感到奇怪。1968 年冬我大学毕业后分到临河县，头一年在小召公社光明大队劳动锻炼。我们住的房子旁是一条公路，路边长着两排很密的灌木丛，也不知道叫什么名字。第二年春天，柳树开始透出了绿色，接着杨树也发出了新叶，但这两排灌木丛却没有一点表示。我想大概早已干死了，也不去管它。

但是，后来不知不觉中这灌木丛发绿了，叶很小，灰绿色，较厚，有刺，并不显眼，我想大概它就是这么一种树吧，也并不十分注意。只是在每天上井台担水时，注意别让它的刺钩着自己。

6月初，我们劳动回来，天气很热，大家就在门前空场上吃饭，隐隐约约飘来一种花香，我一下就想起在香山脚下夹道的丁香，一种清香醉人的感受。但我知道这里是没有丁香树的。当时也很不解其因。

第二天傍晚我又去担水，我照旧注意别让枣刺挂胳膊，啊，原来香味是从这里发出的。真想不到这么不起眼的树丛却有这种醉人的香味。这时我开始注意沙枣。

认识的深化还是去年春天。4月下旬我到杭锦后旗参加了一期盟里举办的党校学习班。党校院里有很大的一片沙枣林，房前屋后，也都是沙枣树。学习到6月9日结束。这段时间正是沙枣发芽抽叶、开花吐香的时期。我有幸仔细地观察了它的全过程。

沙枣，首先是它的外表极不惹人注意，虽绿但不是葱绿，而是灰绿；其花黄，但不是深黄、金黄，而是淡黄，很小，连一般菊花的一个花瓣大也没有。它的幼枝在冬天时灰色，发干，春天灰绿，其粗干却无论冬夏都是古铜色。总之，色彩是极不鲜艳喜人的，但是它却有这么浓的香味。当时我一下想到鲁迅说过的话，牛吃进去的是草，挤出来的是奶，它就这样悄悄地为人送着暗香。当时曾写了一首小词记录了自己的感受：

> 干枝有刺，
>
> 叶小花开迟。
>
> 沙埋根，风打枝，
>
> 却将暗香袭人急。

去年秋天，我到杭后太阳庙公社的太荣大队去采访，又一次看到了沙枣的壮观。

这个大队紧靠乌兰布和大沙漠，为了防止风沙的侵蚀，大队专门成立了一个林业队造林围沙。十几年来，他们沿着沙漠的边缘造起了一条20多里长的沙枣林带，在这条沙枣林带的后面又是柳、杨、榆等其他树的林带，再后才是果木和农田。我去时已是秋后，阴历十月了。沙枣已经开始干叶，只有那些没有被风刮落的果实还稀疏地缀在树上，有的鲜红鲜红，有的发青，形状也有滚圆的和椭圆的两种。我们摘着吃了一些，面而涩，倒也有它自己的独特风味，当地的小孩子是不会放过它的，也可收来当饲料喂猪。在这里，我才第一次感觉到了它的实用价值。

首先，这长长的林带锁住了咆哮的黄沙。你看那浩浩的沙海波峰起伏，但到沙枣林带前却停滞不前了。沙浪先是凶猛地冲到树前，打在树干上，但是它立即被撞个粉碎，又被顶回几尺远，这样，在树带下就形成了几尺宽的无沙通道，像有一个无形的磁场挡着似的，沙总是不能越过，而高大的沙枣树带着一种威慑力量巍然屹立在沙海边上，迎着风发出豪壮的呼叫。沙枣能防风治沙，这便是我了解到的它最大的用处。

沙枣能防风治沙是因为它有顽强的生命力。一是抗旱，无论怎样干旱，只要插下苗子，就会茁壮生长，虽不水嫩可爱，但顽强不死，直到长大。二是它能自卫，它的枝条上长着尖尖的刺，动物不能伤它，人也不能随便攀折它。正因为这点，沙枣林还常被用来在房前屋后当墙围，栽在院子里护院，在地边护田。三是它能抗碱。它的根扎在白色的碱土上，但枝却那样红，叶却那样绿，我想大概正是从地下吸入白色的碱变成了红色的枝和绿色的叶吧。就是因为有这些优点，它在严酷的环境里照样能茁壮地生长。

过去我以为沙枣是灌木。在这里我才发现沙枣是乔木，它可以长得很高大。你看那沙海前的林带，就像一个个的巨人挽手站成的行列，那古铜色的粗干多么像人体健康的臂膀。

在这里我见到了林业队长。他是一个近 60 岁的老人。20 多年来一直在栽树。花白的头发，脸上深而密的皱纹，古铜色的脸膛，粗大的双手，我一下就想到，他多么像一株成年的沙枣，年年月月在这里和风沙作战，保护着千万顷的庄稼不受风沙之害。质朴、顽强、吃苦耐劳，这些可贵的品质就通过他那双满是老茧的手在育苗时注入了沙枣秧里，通过他那双深沉的眼睛在期待中注入沙枣那红色的树干上。

不是人像沙枣，是沙枣像人。

前几天，6月5日，正是阴历端午节时，我又到临河县城附近的永丰大队去采访。在这里我又看到了沙枣的另一种奇观。这个地方几乎家家房前屋后都是沙枣簇拥。而且，在这里我又有了一个新的认识。原来我以为沙枣总是临沙傍碱而居，其叶总是小而灰，色调是暗旧的。但是，在这里，沙枣依水而长，一片葱绿，最大一片也居然有一指之长，这是我过去看到的三倍之大了。清风摇曳，碧光闪烁，居然也不亚于婀娜的杨柳，加上它特有的香味，使人心旷神怡。沙枣，原来也是很秀气的。它也能给人以美的享受，能上能下，能文能武，能防沙，能抗暴，也能依水梳妆，绕檐护荫，接天蔽日，迎风送香。美哉，沙枣！

今年，又是初夏，而我在去冬已移居到临河县中学来住。这个校园其实就是一个沙枣园。一进大门，大道两旁便是密密的沙枣林。每天上下班，特别是晚饭后、黄昏时，或皓月初升的时候，那沁人的香味便四处蒸起，八方袭来，飘飘漫漫，流溢不绝，让人陶醉。这时，我就感到初夏的一切景色便都融化在这股清香中，充盈于宇宙。我在沙枣香中嗅到了花的香甜，看到了糖菜的绿色，望见了麦田的碧波，听到了那潺潺的流水和田野里的朗朗笑声。

宋人咏梅有一名句："暗香浮动月黄昏"，其实，这句移来写沙枣何尝不可？这浮动着的暗香是整个初夏河套平原的标志。沙枣的香过几天就要消失，但不久它会变为仲夏的麦香、初秋的菜香、仲秋的玉米香、晚秋糖菜的甜香。

沙枣花香，香飘四季。

1973 年 7 月 29 日

巴盟地区去冬少雪，今春少雨，入夏以来却连降暴雨、冰雹。这对乌拉特中后联合旗、潮格旗两个边境旗（县）是一件好事，旱象已基本解除。去年一年没有发绿的草场也开始长出新草，但这对农区却是一场灾难。本来今春少雨，土地很少泛碱，小麦出苗全，夏熟作物长势很好，是个丰收的年景。但突来的大雨、冰雹造成沿山地区的山洪暴发，潮格旗山前的农区今年原希望小麦上"纲要"的，一场雨后，平地淤泥二尺深，庄稼都泡在泥糊里。

7 月 17 日那天我正在杭锦后旗召庙公社采访。下午 5 时回来的路上狂风大作，人推着自行车都站立不住，沙土、石子从地上卷起打在脸上、臂上生痛。瞬间天昏地暗，乌云滚滚，雨急如箭，穿人肉骨，眼前雨水如瀑如幕，三尺外不辨人、物，就如突然掉进海底。我们同行三人背向风雨，仍喘不上气，像有一只巨手强往你的嘴里灌水，觉得马上就要被呛死。自行车轮早成两个泥磨盘，丝毫不能动，急弃车，钻到公路下的排水涵管里。幸亏只有五六分钟，若这风雨再延长 10 分钟，或伴有冰雹，我们不被呛死、砸死，也会被突发的洪水冲进涵管里淹死。第二天返城时，才知有几个社员昨日在地里淋雨，冷气相逼，一晚上都说不出话来。

7 月 23 日到五原县采访，这里雹灾严重。灾情较重的银定图公社有 5 个大队四次遭雹子打。有的地段冰雹连降 40 分钟，平地积冰 6 寸，雹子砸过后的地里坑密如麻，一个碗大的冬瓜上竟数出 80 多个坑痕，丰收的小麦被平扫去半个穗头，每亩减产约 40 斤左右。我说起 17 日在杭锦后旗遭遇的大雨，他们说那天五原县降了雹子，小者如蚕豆，大者如鸡蛋，银定图公社还降有一尺大的冰块。全县打死了 100 多只羊，伤 8 人。

1973 年 11 月 30 日

24 日来到太阳庙公社采访科学种田活动。整整三天早出晚归，跑遍了全公社的四个方向，很令人兴奋。不管是 60 多岁的老人，还是十几岁的红小兵，还有家庭拖累重的妇女，都参加了这一活动，而且成效很大。实验田亩产达 1 500 斤，全公社今年增产 50 多万斤粮，花了两个晚上我写了一篇 8 000 字的通讯。

稿子发走了，这个典型也确实不错。但我并不满意，觉得还有许多可改进之处。如片面追求创纪录，重视实验田，忽视大田种植；重视玉米、高粱等高产作物，忽视小麦、糜子等传统作物；实验田的计酬方法不完善，影响积极性等。一个记者要宣传新事物，更有责任保护和扶植新事物。昨天晚上，我找到公社书记王金河同志，坦率地提出了自己的看法，并建议搞两个东西：一是实验田管理条例；二是开一个科研总结座谈会。我们一直谈到深夜。他非常高兴地接受了建议，并希望我常来。

1974 年 3 月 25 日

这几日在杭锦后旗采访，时值春播大忙，同时开展"批林批孔"运动。林彪叛逃，上面的传达文件中有一句话"林彪披着马克思主义的外衣"，农民听不懂，就批判说："这个林彪很坏，他还偷了马克思的大衣"，虽然懵懵懂懂，各队的批判会却开得很热烈。

1974 年 5 月 7 日

今天从白脑包公社采访回来。在那里见到了我两年前认识的一位知识青年女教师。那时我在那里参加整党工作队，她是一位优秀教师，曾得到过公社的表扬。我早想写一点关于知识青年生活的文字，就留心听她讲了一些乡村教师与学生的故事。

农村里的学生很勤劳，他们大一点的每天都有半天参加队里的劳动，小一点的放学后也要帮家人打猪草、割麦子。正因为这样，他们不像城里的孩子有时间去想方设法地淘气，相对来说，是较规矩、老实的。

她刚开始当教师时，什么也不懂，弄出不少笑话。第一次给同学分发新作业本后，忘记这些一年级的娃还不会写自己的名字，等到写完作业收上来后本上都没有名字。改完后没法下发，她就把作业本放在桌子上，让学生们自己来取。这一下可闹了乱子，你抢我夺，有的拿了两本，有的找不见本子直哭。这乱糟糟的样子，管也管不住，她气得快要掉泪了。后来因为撕坏了几本，她又去供销社买来补上，然后一一替他们写上名字。现在这些学生已是四年级了，她随着他们也度过了四年的教师生活。她说，也气人，也很惹人爱。有时感到没办法，有时觉得这工作真有意思。有时气得想哭，但她从不让自己掉出眼泪。在孩子们面前一定要装成一个大人（其实她也还是一个孩子）。

她说，孩子们有时也很会骗你。他们的家长常请她去家里吃饭，这种情况，大多数让她拒绝了。一次一个学生放学后就来找老师，说："我妈让你到我家一趟。""去干什么？""不知道。""你们家吃饭没有？""吃过了。"她怕是说谎就故意等一会儿，然后又突然问："吃的什么菜？""炒白菜。"学生回答得自然而流利，并且说："这会儿各家都早吃完饭了。"于是她就被学生拉着手向家里走去。刚到院门口，就听见院子里一阵哄笑，一进家，锅盖刚打开，正冒热气，她受骗了。

这几天，正赶上学生考试，我就顺手看了看桌子上孩子们的答卷。其中有一道题是编一个寓言故事。答卷有各式各样，这些自编的寓言反映了儿童的心理，反映了他们丰富的农村生活。

有一篇是这样的：

小鸡和小鸭

小鸡在打麦场上吃粮食，小鸭子看见了说："这是集体的粮食，贫下中农流汗换来的，你不能吃。我们应该多下蛋，多贡献。"小鸡说："不吃粮食，我怎么能下蛋呢？"小鸭说："你可以到路边、院子里捡一些洒下的粮食和菜叶吃。"小鸡："哦，你说得对，我们应节约粮食多下蛋。"

1974 年 6 月 1 日

5 月 20 日至 5 月 27 日在乌拉特前旗采访，先后去了苏独仑、长胜、树林子等公社。这里的风景以乌梁素海的水乡美和乌拉山的林区美最为著名。乌梁素海我是常去的，乌拉山深处的牧区因交通不便却难得一去，最近终于抓住一个机会。

进山

5 月 25 日上午我们在公庙子下了汽车，先与乌拉山口前的空军某部联系，他们定于明日进山拉练，我们随行采访。下午我和老李二人先行进山。

山，我是见过不少的，见过家乡的黄土山，见过江西的红土山，见过广东地区的满是苍翠绿的绿山，这里的山却有点特殊，全是石头，有点像北京郊区房山的那种山。

我们沿着一条军用公路进到山口，这是一个蒙古族名字："呼和不浪山口"，路边有用水泥砌的一尺宽的水沟，泉水从山上下来，欢快地流着，立即有一种清凉的感觉涌上心头。往前走，山越深，路越窄，头上的岩石简直要夹着脑袋了，脚下已没有路，只有山洪冲过的河道，左转右折。我们已数不清过了几个山坳，山上的柏树、山榆也渐渐多起来了。我只顾四处观望，一转头，见眼前不远的一块大石头上又平放着一块圆滚滚的大石，这就是常说的"飞来石"，不可思议。正这样想着，石后"扑棱"一声飞起一只鸟，接着我们的头上、脚下又飞出一大群。同行的老李说这是石鸡，他身上还装着一盒子弹，只可惜没有带枪，我们只好看着它们不慌不忙地在山腰上转悠几圈，然后又从容地落在石头上，静静地看着这两个不速之客。

路在乱石堆中时有时无地冒出地面，又走了一程，远处的山脚下看见了木栅围着的羊圈和石头房子。由于山高，这些房子小得就像玩具积木似的。到了，我们今晚就在这里过一夜。

做客

大队长六十三热情地欢迎我们到来，今晚就住在他家。他的名字很有意思，其实他才是个20多岁的小伙子，膀宽腰圆，一个结实的牧民。我知道河套地区的人给孩子起奶名时常喜欢用孩子爷爷的年龄来定名，往往就这样沿用不改而成为他长大后的正式名字。我想这位队长一定也是这样而得名的。

六十三的妻子见来了客人就提着奶桶到屋前不远的羊圈里去挤奶，回来后在炉子上煮了奶茶。主人在大土炕上摆好炕桌，端上了奶茶，然后又端上炒米、奶油、白糖，他教我们把这三样东西拌在一起成糊状吃，香甜可口。我这是第一次吃奶食，却不觉得有什么膻味，他们也很为我能适应牧区生活而高兴。看来我还真是当记者的命。主人夫妇，直劝我们多吃点，他们说蒙古族人最好客，来到这里就不要有一点客气。

这里牧民的生活水平很高。队长说他家六口人，去年杀了一头牛、一只骆驼、九只羊，现在干肉还未吃完。第二天早晨吃早点时他拿出一块干牛肉，用刀子削下一块，放在碗里，放些炒米，再冲进奶茶，这是他们每天的早点。他说，这样吃一天也不会饿。主人怕我们不习惯，特意又给我们炸了羊油饼。

他们一家放着200只羊，每年国家只征购羊只和皮毛，奶子不征购。因此，奶食品根本吃不完。每有客人来时，妇女、孩子就提上小桶到羊圈里现挤，煮新鲜的奶茶，做新鲜奶食，这真是近水楼台，再高级的招待所、宾馆恐怕也没有这种享受。

我问了一下生产队的情况。这个队共有29户，其中3户汉人，其余是蒙古族。有 4 000 多只羊、100 多只大牲畜分布在方圆 30 里的东西两条沟里。每年每个工可分红一元多。放牧工作很简单，早晨把羊圈门打开，羊就自己出去吃草，晚上自己回来。每年只是下羔子季节，人才须跟群放牧几十天，其余时间便不用去管。队里只在每年 6 月底那一天清点一次羊数。第二年 6 月底，如羊数如前，下羔百分之百，则正常记工，如少一只羊扣四元钱。做饭取暖烧的是山里取之不尽的树枝，吃的是羊肉、奶食和少量的面食、炒米。

柏树

从一进山我便注意到这山上的柏树，第二天清晨我就爬起来登上屋后的山头，开始仔细地观察这些树。

首先，是这山的奇特。山是多而深的，一座一座，一层一层。来时，过了一座又一座，转过一沟又一沟，真是山重水复，有时你觉得只要过去这一座山就不会再有了吧，但过去后横在面前的又是一座；有时你感到只要爬上这个山顶便能看到山外的景色，但爬上去一看，前面还是山。无数的山就这样组成自己的阵容，气势磅礴，确是壮观。

但山上，不但以石为阵还有兵，这就是山上的树。进山几十里，几乎是清一色的柏树。树木并不密集，一棵与一棵之间有一点距离，远看去，像士兵在操练，黑压压的，一种杀气，不觉联想起淝水之战中的"草木皆兵"来，确实有这种效果。这样广阔的山区，峰峦如海，起伏不断，树也就连绵不绝。

后来，我攀着石崖，到树下仔细地观察每一棵柏树。这树长得并不高大，也不挺拔，但是很坚强。山几乎没有一点土，全是石头，被雨水冲刷得溜光，树根就插在石缝里。我顿时对这树肃然起敬，倒觉得这生命不是从石缝里往外长，而是上天降下的一股生命之水溅在石上，又顺着四面八方的石缝细细地渗到各处。树根刚出石缝时，只有胳膊粗，但是它把石头挤开成两半，越长越粗，等到树干有水桶粗时，树就有一座房子大了，而树根密密麻麻，奔走东西，攀援上下，已不辨多少。可以想见这树根早已遍及地下，吃透了整座山，吸收着石下一点一滴的水分，然后送到地面滋润这棵绿树。由于长年的风吹雨打，这树除叶子是绿的外，树干已变成褐色，而根或黑或黄，和石头几乎无法分辨。大自然选择了这样坚强的树，树也这样顽强地保护了这座山。

深山

第二天，我们继续往更深处走了40里，景色又大不一样。山更深了，显得要与世隔绝了。这里除柏树外，有松树、野杏树、榆树、桦木，还杂以许多不知名的灌木、花草。我们下到山底的深谷里，见崖下还结着一层厚厚的冰，山泉在潺潺地流，而杏树已结出指头大的杏子，我伸手摘了几个，酸酸的，别有味道。遍野都是白色、红色、黄色的花朵，耀人眼目。这种"冬夏并存"的景色真是难得。微风徐来，林木上下一起哗动，一种清新愉快的感觉遍及全身。最有趣的是泉水，有时在我们脚下流，潺潺的，胶底鞋踩在上面又湿又凉；有时这水在石板上薄薄地滑过来轻软得如一条丝绸；有时它就在我们的头上，漫不经心地飘落下来；有时又突然不见了，不知过多久才冒出了地面。随着水流的变化，它的声音也时而缠绵，时而叮当，甚是喜人。

途中缀成《乌拉山杂咏》几首以记所感。

进山

泉鸣鸟语空山静，
松柏青青春色深，
欲问行路无人应，
点点牛羊缀山顶。

飞泉

一挂寒泉悬天，

飞流直下珠玉，

叮叮咚咚鸣琴，

散散落落成雨。

登高

层层叠叠，

曲曲折折，

哪来这多古木，

遮天盖野。

欲随绿云徐徐升去，

却又，

洞底冉冉暮色。

回首

捷足苍山顶，

回首览来处。

飞鸟翔涧底，

松涛任起伏。

夜宿牧民家，

群山夹一屋，

万壑松涛鸣。

清风吹明月，

时闻狗吠声。

迎春花

绝壁少人迹，

迎春独自开。

金花灿寒谷，

幽香浮山崖。

1974 年 8 月 29 日

这几日在乌拉特中后联合旗参加那达慕大会。

23 日下午 3 时，我们从临河出发，同行共九人，有三个蒙古族同志，一个达斡尔同志。车子是新出厂的天津 620 小轿车，轻软舒适，才跑了两千来里。

车子出临河，过新华、塔尔湖，穿乌不浪到中后联合旗，这是过去采访常走的路，很亲切。新华为河套大镇，古柳参天，塔尔湖是过去的夜江县所在地，街道也很整齐。车子经过新华公社永乐大队，这是我采访过的地方。这个大队的书记应玉才同志是一个很有意思的人物，他抓意识形态，带头唱革命歌曲，50 多岁的人了，当着儿子、女儿、儿媳的面指挥大家唱歌，还把本队的好人好事编成新歌，是轰动全县的人物。队里工作也搞得很好，年年第一个完成粮食征购任务。车过五原的海子堰公社，这是一个历史上赌博出名的地方，去年县武装部一位副部长在这里蹲点，狠抓了一下，没收赌款 5 万多元，这些钱送给大队修理拖拉机了。

车子沿着阴山南麓急驰，像是贴着一堵围墙寻找一个缺口。这个缺口就是乌不浪口，这里曾是一个要塞，抗战时期在这里歼灭过很多日本鬼子。穿过乌不浪后景色大不一样，不像在山前河套平原那样有各种线条和色调，有村庄、田野、道路，地里有各种作物、蔬菜，而眼前只有一望无际的草原，绿绿的像一层绒毯，向上看只有蓝蓝的天。天地间不时能发现一群羊，白白的，低头吃着草，慢慢地向前移动，特别是对着天际的地平线上时，你根本无法分清那是天上的白云，还是地下的羊群。草原是这样广阔，一出山口，人就心旷神怡，好像过去的一切都忘掉了，刚才还在脑子里思索的问题，一些麻烦、困难统统不存在了。眼前是一张白纸，一切都可以从头开始，一切都是这样美好。草原上是没有路也不需要路的，车子可以任意飞奔，走到哪里，哪里就压出一条路辙。司机挥手说，你看，这里有多少条路啊。放眼看去，一条一条，就像织布机上的经线，数不清多少条，黄黄的镶在绿毯上，司机也自由了，彻底解放了，像个骑手一样打马撒欢。人们只知道在海边、风景区修疗养院，怎么就没有想到在草原修一处疗养院，在这里住上几天，每天骑着马在草原上跑一圈，一切疾病、思虑都会消失。

1974 年 12 月 15 日

今日从临河出发调往山西工作。

1975 年 3 月 1 日

今日在山西省委宣传部正式上班。

西藏日记

1992 年 8 月 24 日

上午 8 时北京出发，开始了期望已久的西藏之行。一行四人，宋署长、王秘书、计财司长和我。先飞成都，原定 9：55 起飞，延误到 12：50 才飞，下午 2：50 到成都，陈焕仁局长到机场接，住锦江宾馆。

8 月 25 日

6：50 按时起飞。在一万米的高空，身下的云朵幻化出各种奇怪的形状，如棉堆、如地毯、如山峰、如海浪。我们像是天仙驾着云头在窥看人间。最好看的是流云闪开时露出的雪山，如一个巨大的卧兽，脊梁上总是披着白雪斗篷。9：50 宣布即到拉萨，但飞机一直在空中盘旋，到 10：20 还不能落地。一会儿，空姐说："对不起，地面天气不好，我们现在只好再飞回成都。"这样，我们在天上做了一次神游之后，又驾着云头落到早晨出发的双流机场。服务员见到我们大吃一惊，她说："拉萨一般下午有风，从没有下午着陆的，你们今天是走不了啦。"我们颓然有失。不想，在机场下了一盘半棋，又宣布可以飞了，12：35 飞，13：35 到。

贡嘎机场，西藏文化厅一行人、六部车已等候了一上午。举行欢迎仪式，话剧团的两位女演员献上哈达、糌粑、青稞和酒。这形式觉得未免隆重了些，可能是文化传统的缘故吧。我在内蒙古工作多年，这种场合也顶多是一条哈达。机场离拉萨城 85 公里，约行两个小时，车子沿着拉萨河行驶，远处的雪山和近处的石山上总是覆着白云。蓝天、白云、雪山还有江水，我一下子置身在一个从未有过的画面里。宾馆门口又有简短的欢迎仪式，两头牦牛和一个戴鬼脸者上下狂舞，这很像汉族的狮子舞。根据事先安排，宋署长代表客人给每头牛角上挂了哈达。

坐下后，主人告之一定不要大运动。其时已下午 5 点，因早晨从北京动身起得很早，劝我们先少睡一会儿。我大约睡着 15 分钟，起来后头紧，两脚软，走路不敢高抬脚，尽量平挪。西藏之神秘，一是过去与世隔绝，环境神秘；二是海拔高，缺氧让人感到生命的神秘。主人给每个房间放了一个小氧气瓶，告诉说，不舒服时吸几口。

8 月 26 日

昨晚睡得很不好。缺氧反应的特征之一是失眠，而我平时在内地都睡不好，来这里已作好破罐破摔的准备。晚 10：30 睡，11：30 醒一次，3 时又醒，5 时醒来再无法入睡。此地天亮比北京迟两个小时，勉强等到 7：30 起来，到外面散步。夜里刚下过雨，院子里有两头牦牛，还有几条野狗。

上午在文化厅谈工作，下午到出版社、书店听汇报。每到一处，总是有人在门口列队欢迎，献哈达。哈达是一条一米五长的白绸子，好一点的 15 元。我觉得礼节太繁琐，也浪费，要改革。我们经常把陋习当传统和个性来保留。这里的出版业落后，主要是市场小，全区 202 万人，95％藏族，100 万文盲，出版内容囿于政治宣传和传统挖掘，原地踏步，不懂得开发和培育市场，在靠补助过日子。这次我们带来 50 万元的补助。

晚上，自治区党委副书记丹增请客。席间他建议我们改变行程，到亚东中印边境的乃堆拉山口去看一看。

8 月 27 日

上午参观布达拉宫。因为我们是文化厅的客人，又有丹增同志陪同，所以有了特别的优待。

这个宫本是松赞干布由后藏迁来时的驻跸之所。当时这山上有一个小洞，名法王洞。松看中了山下拉萨河滩这块水草丰美的地方，决心迁都。他真是一代伟人，他之于西藏，如汉族之秦始皇。他不但统一了藏族地区，还统一了这里的教派，确立了佛教的统治地位，创造了藏文。在外交上，西结盟于尼泊尔，东结盟于唐帝国。

布达拉宫的大规模建设是五世达赖时期，实际主持人是大臣第巴桑结嘉措，以后历代都有维修。宫分两部分，白宫和红宫。白宫是达赖办公、起居之所，一般的参观只看这一部分，红宫是历世达赖的灵塔，今天我们破格参观。布达拉宫是西藏王权、教权的集中体现。达赖就是这里的国王、皇帝、教主，最高统治者，也是随心所欲的享受者，所以西藏最好的东西都集中在这里。古今中外，一切封建王宫都是财富和权力的标志。

先说财富。奴隶主与封建帝王相比更是一个土财主，以聚敛财富为目的，而且还一定要把财富放在身边，摆在眼前，死后带到墓里去才甘心。所以这些财富常表现为达赖在白宫里的生活用品，如金碗、银勺，而红宫里的每座灵塔都是用珍珠、宝石、黄金堆砌而成。这又类似内地皇帝的厚葬。1690 年修建的五世达赖灵塔，高 14.85 米，周身全部以纯金包裹，又嵌镶珠玉、玛瑙，费金 5 321 公斤。十三世达赖的灵塔，用银 590 多公斤。灵塔旁有一小宝塔，由 20 万颗珍珠串编而成。这种奴隶主的财富观与现代资产阶级明显不同，他们不论生前死后都要用金银、珠宝把自己裹起来。从心理上讲，在这一小块地盘上作威作福也很可怜。同是少数民族，他们也没有达到蒙古人成吉思汗、满人康熙那样开疆拓土、封王封侯、修建行宫的威风。这是地域所限，也是奴隶主与封建帝王之别。

再说权力。我们这次直接登上了东边白宫的顶部。这是达赖卧室的房顶，一般人是万不能踩上去的。丹增书记指着下面层层的房子说："这里是达赖政权的军队司令部、监狱、造币厂、印经院。"达赖的房子很像故宫里的金銮殿，房内有一高台，他的座位置台上，左边是藏书室，右边有门通阳台，可俯视拉萨全城。他就在这块方寸之地，在雪山的环抱之中，在农奴的恭顺与教徒们的崇拜之中得到生活上的享受和精神上的满足。论热闹，其偏安于雪山深处远不如南宋偏安于临安。

这宫殿是藏族艺术的最高体现，正如一切王宫都是本国的一件最大最好的艺术品。首先它依山而建就体现了这个山地民族的传统意识。他们对山的依赖与崇拜全在这宫殿上表现出来。藏传佛教中有神山说，教徒每年要朝山、转山，山是他们的寄托、是保护神。红山恰好在拉萨河谷平原上。在这座山上建立政治、宗教机构，在山下放牧、种田，正是民族心理的体现。从艺术角度说，宫殿建在山上俯视平原，收到雄伟、高朗与统领之效。

宫内最多的是佛像，把艺术寄托于佛，佛也就从虚幻的崇拜对象变成了实在的艺术载体和表现手段。所以这满宫的佛，其实是单一品种的艺术。由于宗教的虔诚心理，这里的艺术品都是尽心的力作，就如欧洲教堂里的壁画、雕塑。

这些日子布宫正在作解放以来最大规模的维修，国家特拨了 7 000 万元。宫里到处都是脚手架。我们的参观就在这些架子中间穿行。耳朵里总是隐隐飘着一阵阵的歌声，开始我以为是在唱经，廖厅长说是劳动号子。哪有这样好听的号子？那声音像热浪、像海潮，忽高忽低，忽来忽去，撞击着我的心，震颤着我的神经。音乐特别是民间音乐的力量真是不可抗拒。我们翻上两个楼层，在一个长廊里终于找到了劳动的场面。有 60 多个年轻人，男女各半分成两组。每人手中拿一根齐胸高的木杆，杆的下端镶有一如碗大的半球形石块，平面向下；杆的上梢系一个红布条，并两个小铜铃铛。厅长说这叫"打阿嘎"，就是汉族地区的打夯、砸地面。拉萨附近的山上产一种"阿嘎土"，粉碎后以水闷湿，平铺于地，然后就用这种工具去砸。几十人个按着歌声的节拍，提起、放下。男队砸一下女队砸一下，交错落锤，回眸而笑，夯歌互答。歌声、铃铛声、夯锤落地声、跺脚声，真是一首世上少有的交响乐，在雪山下、拉萨河畔的古老宫殿里回荡。我不觉脱口说道："这样的劳动怎么能不产生爱情？"有句话叫"男女搭配，干活不累"，其言不谬。同行的王秘书，上去抢过一根夯杆，激动地砸了起来。我举起相机，连拍几张。以后走过西藏的多处寺庙，才知道地面、庙顶都是这样做成，打完后再抹上一层桦木汁，防水，油光发亮。这是西藏特有的土水泥。

一件文物，一个历史建筑，常常有它的二元含义。即建筑诞生之初的本意，如它的功能；与它折射出来的意义，如历史的、艺术的、文物的、旅游的等各方面的意义。如颐和园、卢浮宫、金字塔，还有布达拉宫都是这样。布宫，既是王宫又是神殿，它不但代表王权，还代表神权；不但统治着这块土地上的人民，还慑服着他们的心。别的王宫，无论如何宏伟、威风，但对山野草民来说等于零，因为他们与政治无缘，甚至与文化无缘。那里的教堂、寺庙也可以金碧辉煌，但它只对教徒有用。非教徒从不登门，甚至想也不想它。只有西藏这个地方哪怕最偏远的牧民，哪怕他是文盲也从心里崇拜达赖，永远仰视着布达拉宫。

在拉萨城里，无论你走到哪个方位，一抬头总能看到布达拉宫。不管怎么说，布宫在西藏、在拉萨确实是一个中心，一个政治、宗教、文化的中心。

下午，到西藏日报社座谈。

8 月 28 日

来拉萨三天了，每天晚上下雨，白天晴。今天看展佛。展佛又名晒佛。我们赶得巧，雪顿节前一天哲蚌寺举行一年一度的展佛。早晨 5 时醒来，6 时出发，天还黑，公路上已满是车辆和影影绰绰的人群，披着雨衣的民警在值勤，夜幕细雨中涌动着说不出的神秘。一会儿车子离开公路沿山路爬行，路窄又陡，开得很慢。两边的人愈来愈多，扶老携幼，妇女身上多背着孩子，男人手里提着或背着食物，还有要烧的香、纸。这是他们的节日，展佛之后他们要在这山上游玩、野餐，直到日落。

下车后又步行一段，雨停了，云慢慢地散开。我们登上寺庙的屋顶，天亮了，晨曦中满天的浮云如红色的鱼鳞，遥望拉萨方向，一带轻雾中山峦起伏，河水一弯，房屋时隐时现，如佛国中的五大部洲。上午10时，号声吹响，足有半个篮球场大的一幅佛像顺着一面山坡展开垂下，人头攒动，争观大佛。坡上、路旁、洼地都燃起了香火。这香已不是在庙里手中捧着的几根香，而是于山上早就垒好的焚香炉，朝山的民众将成袋的艾叶香草倒入炉内，整座山，不，整个世界都沐浴在佛国香气的氤氲之中。

下午，在自治区党委会议室座谈，一抬头窗外就是布达拉宫。

8月29日

从拉萨到日喀则。

8月30日

拜谒班禅真身。十世班禅1989年圆寂之后真身贴了金箔供奉在扎什伦布寺。外面一直传说班禅圆寂后头发和指甲还在生长，这次我们特别留意察看，并不是传说的那样。拜谒仪式很隆重，我们准备了哈达和红包，由署长代表敬献。庙上给我们每人回赠了圣药，用一小块红纸包着，据说能治百病，很灵的。

9月1日

早晨8：40从日喀则出发，一出城满眼都是青稞田，如内地华北平原麦浪滚滚，一直淹没到远处的山脚。这是我没有想到的，海拔4 000米的地方还有这么肥美的农田。藏式农舍用石头砌成，窗户伸出一个浅沿，涂以深蓝色。女人穿藏裙，男人却多着汉装，村口停着拖拉机，和内地没有什么区别。

10：30 到江孜县城，稍事休息去看当地有名的白居寺。寺极大，庙里的塑像是汉族、藏族及尼泊尔的工匠所为，因此兼有三种风格。偏殿中收藏有跳鬼时的各种面具，这是过去没有见过的，照了几张相。有一个万佛塔，八角形，13 级，内塑有一万座佛，为国内唯一。寺中还有一件国宝，一部佛经长 1 米、宽 50 厘米，厚 4 寸，全部文字为细珍珠、玛瑙串成。寺中金银碗无数。

11 时登上宗山抗英遗址。1904 年英军 1 400 人从亚东侵入西藏，在这里一场恶战。我军坚守数月，后弹尽粮绝，500 壮士跳崖而死。现在还有残垣断墙，两尊旧炮。守军司令吉布，就是现在自治区副主席吉布的祖父。

14 时从江孜出发。江孜处于丁字路口，向西是日喀则，向东是山南。我们现在是向南到与锡金、不丹交界的边境去。一出城麦田渐渐被戈壁、草滩所取代。成群的黄牛、山羊悠闲地吃草，已从农区过渡到半农半牧区。我们的车子走着走着，前面实然没有了路。原来草原上到处是大大小小的河流，一般都不深，经常淹没路面。我们停车向天边望去，只见明亮亮的水流如一张银网铺在绿色的草地和黑色的石滩上，头上是蓝天白云，远处是雪山。西藏多水，这是我过去绝没有想到的，我所熟悉的祖国西北部陕、甘、宁、青、疆，还有内蒙古都是缺水，未想到西南部这海拔 4 000 米处却"沧海横流"。那天飞机一落地，就看到水流滚滚的拉萨河，今天在雪山下又看到漫溢着的大河、小溪，还有大大小小的湖泊，这都是雪山的赐予。而由于水的滋润，这里的牛羊、村庄、杨柳，一派田园风光，与内地没有什么不同。可惜这水进不了黄河水系，向南流进了三江流域，看来南水北调的西线方案还是必要的。

西藏除了水多，让人最惊奇的就是它的天蓝。蓝得像一块刚出染的布、一块拭净的玻璃、一大块蓝宝石，我实在找不出可以形容的话语。我们从海拔一二百米处一下上到了 4 000 米以上，经空间位移到了一个从未见过的世界，就像时间穿越回到了唐宋、秦汉，只有目瞪口呆。人们平常用白色来表示纯洁，其实它远不如蓝的纯净。白虽干净总还不脱是一种着实的颜色，蓝却是空无，是透明。你看一掬水是透明的，但它聚成海，深到不可测时便是蓝；空气是透明的，但它充满天地，天高到不可测时便是蓝。原来无数个透明的叠加便成蓝色。我们平时在城市里看不到蓝色，是因为有妨碍视觉透明的东西，空气污染、粉尘、车辆、水泥的森林，有妨碍听觉透明的噪声，有妨碍心灵透明的名利。地球上，特别是城市里的人生活空间越来越小，人们不停地在地上修修补补、涂涂抹抹、叠楼挖洞，而人与人之间的恩恩怨怨、是是非非、亲亲仇仇又在心与心之间中涂抹了一层不透明，生活得很累。这时最彻底的解脱办法是脱离地球飞到外太空去，但这又不可能。于是就只有到高原上来，到世界屋脊上来看蓝天，来做一次蓝天疗法，享受一下蓝色的透明，让自己的身心得到一次彻底的释放。

这是人们来西藏的理由。

晋祠

出太原西南行五十里，有一座山名悬瓮。山上原有巨石，如瓮倒悬。山脚有泉水涌出，就是有名的晋水。在这山下水旁，参天古木中林立着百余座殿、堂、楼、阁，亭、台、桥、榭。绿水碧波绕回廊而鸣奏，红墙黄瓦随树影而闪烁，悠久的历史文物与优美的自然风景，浑然一体，这就是古晋名胜晋祠。

晋祠

西周时，年幼的成王姬诵即位，一日与其弟姬虞在院中玩耍，随手拾起一片落地的桐叶，剪成玉圭形，说："把这个圭给你，封你为唐国诸侯。"天子无戏言，于是其弟长大后便来到当时的唐国，即现在的山西作了诸侯。《史记》称此为"剪桐封弟"。姬虞后来兴修水利，唐国人民安居乐业。后其子继位，因境内有晋水，便改唐国为晋国。人们缅怀姬虞的功绩，便在这悬瓮山下修一所祠堂来祀奉他，后人称为晋祠。

晋祠之美，在山美、树美、水美。

这里的山，巍巍的如一道屏障，长长的又如伸开的两臂，将这处秀丽的古迹拥在怀中。春日黄花满山，径幽而香远；秋来草木郁郁，天高而水清。无论何时拾级登山，探古洞，访亭阁，都情悦神爽。古祠设在这绵绵的苍山中，恰如淑女半遮琵琶，娇羞迷人。

这里的树，以占老苍劲见长。有两棵老树，一曰周柏，一曰唐槐。那周柏，树干劲直，树皮皱裂，冠顶挑着几根青青的疏枝，偃卧于石阶旁，宛如老者说古；那唐槐，腰粗三围，苍枝曲虬，老干上却发出一簇簇柔条，绿叶如盖，微风拂动，一派鹤发童颜的仙人风度。其余水边殿外的松、柏、槐、柳，无不显出沧桑几经的风骨，人游其间，总有一种缅古思昔的肃然之情。也有造型奇特的，如圣母殿前的左扭柏，拔地而起，直冲云霄，它的树皮却一齐向左边拧去，一圈一圈，纹丝不乱，像地下旋起了一股烟，又似天上垂下了一根绳。其余有的偃如老妪负水，有的挺如壮士托天，不一而足。祠在古木的荫护下，显得分外幽静、典雅。

这里的水，多、清、静、柔。在园内信步，那里一泓深潭，这里一条小渠。桥下有河，亭中有井，路边有溪。石间有细流脉脉，如线如缕；林中有碧波闪闪，如锦如缎。这么多的水，又不知是从哪里冒出的，叮叮咚咚，只闻佩环齐鸣，却找不到一处泉眼，原来不是藏在殿下，就是隐于亭后。更可爱的是水清得让人叫绝。无论多深的渠、潭、井，只要光线好，游鱼、碎石，丝纹可见。而水势又不大，清清的波，将长长的草蔓拉成一缕缕的丝，铺在河底，挂在岸边，合着那些金鱼、青苔、玉栏倒影，织成了一条条的大飘带，穿亭绕榭，冉冉不绝。当年李白至此，曾赞叹道："晋祠流水如碧玉……百尺清潭写翠娥。"你沿着水去赏那亭台楼阁，时常会发出这样的自问：怕这几百间建筑都是在水上漂着的吧！

然而，最美的还是祖先留给我们的古代文化。这里保存着我国古建筑的"三绝"。

一是圣母殿。这是全祠的主殿，是为虞侯的母亲邑姜所修。建于宋天圣年间，重修于宋崇宁元年（1102），距今已有八百八十年。殿外有一周围廊，是我国古建筑中现在能找到的最早实例。殿内宽七间、深六间，极宽敞，却无一根柱子。原来屋架全靠墙外回廊上的木柱支撑。廊柱略向内倾，四角高挑，形成飞檐。屋顶黄绿琉璃瓦相扣，远看飞阁流丹，气势雄伟。殿堂内宋代泥塑的圣母及四十二尊侍女，是我国现存宋塑中的珍品。她们或梳妆、洒扫，或奏乐、歌舞，形态各异。人物形体丰满俊俏，面貌清秀圆润，眼神专注，衣纹流畅，匠心之巧，绝非一般。

二是殿前柱上的木雕盘龙。这是我国现存最早的盘龙殿柱。雕于宋元祐二年（1087）。八条龙各抱定一根大柱，怒目利爪，周身风从云生，一派生气。距今虽近千年，仍鳞片层层，须髯根根，不能不叫人叹服木质之好与工艺之精。

三是殿前的鱼沼飞梁。这是一个方形的荷花鱼沼，却在沼上架了一个十字形的飞梁，下由三十四根八角形的石柱支撑，桥面东西宽阔，南北翼如。桥边栏杆、望柱都形制奇特，人行桥上，随意左右，如泛舟水面，再加上鱼跃清波，荷红映日，真乐而忘归。这种突破一字桥形的十字飞梁，在我国现存的古建筑中是仅有的一例。

以圣母殿为主的建筑群还包括献殿、牌坊、钟鼓楼、金人台、水镜台等，都造型古朴优美，用工精巧。全祠除这组建筑之外，还有朝阳洞、三台阁、关帝庙、文昌宫、胜瀛楼、景清门等，都依山傍水，因势砌屋，或架于碧波之上，或藏于浓荫之中，糅造化与人工一体。就是园中的许多小品，也极具匠心。比如这假山上本有一挂细泉垂下，而山下却立了一个汉白玉的石雕小和尚，光光的脑门，笑眯眯的眼神，双手齐肩，托着一个石碗。那水正注在碗中，又溅到脚下的潭里，却总不能满碗。和尚就这样，一天一天，傻呵呵地站着。还有清清的小溪旁，突然跑来一只石雕大虎，两只前爪抓着水边的石块，引颈探腰，嘴唇刚好埋入水面，那气势好像要一吸百川。你顺着山脚，傍着水滨去寻吧。真让你访不胜访，虽几游而不能尽兴。历代文人墨客都看中了这个好地方，至今山径石壁、廊前石碑上，还留着不少名人题咏。有些词工句丽，书法精湛，更为湖光山色平添了许多风韵。

这晋祠从周唐叔虞到任立国后自然又演过许多典故。当年李世民就从这里起兵反隋，得了天下。宋太宗赵光义，曾于太平兴国四年（979）在这里消灭了北汉政权，从而结束了中国历史上五代十国的分裂局面。1959年陈毅同志游晋祠时兴叹道："周柏唐槐宋献殿，金元明清题咏遍。世民立碑颂统一，光义于此灭北汉。"

晋祠就是这样，以她优美的身躯来护着这些珍贵的历史文化。她，真不愧为我国锦绣河山中一颗璀璨的明珠。

（《光明日报》1982 年 4 月 12 日）

恒山悬空寺

　　我国有五岳名山。北岳恒山因交通不便，不及泰山、华山那样为人所知。然而，偏是深山藏宝。随着交通开发、旅游业的兴起，这一地区的恒山风光、云冈石窟、应县木塔等灿烂的文化明珠都光彩熠熠地展现在世人面前。其中尤以恒山十八景之一的悬空寺，以其悬空结楼的惊绝艺术，使人既增长历史知识，又享受到独特的旅游情趣。

　　南出浑源县城八里，就是恒山。山之西有翠屏山。两山对峙，中隔峡谷千丈，洪流奔突。翠屏山一侧是万丈绝壁，就在半壁岩上悬着一座古寺。我们来到山下，仰首一望，只见一个建筑群红绿相映，玲珑剔透，像是一幅彩画贴在石壁上，又像无形的线把几座小房系在半空。正如当地民谣所说："悬空寺，半天高，三根马尾空中吊。"陪同说："请登寺吧。"只见一线小路曲曲弯弯向空中升去，飞鸟在山腰翱翔。过一会儿我们就要进入这个空中楼阁了，我的心倒是先提了起来。

　　这寺按山的走势院门南向，四十间大小殿宇台阁，紧贴岩壁一字排开，南北长如蟠龙，东西窄如衣带。进得寺门，穿过小院便登楼。楼梯既陡且窄，仅容一人。我们紧跟向导，手扶冰冷的岩石，忽上忽下，忽而又折回，像在石回路转的山洞中慢慢探行。若无人导引，断不知所向，就是到了眼前的殿宇，也无路可近。大家攀梯绕廊，在半空中迂回，兴致益然。先看三官殿。这是道教的天地，几座泥塑像都是乌眉黑须、衣袖带风，有一种飘尘出世的无为之感。继而是三圣殿。这里则是佛家的世界。看那佛像，丰臂润面，端坐莲席，目光微启，雷鸣电闪也不能惊动他的一丝禅心。最后是三教殿，集中国封建文化之大成。中间是佛祖释迦牟尼，右边是圣人孔子，左边是道教祖宗老子；他们神态各异，竭力表现出所主宗教的雍容大度。当然，沿途的神龛、小殿里还有许多阿难、护法、韦驮、关公、四大天王等栩栩如生的造像。我聚精会神地欣赏着。一回头，见外面白云缭绕，雾气已乘人不备，潜入殿门，托住众神，好一个仙境神界。妙的是寺院依山砌屋并无后墙，塑像与山石浑然一体；有的借岩石的突悬，如隐山洞；有的背靠坚壁，更显得端庄大度。还有那衣带、云彩，随风舒展，极为精巧。我奇怪它们是用什么材料塑成的，竟与山石共千古而又毫末破损。凑到跟前细看，已有好事者剥开一点"伤口"，像泥、像沙、像灰、像石。向导说，这是特选的泥土、细沙，再加上棉花、麻纸，按一定配方调制而成。这可真是我们祖先最早的"钢筋水泥"了。

悬空寺

我们一个殿一个殿地看完后已走到尽头。回头一望，这才看清寺的全貌。原来这条窄窄的衣带，却打了三个结，即全寺精细地分成三个建筑群，每组都有上下左右的殿宇，成为三足鼎立之势，虽是水磨青砖，琉璃彩瓦，但并不落入俗套。同中有异，虚实相生，错落而不零乱，庄严而又精致，布局甚是巧妙。第一组与第二组以小院相通，第二组与第三组则靠一条仅容一人的栈道相接。就在这条悬空栈道上，依石又筑着一个重檐式的二层阁。游人到此，提心吊胆，缘壁而行，如履薄冰。如果大着胆子向下望，但见流云飞鸟，真是身悬半空了。我们退回身来，贴着石壁向上看，这才发现在山下看来像刀切一样的石壁，原来微呈弧形，整座寺就躲在这个弧凹里。向导说，要是遇到下雨，任你头上飞瀑直泻，屋瓦却滴水不沾，所有楼台殿阁都被遮在水帘中。那时遥望恒山，更是云遮雾罩，山色有无了。

寺之名悬空，并不是夸大的命名。整座建筑是在半壁上凿石为基，但这地基又只有一条石坎，并不能承担全部殿堂。这么多危楼耸立，只在岩基上挂了一个边。如人之登山，攀藤附葛，一只脚踏住岩石，一只脚却悬空着。原来修寺时先在石壁上横向凿洞，打入一排木桩作"地基"，再在木地基上铺石为面，砌墙造屋，偌大的一座寺院就这样悬空而起了。为减轻殿宇对横木桩的压力，寺下安了几根木柱支撑。但这木柱只有一握之粗却有丈把之长，支于崖上的缝隙中，既无础石，也无钉楔，远看就如几根小棍挑着一个木偶戏台，游人见此，无不惊绝。不但殿基下的木柱如此，就是殿内的木柱也同样纤细修长。原来那横梁也是插入石壁的，木柱只不过个样子。怪不得民间传说，悬空寺的柱子是假的，用手一推就可以来回摆动。

这寺始建于北魏后期，经金、明、清三代重修，至今已有一千四百多年，还是这样结结实实。聪明的祖先，力学规律在他们手中已运用自如了。

当年这里是晋、冀二省相通的要道，至今半山腰上还残存着栈道的痕迹。那时人来人往，香火不绝。虔诚的善男信女远道来烧香许愿，在半空中求神拜佛。过往的诗人墨客也多有题咏，就是"诗仙"李白也在这里留下了"壮观"两个大字。现在石壁上还有这样一首明人的题诗：

石壁何年结梵宫，
悬崖细路小溪通。

> 山川缭绕苍冥外，
>
> 殿宇参差碧落中。
>
> 残月淡烟窥色相，
>
> 疏风幽籁动禅空。
>
> 停车欲向山僧问，
>
> 安得山僧是远公。

人要成佛升天，当然不可能。但人为地创造这样的悬空佛地，却大可以加强宣传气氛。你看，"梵宫"、"苍冥"、"碧落"、"残月淡烟"、"疏风幽籁"……总之，你踩着"悬崖细路"到此一游，或再烧上三炷高香，不就觉得已飘尘出世、顿悟佛法了吗？这大概是悬空寺所以这样建造、这样命名的用意吧。

我继续寻访石上的题咏，在一个亭子里发现了一块清同治年间的重修寺碑。碑文详述了这寺到清咸丰九年已多处坍塌，绅士们计议重修，但苦不得其法。这时，有一个叫刘山玉的木匠自告奋勇，说可以扎架整修，但还未实施就突然病故。直到同治三年春，又有一个木匠张庭秀，毛遂自荐。他更有绝招，并不扎架，而在悬崖上结绳为圈，腰缠脚踩，次第更换松木。现在我们看到的寺院就是经这位大师润色后的杰作。

千百年来，不管佛也好、道也好，总是在追求空中的天堂。但事实证明，神并不能给人以天堂，倒是人们靠自己勤劳智慧的双手创造了神话般的伟大文明。我抚着碑文临窗远眺，对面恒山蔽空，背后翠屏接日，谷底一线流水绕山而去。这时阳光给古寺的琉璃瓦上镀了一层鎏金，整座建筑，在这深山幽谷中放着异彩。悬空寺，你这颗空中明珠，光照祖国河山，历阅人间沧桑，和众多的星汉一起发出灿烂的光芒。

（《旅游天地》1980 年 6 月）

古城平遥记

听说山西平遥将被定为历史文化名城，我特意去采访。

平遥，北魏时即设县治，名曰平陶，后避魏太武帝拓跋焘讳，改为平遥，至今已一千四百多年。其为文化古城，理由有三：一是至今还有一座保存完好的古代城墙；二是城内还有许多古香古色的店铺和一些古老的手工业工艺；三是近郊有一座艺术价值极高的古寺。在 20 世纪 80 年代的今天，还有这么一个古代细胞，确属不易。

平遥古城

先说那城，铁钉大门，锯形女墙，长长的护城河，一如我们从古画上看到的那样。县志载，周宣王时，大将尹吉甫北伐狁，在这里驻兵，首筑此城。待做了县治后，历代又不断增修，现存城池是明洪武三年扩建后留下的，城墙高三丈二，宽一丈五，周长约十二里，还基本完好。这是全国两千多个县中罕见的一例。城墙上共修有七十二个戍楼。我从那喧嚣的大都市走来，弃车登城，一下子就像回到了古代社会。戍楼上仿佛军旗猎猎，刁斗声声。极目城郊，平畴绿野，阡陌相连。俯视城内，高脊瓦房鳞次栉比，店铺纵横，摊贩沿街，似闻叫卖之声。闭锁性是封建社会的特点，你沿城墙而行，就会发现这城严实得像一个铁桶。过去一般县城只有四门，而这平遥城却有六门。这是因为，当年这里商业已很发达，南来北往的商人，进城出城的农民，终日络绎不绝，因此东西城墙又各增开一门。当地人说这城是一只乌龟。你看，南门是头，北门是尾，东西四门是四条腿。说也巧，南门外又恰有一条叫柳根河的擦城而过，从上往下看，这整座城确实像一个正在吸水的乌龟。奇怪的是，每座城门瓮城的内外门本应是垂直一线的，而唯东北一门却偏偏斜了。门外有条路，蜿蜒如蛇状。当地人说，路去十五里，近处有一寺，寺内有一塔，名麓台塔。那实则是一根木桩，龟的一条腿是系在这桩上的，所以这城门是斜的。不然这龟早就跑到河里去了。我们听着都笑了，倒也有点道理。

下得城墙，细游市井，更见古味。街极窄，仅容一马车，两旁一律为店铺。我随便走进一家布店，这里没有现代商店的玻璃柜台，全是红木柜面，已磨得油光。缘墙小格货架，室内光线稍欠亮些，却浮着一种异样的味道，正是"古香"。店铺外的每根椽头上，原本是一律雕有龙头的，"文化大革命"中大都作为"四旧"破除了，幸有少数还在，看那雕工是极精细的。县委的同志说，不久将全部修复。街上许多行业的店铺都以"古陶"命名，更见古色。这些房子中还有一种可看的，就是"票号"旧址。票号便是今日的银行。据说中国最早的票号是发源于平遥和邻近的太谷县，平遥人过去在外经商的极多，赚了钱，要往家里送，很不安全，还要雇保镖，于是便生出这票号，专管兑取银钱。我看了一处叫"日升昌"的票号旧址，五进深院层层有门，俨然金库重地。如今是县里一处机关在此办公，不久将腾出来，好专供人考查游览。

平遥还有两样够得上古的名产：一是牛肉。我在孩童时便知这是极稀有的珍肴，曾偶得试尝，几十年来常常回味。据说其牛在杀前先灌饱花椒水，牛肉先用当地产的一种硝盐生腌七天，然后再煮，并不加任何佐料。多少年来，人们用现代的手段分析，易地易法试制，终不得其味，因此至今还是一绝。另一种是漆器，其历史可追溯到唐代，现在还可找到明代的原作。它一律选上好的椴木制成，猪血砖灰抹缝，再涂以中国老漆，共四遍。每遍涂后都要用细砂纸蘸水，细细打磨，最后一遍，则要用手掌蘸麻油用力推磨，所以叫"平遥推光漆"，制成后平光如镜。更绝的是，这种家具不避水火，一壶开水浇上去不起皮，火红的烟头放上不留痕。据说，某次国外捞得一古代沉船，船上其他物件早已被海水浸泡得面目全非，唯有一个小炕桌，拭去泥沙，光彩照人。翻过桌底，却有"平遥"二字。漆器设计师薛生金同志十六岁拜师学艺，现在已是这种绝技的专家，他领我看了漆器厂的产品陈列室。这里有桌、柜、几、凳、屏，凡生活中各式家具应有尽有。妙的是，这些家具虽千姿百态，却总不脱一种统一的韵味——"古色"。比如这电视柜，本是现代有了电视机之后才为它设计的，但它色调深沉，腿脚处又微现出弧度，再饰以云纹，谁说不古？更奇的是描金彩绘，有花、草、鸟、兽和全套古典小说人物。这画是一种特别的入漆颜料，既有油画的明暗调子，又有国画的精确线条，别是一种艺术。平遥推光漆已名扬海外，出口是不须检验的。

出城去，近郊还有宋、金、元、明、清古迹共七十六处，而以佛寺最多。我国历史上崇尚佛教的北魏政权曾在山西建都，留下了以云冈石窟为首的一大批佛教艺术。在平遥郊外也有一座名寺叫"双林"，建于北魏，重修于明，取释迦牟尼圆寂之地各有双木之意。寺内建筑倒也平平，却保存了大量极有艺术价值的悬塑、彩塑。整套的佛祖故事都是用泥塑出来，探出墙壁，悬在空中。所以有人说，连环画应是我国首创。被专家们评为艺术价值最高的是十八尊泥塑罗汉。这些佛国里的神，竟与地上的人是相通的。有一尊名哑罗汉，有口不能言，目眦裂，脸通红，一副急迫之状。其余的笑罗汉，面如春风；醉罗汉，两眼惺忪；病罗汉，形容枯槁。人创造了神，看来神还是脱不了人。宗教是内容，艺术是手段，那内容现在对多数人来讲，已晦涩难懂，而这手段自身倒让人探究无穷。这里中外游人日益增多，内有不少是专为艺术而来的。

晚上宿在县委招待所里，这招待所竟也是一件古董。当年大概是一家有钱人的深宅。正房一溜五孔大窑洞，窑上有楼。两侧厢也是五窑五房，成三合大院。东西北角有雕栏玉阶曲折上下。上面大约原是小姐的绣楼。据说这样的古宅在城中还所存甚多。晚饭后，我在院中散步，两旁中国式的高屋脊在苍茫暮色中巍然耸立，使我觉得正处在一座幽谷之中。这时明月东升，又将这一片古色罩上了一层朦胧。四周极静，远近隐隐传来三两声火车的笛鸣，叫人知道这不是魏晋。

（1984 年 6 月）

杏花村访酒

一般的可游之处，大约有两类。一是风景特殊的好，悦目赏心，怡人情怀；二是古迹名胜，可惊可叹，长人见识。当我去过我国著名的汾酒的产地山西杏花村后，真不知道该怎样来将它归类。

说是村，并名以"杏花"，其实现在这里只是一个普通的酒厂。历史上这里确曾杏林千亩，繁花如云的，但现在已荡然无存。可是凡来晋之人，无不尽力设法去游一次。这魅力，实在是因为它那骄傲的产品——汾酒。游人之意并不在山水之间，而在酒。

来参观的人，一般安排两个节目，一是喝酒，二是看酒。先品其味，再看它的由来。餐厅是蛮别致的。墙上挂着名人字画，最醒目的是郭沫若手书的那首"杏花村里酒如泉"诗。墙角有一个酒柜，内有两个坛子，分别装着"汾酒"和"竹叶青"。服务员按照一般酒馆的做法，打开柜盖，将酒灌入瓶，再由瓶斟入杯。当液面停止了波动，你看杯中的汾酒，纯净透明，就像刚才并没有注入什么。竹叶青呢？则呈一点淡淡的黄色，令人想起春天里新柳的鹅黄，不觉间，一阵清香，已渐渐地，像一层看不见的薄雾漫过桌面，扑入你的胸怀，钻进你的衣袖。人们这时并不要靠眼鼻，而是全身无处不感觉到它的美了。主人举杯，我试酌一口，唇初沾而馨绵，口将咽又生甜，味柔和隽远。客人都笑了。脸上泛出甜甜的酒窝。但人们并没有大声赞美，只是微笑着颔首，仿佛怕喧声破坏了这酒的恬静。原来我国的名酒有四个香型，即浓、酱、清、复合。这汾酒是清香型的代表。它不求那浓、那烈；只要这纯、这真。其他酒如艳丽少妇，浓妆重抹。这汾酒呢，则如窈窕淑女，淡梳轻妆。大约正是因为这纯，才使它成为名酒之祖。贵州的"茅台"，是清康熙年间，一个山西盐商传去的。陕西的"西凤"，是"山西客户迁入，始创西凤酒"。至今我国不少地方的酒名中，仍带有"汾"字，如"湘汾"、"溪汾"、"佳汾"，可见其渊源。

看酒的制作，是很有趣的。先将高粱等原料粉碎，拌上曲，压入一个个大瓮里，这瓮又要深埋入土中。这些原料及工艺看似很粗糙，甚至还有点不卫生之嫌。发酵之后，便放在一个大甑中蒸，一会儿便蒸馏出一股清澈的细泉，流入筒中，淙淙有声，这便是酒。酒泉接着汇入"酒海"。那是一个双层大厦的酒库，内放着一万三千多只半人高的大缸。酒在这里一直要静静地待上二至四年才能出厂，这叫"熟化"。这套工艺大约在酿酒之初，就如此。每参观至此，客人们都会问，那粗瓷大瓮难道不可以换成水泥池或搪瓷罐吗？那丑陋的大甑不可以换成工业蒸馏塔吗？换是可以的，也确曾换过，但是那汾酒也便不是汾酒了。这些粗则粗点、丑亦够丑的瓮甑，已有一千四百多年的历史，其间有什么奥秘，人们一时还难得仔细。另外，更神秘者还有二。一是这地下的水，二是这杏花村上空的空气。这里经年制酒，空气中生出一种特别的微生物来，于汾酒的发酵特别有利。开始人们不知此道，有的老师傅退休后，身怀绝技，受聘他乡，但使出全身的解数，那酒终不姓"汾"。技艺可传，水与气难移。主人每向游人讲到此处，脸上总要漾出一种微笑，神秘、自豪、得意。这汾酒1915年获巴拿马万国博览会的金奖，解放后又被列为我国的八大名酒。以后其他名酒虽各有交替，它却稳坐交椅。

当你走完全部生产线，在包装车间里对着透明胶管中那一股股急喷出来的、晶莹的酒泉，看着它迅速注满了一个个透明的玻璃瓶时，你又一次惊异于这酒的纯了，纯得像山泉。这泉不知来自多么深的地层，经过了多少砂石、岩层的过滤，终于溢出地面，在杂花野树与茂林修竹的覆蔽下静静地流淌。这实在是它的魅力，它的奥秘。

　　喝过酒，也看过了酒，我们被让到招待所里小憩。这招待所也别致，是一所中国式的四合大院，取名曰"醉仙居"。院心有古井，有假山，山下有水，有草。草地上有一条泥塑的黄牛从山脚处转来，牛背上牧童横笛，牛后山石上有碑，题着杜牧那首"借问酒家何处有，牧童遥指杏花村"的名诗。环院，南北为客房，东侧为碑廊，记录着南北朝以来汾酒的历史。西侧为陈列室，内也有许多关于汾酒的名人题赠。这时，虽主人已在房中泡好热茶，连声招呼客人休息，但大家却总在院中流连。不错，人们是为访酒而来，但要是这里没有这些酒外之物，那酒何处没有？人们之所以固执地要到杏花村来，实在是要来品味、依恋与凭吊一会儿这酒中所凝聚的民族文化，就像在八达岭长城上远眺，在故宫大殿前的柱础旁沉思。

　　杏花村，实在是一个特殊的去处。来游的人，其意并不在山水，但也不全在酒。

（1983 年 7 月 16 日）

苏州园林

我到苏州，是特地为她的园林而来的。在一条很小的弄里，我找见了网师园。这是苏州最小的园子，占地只有八亩。园子入口处很窄，四周有山、水、石、桥、花、木。园中心处有一屋，名"竹外一枝轩"，这个名字初读来令人不解，细想才知是据苏东坡诗意："江头千树春欲暗，竹外一枝斜更好。"果然，轩面一池水，水边有斜依的松柏，袅袅的垂柳，而柳后在波光水色中闪现出亭台、桥榭。景是错落的，甚至斜乱的，但这正是整齐美之外的更深一层的美，造园者与诗人的心是相通的，他们用人力来提炼自然美的精英，这是艺术。和网师园相比，拙政园算是苏州最大的园子了，据说是《红楼梦》大观园的原型，但她并没有因为大而失去精。园中有楼曰"见山楼"，但对面只是很宽阔的水，隔岸又是若许亭、轩、阁，一起埋在绿树丛中，哪里有什么山？可是当你再凭栏品味时，会突然想起陆游的诗："疏沟分北涧，剪木见南山。"谁敢说剪掉林木之后，那边没有山呢？想见的山比看见的更好看、更有味。这真是含蓄的极致了，其余还有许多亭、堂，如"看松读画轩"、"风到月来亭"、"留听阁"等，都画龙点睛，景外有意。让你身在其中，又不得不神思其外，城中的园林不比大自然中的山水，她只有在有限的条件下，向精美、凝练、含蓄去求艺术，像一首律诗。这样"园"有尽而意无穷，而在这里这种艺术的表现手段又不像诗一样靠字、词，却是靠山石、花木、砖瓦。难得的是这些无声之物，竟有神有韵地构成了一个美的境界。当你在这些园子里悠游时，那实际上是在翻一部唐诗，或一本宋词了。

如果说在网师园、拙政园里得到的是诗情，那么在留园得到的便是画意了。这个园子多回廊，亭堂又多窗。匠心之意是让你尽量透过廊、窗取景。抬眼时便是一幅画图。窗外常是粉墙，窗与墙之间或植竹数竿，或插梅一枝，墙为纸，物为墨，随风摇曳，影布墙上，且天生的艳红翠绿，这是任何丹青高手所不能企及的。这还不止，窗户又都是各种图案的花格子，透过窗子看景时别有一种隐约的效果与气氛，是朦胧的美。还有一奇趣，当游人在廊中走动时，不同的角度望去，又会是一幅不同的画面，叫"移步换景"。真可谓将我们视觉的潜力挖绝了。

留园

园中除画之外，还有雕塑，这便要说到石了。

有一块"鹰石"突兀耸立，浑身高高低低、洞洞眼眼，石顶部极似一只老鹰腾空，长颈内弯，两爪伸张，双目炯炯，大约发现了地上有一只雏鸡正鼓翅欲下。我站在石旁注视良久，越看越像，越想越像。觉得那鹰神从石出，气从石来，活了！但我岂不知，这是太湖里随便捞上来的一块石头。苏州园林的艺术正在不以墨为图，不以斧凿去雕塑，尽量利用自然之美，专取似与不似之间，匠心之意只是撩拨起你的遐想，引而不发，藏而不露。中国画中本有写意的一派，那是比工笔更含蓄、更有味的。

留园中还有两块石头叫人难忘。一曰："冠云峰"，高六点五米，重五吨。是宋时运"花石纲"落入太湖中，清朝官僚刘蓉峰造园时又捞得的，这是苏州园林中最大的一块了。其旁又还有一块石"岫云峰"，傍有一些紫藤出地，分为两股，穿石间小孔而上，到石巅后又绞作一团，浓荫蔽覆。藤道劲而叶蒙缀，至少已愈百年。在苏州园林中，空间自不必说了，就连时间这个因素也被纳入造林艺术之中了。有人工制造的错落的美，有历史铸就的古幽邈远的美。我们平时谈画，那是些平面的颜色，我们游历山水，那是些自然的原形。而现在，我们看到的却是窗框里的翠竹、水池中的山石，这是自然物与纸上画的过渡，是自然美与艺术美的融合，别有一种角度，另是一番享受。

别于宅地花园的是沧浪亭。园中有山，环山有河，水面开阔。这本是宋庆历年间，诗人苏舜钦为官失意后隐居之所。他在这里造了亭，还写了《沧浪亭记》，歌咏其自在之情："筋而浩歌，踞而仰啸，野老不至，鱼鸟共乐。"亭上有楹联："清风明月本无价，近水远山皆有情。"登亭而望，绿阴之外空水茫茫，尘嚣不闻，市井不见，闲矣，静矣。这里不比城里那几处园子，那是主人正官运亨通之时闲玩游赏之地，这里是文人失意官场后抒发悲凉、宣泄愤积的所在。其意境是李白的《春夜宴桃李园序》、是王维的《山中与裴秀才书》、是陶渊明的《桃花源记》，游这种园子，得到的是一种恬淡闲逸的美。这就不只是诗与画的陶醉，而是在冷静地披览历史了。她使人不由忆想起我们民族悠久的文化和历史上曾相继登场的各种思想与人物。

在苏州看园林，实在是在读一本立体的书。本来通过建筑这面镜子，我们一样可窥见当时社会的政治、经济与文化，不过这种窥视与探讨却是充满了艺术的乐趣。这在国外已经专门兴起了一门"艺术社会学"。苏州的园林建筑艺术则完全称得起这门学科的一个分支，我想现在我们继承自己民族的文化遗产，不仅要去钻图书馆，考察文物，看古装戏，还应该到这样的城市里来走一走、想一想。建筑是凝固的音乐，在这些秀美的园林里随时都飘荡着几世纪前的音符，一碰到我们的心弦，便会响起历史的鸣奏，在我们心灵的空谷中久久回荡。我又想，我们现在欣赏这浸透了古典文化艺术之汁的苏州城，还不应该忘记，怎样去为我们的后代创造一座同样饱储着当代文化艺术的城市。

（1985 年 3 月）

吴县四柏

一千九百多年前，东汉有个大司马叫邓禹的在今天的苏州吴县栽了四棵柏树。经岁月的镂雕陶冶，这树竟各修炼成四种神态。清朝皇帝乾隆来游时有感而分别命名为"清"、"奇"、"古"、"怪"。

最东边一棵是"清"。近两千年的古树，不用说该是苍迈龙钟了。可她不，数人合抱的树干，直直地从土里冒出，像一股急喷而上的水柱，连树皮上的纹都是一条条的直线，这样一直升到半空中后，那些柔枝又披拂而下，显出她旺盛的精力和犹存的风韵。我突然觉得她是一位长生的美人，但她不是那种徒有漂亮外貌的浅薄女子，而是满腹学识，历经沧桑。要在古人中找她的魂灵，那便是李清照了。你看那树冠西高东低，这位女词人正右手抬起，扶着后脑勺，若有所思。柔枝拖下来，风轻轻拂着，那就是她飘然的裙裾。"险韵诗成，扶头酒醒，别是闲滋味。"

西边一棵曰"奇"。庞然树身斜躺着，若水牛卧地，整个树干已经枯黑，但树身的南北两侧各劈挂下一片皮来，就只那一片皮便又生出许多枝来，枝上又生新枝，一直拖到地上，如蓬蒿，如藤萝，像一团绿云，像一汪绿水，依依地拥着自己的命根——那截枯黑的树身。就像佛家说的她又重新转生了一回，正开始新的生命。黑与绿、老与少、生与死，就这样相反相成地共存。你初看她是很怪的，但再细想，确又有可循的理。

北边一棵为"古"。这是一种左扭柏，即树纹一律向左扭，但这树的纹路却粗得出奇，远看像一条刚洗完正拧水的床单，近看树表高低起伏如沟岭之奔走蜿蜒，贮存了无穷的力。树干上满是突起的肿节，像老人的手和脸，顶上却挑出一些细枝，算是鹤发。而她旁边又破土钻出一株小柏，柔条新叶，亭亭玉立。那该是她的孙女了。我细端详了这柏，她古得风骨不凡，令人想起那些功勋老臣，如周之周公、唐之魏徵。

还有一棵名"怪"。其实，它已不能算"一棵"树了。不知在这树出土的第几个年头上，一个雷电，将她从上至下劈为两半，于是两片树身便各赴东西。她们仰卧在那里相向怒目，像是两个摔跤手同时跌倒又各不服气，正欲挣扎而起。长时间的雨淋使树心已烂成黑朽，而树皮上挂着的枝却郁郁葱葱，缘地而走。你细找，找不见她们的根是从哪里入土的。根就在这两片裸躺着的树皮上。白居易说原上草是"野火烧不尽"，这古柏却"雷电击又生"。她这样倔，这样傲，令人想起封建士大夫中与世不同的郑板桥一类的怪人。

这四棵树挤在一起，一共占地也不过一个篮球场大小，但却神态迥异地现出这四种形来，实在是大自然的杰作。那"清"柏，想是扎根在什么泉眼上，水脉好，土气旺，心情舒畅。那"古"柏，大约根须被挤在什么石缝岩隙间，未出土前便经过一番苦斗，出土后还余怒未尽。那"奇"、"怪"二柏便都是雷电的加工，不过雷刀电斧砍削的部位、轻重不同，她们也就各奇各怪。真是天雕地塑，岁打月磨，到哪里去找这样有生命的艺术品呢？而且何止艺术本身，你看她们那清、奇、古、怪的神态，那深扎根而挺其身的功力，那抗雷电而不屈的雄姿，那迎风雨而昂首的笑容，那虽留一皮亦要支撑的毅力，那身将朽还不忘遗泽后代的气度，这不都是哲理、思想与品质的含蓄表现吗？大自然本身就是一部博大的教科书，我们面对她常常是一个小学生。我想应该让一切善于思考的人来这树下看看，要是文学家，他一定可以从中悟到一些创作的规律，《唐诗》、《聊斋》、《山海经》、《西游记》不是各含清、奇、古、怪吗？要是政治家，他一定会由此联想到包公那样的清正，贾谊那样的奇才，伯夷、叔齐那样的古朴，还有"扬州八怪"等那些被社会扭曲了的怪人。就是一般的游人吧，到此也会不由地停下脚步，想上半天。云南石林里那些冰冷的石头都会引起人种种联想，何况这些有生命的古树呢？她们是牵着一条历史的轴线，从近两千年以前的大地上走来的啊！

（1984 年 12 月 6 日）

圣弥爱尔大教堂

　　青岛是美丽的。在海边回望全城，散于山坡上的房子，五彩纷呈，形态各异。其中最吸引我的还是圣弥爱尔大教堂。它那两个高耸的尖顶，如鹤立鸡群，那殷红的色彩，在绿树之中犹如一束明艳的火把花。我不能满足于远眺，便托熟人引见，想到里面去看个究竟。

青岛圣弥爱尔大教堂

　　青岛是山城，车子上坡下坡，七拐八拐，在一个巷子里停下来，下车仰头一看，眼前的教堂如一座壁立的大山，双峰并峙，峰顶的两个十字架在蓝天中，渺渺然，撕挂着流云，刚才远眺时心中所起的轻松突然被肃穆庄重所代替。我不信教，但我不能不惊叹这建筑的艺术魅力。如中国古庙前的旗杆，如佛殿殿脊上的尖塔，这种抽象的装饰总把人引入特定的空间，让你去与某一种情绪共振。陪同的人说，今天不是星期天．一般不接待参观，他先派人去请神父，然后指着那两个半空中的十字架说："'文化大革命'时，红卫兵把它割了下来，当时我到现场看见过。别看在空中不怎么大，躺在地上长宽四点五米，有一间房子大呢，后来重修时用直升机吊着焊上去的。"这座教堂长八十米，高六十余米，占地二千四百七十平方米。在全亚洲也是数得着的大教堂。

神父出来了，这是一位清癯老者，衬衣外面套一件干净的灰背心，头发略微歇顶，一脸和善。他领我从东侧门进入教堂，推开笨重的大门，右手石墙上镶着一个石碗，盛着半碗清水。他伸手以食指蘸水在额上略点一下，我们开始在大厅内漫步。大厅高十八米，如一个旧式大礼堂。前面有讲台，台顶拱顶上画着宗教壁画，是些圣母、教徒、小天使，色彩绚丽和谐。台上摆着些祭品之类，灯光通明，无论从建筑风格还是宗教用品上说，资本主义比封建时代是进了一步。我在内蒙古看见过喇嘛庙，那油黑的皮鼓、长如一人的大喇叭总有一种原始的神秘。我问这个讲台作何用处。神父说："作弥撒用，这是我们的宗教仪式，每天早晨一次，星期天三次。"我回过头，厅内是一排排的长条椅。靠前面几排的跪板上有小棉垫，看来是常来的教徒，他们都有固定的座位。厅后二层楼上有一大平台。神父说："那上面是唱诗班站的地方。原有一个极大的管风琴，全世界只有四架。1956 年时苏联一位音乐教师慕名专门来探访，也是我陪他参观，他弹奏之后赞叹得很。'文化大革命'中也被红卫兵砸了。"说完他又不停地惋惜。我说："那现在用什么伴奏？""用雅马哈电子琴。"我们都不由笑了起来。这古老的教堂总是挡不住新东西的渗入，不管它是因为什么。

有两个地方引起我的好奇。一是厅前左侧有一个与地平齐的石棺。根据我浅薄的经验，推想这里埋着这座教堂的建筑师。那一年我在国外一个教堂里就曾遇到此事。神父说不是。原来这里埋的是创建这教会的第一位主教。这教堂的前身是海边一间油纸铺顶的小屋，后改为一间瓦房，是德国人入侵时的产物。1932年才动工扩建，1934年完工，就是现在这个样子。我默算了一下，1897年德国人入侵青岛，1914年已被日本人赶走。这教堂怎么还能继续修建呢？神父说当时德军撤了，德国主教并没有走。我默然了，我苦难的同胞，其时国破家亡，身处水深火热，何有财力心力修此辉煌的工程呢？但确实是我中华大地上的民脂民膏，其中相当一部分还是教民牙缝里的自愿节余。我仰望教堂的灿烂的穹顶，惊叹上帝的力量，宗教的麻醉果然更胜过刺刀的镇压。日本人坚决地从青岛赶走了德国人，却又聪明地留下了一个主教，还在两年之内就帮他修成这教堂。但是那个石棺中现在也已空空，已故主教大人，在"文化大革命"中被红卫兵掘出，抛尸荒野了。这真是一出历史的闹剧，挖坟鞭尸，是伍子胥的发明，帝国主义的欺骗遇上了封建式的狭隘报复。这石棺对面还有一空棺，是留作葬这教堂里的第二位圣人的，还不知下回如何分解。

　　大厅两侧各有两个木制小橱，状如庙里的神龛。橱两侧各有一个小窗，窗下有小木凳。原来这就是忏悔的地方，神父坐在橱内"垂帘听罪"，教徒跪在外面解剖灵魂，我还是第一次见到这种实物实地，大为新鲜。我说："教徒什么时候来作忏悔？""随时都可，教堂里住有神父，我们这些人是一辈子不能结婚的。"我倒又生了疑问：神父没有家庭，他怎么能懂婚姻家庭方面的事，怎么会有情海欲火、恩恩怨怨方面的体验，怎样对症下药帮那些诸如犯了"第三者"罪的人赎罪呢？不过我问出口的是："教友肯说心里话吗？"神父笑笑："昨天陈香梅女士来参观也提这个问题。"我记起日报上登的陈香梅（美籍华人，当年美国空军飞虎队队长陈纳德的遗孀）这两天正在本市访问。看来提这种问题的人都是圈外的人了。诚则灵。不说实话是心不诚，死后灵魂就不能升天。要灵就必诚，不怕他不自觉。我想起在峨眉山、五台山见到的香客，他们在崎岖的山路上负重苦行，在佛像面前五体投地式的叩头。眼前小橱外的跪凳上似乎闪出一个哆哆嗦嗦、双肩抽搐、双手掩面的女人身影。宗教本来就是一条自设自用的苦肉计。

从教堂大厅出来，外面阳光灿烂，我又仰望了一会儿这座通体深红、指向蓝天的双峰高塔。它的确够得上当地建筑史上的一座丰碑。我想起在国外看过的几个大教堂，莫斯科红场那个大洋葱头造型的教堂、列宁格勒十六根花岗石巨柱的英沙克耶夫教堂、印度九瓣莲花形大同教堂。这些都以建筑风格独特而闻名。我甚至怀疑建筑师借题发挥，在尽情发挥自己的创作欲。

从教堂院子里出来，我开门上车，发现刚才丢在车座上的西服上衣不见了。下车时我曾动了一念是否要把车窗摇上，一想司机在车上就算了，果然就这一念之差出了漏洞。司机也大呼上当，他只到五步之外的门口说了两句话，可见偷者的高明。幸好衣袋内不曾装一分钱。下坡时，我又探出车窗，我想这小偷每天在教堂外"做活"，肯定也得空进去看过那赎罪的小橱，不过他不信。这也是一种解脱。下山时我又探出窗外回望一下这神圣的教堂，心中不由闪过一丝微笑。你看，建筑师假这教堂创造自己的艺术，神父在教堂内布道，教徒在跪凳上忏悔，小偷则在教堂外自由潇洒地行窃。大家都守定自己的宗旨，心诚则灵。社会就在这种复杂的关系中共生共存。

（1991 年 10 月）

在青岛看房子

九月末时，在青岛开了一个全国性的会。大家一到青岛，都说这里很美，连广州、厦门等沿海名城来的人也这么说。其实青岛的美，依我看就美在她那些别有味道的房子上。

青岛的旧式建筑主要是德国式的。德国人在1897年入侵青岛后就作了永不离去的打算。殖民政策的目的当然是掠夺，占岛十七年间他们掠走无法计算的财富，也在青岛营造了安乐窝。大约为了缓解思乡之苦，或者出于对自己文化传统的骄傲，他们造了许多德式原版的房子。之后，其他国的殖民者也在这里造本国味道的窝。所以青岛的房子人称"万国楼"，这里有二十四个国家风格的房子，无形中形成了一个建筑博物馆。殖民者在世界上许多国家都留有这种痕迹，这就如野兽奔走觅食，无意中将粘在身上的花种草籽带到他乡一样。

德国人在青岛最大的建筑有三处，即提督府、提督楼和花石楼，分别是提督办公、住家和渔猎休息的地方。这三处我都仔细看过，全都是一色花岗石砌成。提督府是政权机构，楼高墙厚，风格雄浑凝重。花石楼紧邻海边，孤高如堡，颇多野趣。楼下有一片小松林，在林间听涛声起落，看潮水来去，足可忘尘脱世。最可看的还是提督楼，1903年始建，1907年落成。据说这楼是仿德皇宫的样子缩小而成，是一座典型的德国古堡式建筑。我参观时先环楼绕了一圈。楼高三十余米，共三层，底层和顶层都用糙石穿靴戴帽。窗户都用粗石镶边，窄而高的玻璃窗如两只深陷进去的眼，中间窗框上鼓起的石头活像德国人的高鼻梁。一层有客厅，厅内家具一如往日，橱柜上的商标证明这是皇室用品。客厅东有一花厅，全部玻璃天棚，内有喷水。客厅北通舞厅，厅中央有一花篮吊灯，挑着三十八个灯泡。环壁有各式金属壁灯。最有趣的是小舞台两侧，各有一女子脸形的壁灯，头上伸出四枝花，挑着四盏灯。那女子本有一个面如满月的脸盘和俏美的高鼻子。"文化大革命"中红卫兵看不惯她这个洋人样，就踩成了扁平。鼻子让人踏过一脚，当然就不会好受，所以至今总是愁眉不展的样子。这房子十分结实，墙厚一米，足可当碉堡来用。室内装修极豪华，室外野树杂花满坡绿风，树间还环坡散存着旧日监工护院用的废碉堡。游人不经意时，目光碰上它那只半睁着的"眼睛"，会打一个寒噤，惊忆起这是中国劳工在刺刀尖下的作品，想起这楼里碉堡护卫下的淫乐。据说盖这房的第一任提督也未能享其福，因仿德皇宫又耗资太大，他被国会弹劾，楼未住，人先去。隔着历史的风雨，这些都已经模糊，但在今日明媚的阳光下，这建筑群却渐现出它的美学价值。就如一般人游颐和园，并不经意研究慈禧太后是怎样挪用海军经费的。艺术和政治毕竟不是一回事。

青岛花石楼

在青岛小住的几天内，看房子成了我的第一兴趣。晨起我穿行小巷端详这些异国来的"老外"，去摸它花岗石的墙，去数它窗楣上的瓦。这些房子的美，首先在它的造型。它很少有如四方盒子或火车厢式的整齐划一的规格，轮廓少直线而多折线或弧线。屋顶无一平顶，或成哥特式的尖突，或成四棱四面的盔形。窗户很少开成方框，有的窄而细高，令你想起古堡的幽深；有的则鼓出一个兜肚，下圆上尖，像一滴半空中的垂露。屋顶则一色的红瓦，瓦又不是如现代建筑式的平摆或如中国宫殿式的斜铺，而是近乎垂直的立挂。建筑师在将要完成他的凝重的花岗石作品时，又用鲜亮的红瓦来做一"头饰"，将房子齐额一包，就像一位红布包头的锡克族武士挺立在海边的绿树下。有时我走得远一些，喜欢坐在海边的礁石上来回望全城。但见群楼鳞次栉比，衬着如云的绿树，像一簇簇跳动的火苗，在蓝天碧海间又似一抹烧红的晚霞。其实，如果单说青岛的洋房就是比北京的四合院美，比水乡竹楼美，或也未必，只是骤然于我稔熟的土地上飞来异国房舍，便如一篇散体白话文中偶然出现几个对偶句，有一种移花接木的新奇之效。又难得我们这个胸怀大度能兼容并蓄的民族，将这种建筑风格的异国种子保留下来，在华夏土地上终于蔚成一城。青岛便得了一种他山之美，也就美得有了个性。有时我从饭店的高楼上推窗俯视全城，这时一座座红房顶就变成了一块块平面的投影，无数块红手帕在树的绿海上轻轻飘荡，那红手帕下面的人，绝没有想到他举着的屋盖在空中组合了这样一种美的图案，就如大型团体操的表演。我又不由地记起卞之琳的一首名诗：

> 你站在桥上看风景，
>
> 看风景的人在楼上看你。
>
> 明月装饰了你的窗子，
>
> 你装饰了别人的梦。

青岛，你和其他城市一样生产、生活、建设，不经意中却装饰了多少人的梦。

我想一个城市的形成也如一处自然风景。我们有泰山的雄伟、黄山的浩瀚、九寨沟的神奇，也有北京皇宫的辉煌，苏州园林的精巧和青岛这些房子的绚丽多彩。凡美好事物的诞生都必经过痛苦的折磨，你看哪个名山没有经过火的熔炼和水的切割。青岛在经过历史阵痛之后而育成的这种美，我们要好好地保存她。

（1991 年 10 月 21 日）

太原往事

与太原这个城市结缘，不觉已 30 年了。回首往昔，几件小事，如岁月大树上的几片落叶，又在我心灵深处的湖面上轻轻漂荡。

大约是中学快毕业的那年。一次我骑车夜归，飞驰在府东街上。夏夜，凉风习习，月明如水。路旁是一色的垂柳，柳已很高，枝却又柔又长，一直低垂下来，能拂着行人的脸。路灯都给埋在柳丝里，于是这一把把的绿梳子便将那一盏盏的银灯梳出一缕缕的柔光。树冠是一律向上鼓着，先鼓成一个大圆团，然后再散落下来，千丝万缕，参差披拂，在灯光中幻出奇怪的颜色，像阳光下的喷泉，像节日里的礼花。我被这美的夜色征服了，一面飞快地蹬车，让凉爽的夜风鼓满自己的衣襟，一面不时伸手去探那空中垂下来的柔条。不知怎么，我突然想起苏轼"老夫聊发少年狂"的词句来。而当时我正是少年自狂——我被自己骤然发现了这个城市的美激狂了。我正这样自我陶醉着，突然发现前面有块砖头，躲避不及，自行车猛地碰上，跃起，一下横摔在马路上。路边乘凉的人"轰"的一声笑了。我拍拍摔麻的手，赶快扶车离去。我想，他们刚才一定看见了我发狂的动作。但我不后悔，这个美丽的夜晚，我发现了你，太原。

在外地读书时，"文化大革命"风云突变。一个暑假里，我回家来，为了寻那旧日里的好梦，又驱车街头。这时，头上没有了柳丝，路边没有了绿荫，只有一排胡乱砍过后留下的树桩子。我从一所很有名的中学前走过，只见玻璃被打得粉碎，墙上还留着弹孔，窗户里传出"下定决心，不怕牺牲"的歌声。最奇的是墙上的标语："弹洞校园壁，今朝更好看。"这好看吗？我的心颤抖了。

后来，我回到太原工作，而且也已渐入中年。这时的我当然再不会因一镜明月、几丝绿柳去飞车发狂。但近年来街头的变化倒真让我那曾颤抖的心里又蔓生出了许多的喜悦。街上的大厦已日渐增多，马路也日渐加宽。路中间栽起了松、柏，种上了花卉。太原，一天天出落得更美丽了。一日，我行至柳巷北口时，突然止步了。这里原是一处极拥挤的路口，现在一下宽得像个篮球场。更奇怪的是，路中间用铁栏杆，小心地围着两棵古槐。那树也真古得有了水平，腰粗约有三抱，树心长得撑破了树皮，有半个身子裸露在外。我知道树木是靠树皮来输送养分的，所以那没有树皮的部分已经枯死。但是，当那已剩下不多的少半扇树皮将养分送到树木之巅后，树顶上便又生出了许多新枝，而且这新枝也都已长得如股如臂了。枝头吐出的新叶油绿油绿，在微风中闪耀着织成一把巨伞。生与死，新与旧，竟在这里相反相成，得到了最和谐的统一。我突然记起，这两棵树过去是挤缩在路旁小院里的，像一个被虐待的老人，在整日的嚣声尘埃中从残垣断壁中间伸出枯黑的手臂。而现在，他一下子挺身站在这明净宽阔的

今日太原

大路上，发出了爽朗的笑声。我面对古槐，有好一会儿，这样痴站着，这里离我 10 年前在柳丝下跌跤的地方并不太远，也许这附近的人中当有能认出我这个呆子的吧。

太原的旧府原在晋阳。现在这个城是宋太宗赵光义于公元 979 年灭北汉后在此重建的。前几年，曾有人提议举行一次太原建城千年纪念。我想，若真要开纪念会，最好就在这两棵树下。要是锯开树干，去细细数一下它的年轮，历史学家就会发现，千年来，这座古城是怎样不断地弃旧图新，不断在废墟上成长。我若到会，也一定能在那些年轮里找见那个美好夜晚的记忆，找见在校园弹洞下的沉思和在这棵古槐树下的遐想。

我想，假如我在这个城市再工作 30 年，记忆的长河里不知将有多少新的浪花飞溅，我衷心地祝愿那两棵古槐长寿，愿它们以后每一圈的年轮更宽、更圆。

（1984 年 5 月）

平塘藏字石记

　　十月里因事过贵州黔南，甫坐未定，当地领导就急切地说，我们这里出了一件奇事。平塘县有一巨石落地，中裂为二，裂面处凸现"中国共产党"五字。我说，世上哪有这等巧事？对方说，凡初听者都不信，人家还讽刺我们说，莫不是穷疯了，编此奇事诓人，因此我们特请专家进行了鉴定。

　　第二天，我即驱车平塘，出县城后又蜿蜒起伏疾驰六十多公里，折入一谷地，忽山清水秀，绿风荡荡，原来已进入掌布河谷。沿谷地深入数里，弃车步行至一村，名"桃坡村"。村口矗立一巨木，是一棵有五百年树龄的枫香树。前不久，于夜深人静时，此树轰然倒裂，现留一十多米高的树桩，三人不能合抱，桩上又发新枝。而倒地的树干压折一棵老银杏后横卧于路，如壮牛猛虎，气势逼人。树枝已被削去，粗者如腰，细者如臂，散落于路下田中竟占地一亩。未见奇石先见老树，邈邈古风，幽谷中来。

　　绕过古木，是石砌小路。路旁有宽深一米的水渠，水清见底，水中草蔓飘舞如带，石子莹润如玉。我自少年时代一别三晋名泉晋祠之水，就再未见过这样清澈透亮的山泉。不觉心头一紧，才意识到大自然库藏的珍品真是越来越少。沿这条清水古道缓缓而上，过一滩，名浪马滩，碧水平泻，乱石如奔马。过一泉，名长寿，因乡人常饮此水多高寿而名。两岸陡崖如壁，竹木披拂，藤缠草覆，绿云扑地。渐行至河谷中段，隔水相望，对岸悬崖下有两棵十多米高的大树，树荫中隐隐有物，导游以手相指说那里即是藏字石。要观石，先得过一吊桥。桥迎壁飞架而去，人一过桥即与悬崖撞个满怀。我不由举首仰望，壁立如削，峰起如剑，云行高空，风吼谷底，忽觉人之渺小。桥左有一对巨石，即为藏字石。从现场看，此石从石壁上坠落而下后分为两半，相距可容两人，两石各长七米有余，高近三米，重一百余吨。右石裂面清晰可见"中国共产党"五个横排大字，字体匀称方整。每字近一尺见方。笔画直挺，突起于石面，如人工浮雕。在这行字的前后还有一些凸出的蛛丝马迹，不成文字。我大惊大奇，实在不敢接受这个现实。天工虽巧，怎能巧到这般？虽然我们也常在石壁上发现些白云苍狗，如人如兽，如画如图，但那也只限于象形的比附。今天突然有巨石能写字，会说话，铁画银钩，颜体笔法，且言政治术语，叫人怎么能相信，怎么敢相信？

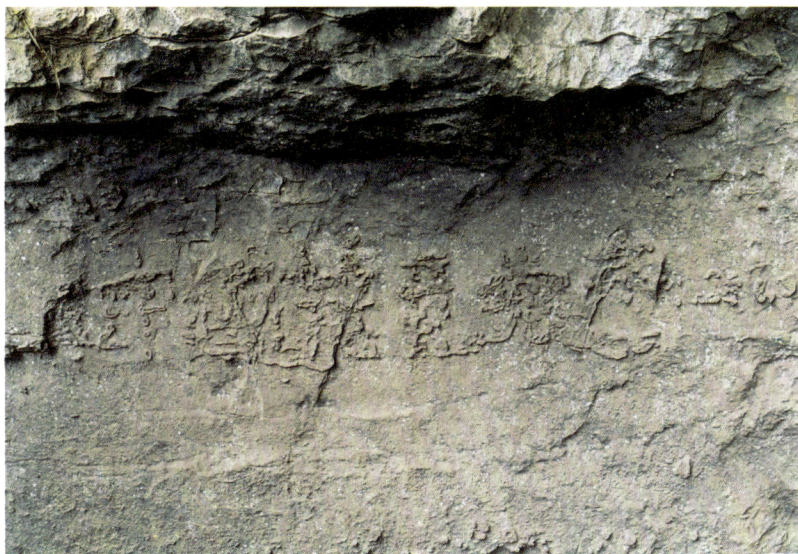

平塘藏字奇石

但是，面对这块一分为二、内藏五字的石头我们又不能不信。经地质专家组鉴定，该石是从山体上剥落下来无疑。现离地 15 米处的石壁上还有坠石下落后留下的凹槽。而山体、巨石及石上的字体，主要化学成分都一致，说明它们曾共生共存，浑然一体。字体也没有人工雕琢、塑造、粘贴的痕迹。这字的成因则是由海绵、腕足类等生物形成化石，偶然组成这五个大字。巨石坠落时，受力不均，沿字的节理处剖裂开来。据测算，石之生成距今已两亿八千万年，而坠落于地也已有五百年，在长年的风雨侵蚀中，化石硬度稍高，就更凸现于石面。过去于两石间长期堆秸秆树枝，石旁又有两株大树遮掩，从没有引起人的注意。今春，为推广景区风景，当地举办一次摄影活动，村支书张国富在清扫此地时无意中发现这石上的五个大字。石中藏字的消息遂即传开。

看过奇石，我又大体浏览了一下周边的风景。由奇石处上行有藤竹峡，因遍生藤竹得名。此种珍稀植物我还是第一次见到，其细如丝，其柔如藤，却属竹科，缘壁附崖，牵挂缠绕，两岸数里如金丝织就，一片灿烂。有抱石崖，崖面均匀生出圆形石卵，如鱼眼鼓突，如恐龙遗蛋，有足球之大，共三百六十六颗。当地人说此石三十年一熟，会自然拱破石壁，接续而生。其余路边风景都十分可人，如光硬的石壁上会钻出无根之松，郁郁葱葱；滩里巨石上无土无沙，却杂树成林；水中的群鱼细小如豆，会逐人腿而吻，称"吻人鱼"，都为别处之少见。掌布河流域本就风景奇特，早在七年前就已辟为旅游开发区，今发现藏字石更锦上添花。自然中有奇巧之事本也有科学之理。因为任何事物都可以看作无数个点的排列组合，大自然在无限的时空中总能组合出最理想的图案。今石上这几个字只是一巧而已。也许某年于某石中还会发现别的字迹。著名科普作家阿西莫夫说过："如果把一只猫放在一架打字机上，只要给它足够的时间，也能打出一部莎士比亚。"而这种万年、亿年才有一遇的巧事竟幸临平塘县这个布依村寨。这是天赐旅游良机，助民致富。村民已借天成的"中国共产党"五字增设了红色旅游主题，于石旁空地立十六面石碑，简述中共一大至十六大的梗概。

这石两亿年前天生而成，五百年前自然坠地，其时村口一株枫香树又破土而出，而在今年，忽一日树断枝裂，石中藏字也惊现人间，这一连串巧合莫非天意？离开村口时，我又细端古树，怅然有思。地方同志见状问有何建议，我说有两条。一者，此卧地断木是天赐史书，叫我们牢记过去。可剖光断面，展其年轮，呈于游人。并可标出哪一轮是五百年前，哪一轮是 1840，是 1921，是 1949，直至树断字现之年的 2003，当更显厚重，更有新意。二者，天降"中国共产党"五个大字，是要我们自警自策，与时俱进，当地党政部门一定更要爱民忧民，年有新政。不只让百姓感到石上"中国共产党"之奇，更要感到身边的中国共产党之亲。这样才不负天之祥瑞、民之殷情。

（2003 年 10 月 8 日）

榆林红石峡记

每个城市都有自己的名片，如巴黎之大铁塔、北京之天安门、上海之黄浦江。在榆林则是红石峡。峡在城北三里。正大漠北来，浩浩乎平沙无垠，忽巨峡断野，黄绿两分，奇景突现。

峡之奇有三。一是沙中见河，曰榆溪河。此大漠之地，人常以为黄沙漫漫，旱象连连。殊不见，却有一河无首无尾涌出沙中，绿波映天，穿峡而过。二是山色全红。大漠有峡已自为奇，而石又赤红，每当晨曦晚照之时，两岸峭壁危岩，就像团团火焰，接地映天。三是峡中遍布石刻。刀凿斧痕，题刻满山。这是它的迷人之处。

榆林红石峡

自秦汉以来，榆林即为北疆要塞，红石峡天险其北，镇北台雄视其上，历代征战以此为烈。古诗云："屯兵红石峡，斩将黑山城。血染芹河赤，氛收榆塞清。"想当年，鼙鼓震天，马嘶镝鸣。将军战罢归来，弹剑呼酒，分麾下炙，长烟落日，悲笳声声。于是便削石为纸，振河为墨，铁钩银划，直抒胸臆。个中人物，最知名者有二。一是清代名臣左宗棠。清朝后期，列强瓜分中国，英、俄染指西北，左于同治五年（1866）受命陕甘总督。其时，朝中正起"海防"、"塞防"之争。投降派谓塞外不毛之地，不值经营，更欲放弃新疆，任其存亡。左力排谬说，以陕督之职筹粮备饷，又领钦差之命，提兵西进，一举收复新疆，固我中华万世之基业。其用兵之时更植柳千里，后人称左公柳，春风直度玉门关。他的老部下刘厚基时任榆绥总兵，就向他为红石峡求字。他即大书"榆溪胜地"。左宗棠在陕甘经营十多年，雄图大略，边情难舍。这四字虽赞榆溪，却更赞西北。观其书法，用笔沉着，结字险劲，雄踞壁上，隐隐肱股之臣，浩浩大将之风。还有一位，是抗日名将马占山。马曾任东北边防军师长，黑河警备司令。1931年率部在黑龙江打响抗日第一枪，后受排挤，移驻西北，一腔热血，报国无门。他1941年来游此地，眼见祖国河山破碎，愤而连刻两石"还我河山"。其字笔捺沉重，深陷石中，说不尽的臣子恨、亡国痛。石峡中这类慷慨激昂文字还有许多，如"巩固山河"、"威震九边"、"力挽狂澜"等，皆横竖如枪戟，点撇响惊雷。今日读来仍虎震幽谷，风卷残云。

中国之大，何处无峡？峡多刻石，何处无字？然红石峡正当中原大漠之分，蒙汉农牧之界。北望牛羊轻牧而白云落地，南眺稻粱初熟又绿浪接天。天老地荒，沉沉一线，地分绥陕，史接秦汉。呜呼，收南北而融古今，唯此一峡。其全长三百米，南北走向，东西两岸，一川文字，满河经典。除上述边关豪情，还有写风光之秀，如"蓬莱仙岛"、"塞北江南"；写地势之险，如"天限南北"、"雄吞边际"；有感念地方官吏的治民之德，如"功在名山"、"恩衍宗嗣";有表达民族团结之情,如"中外一统"、"蒙汉一家"等等,各种汉、满文字题刻凡二百余幅。好一部刻在石壁上的地方志,一枚盖在大漠上的中国印。正是:

赤壁青史,铁铸文章。大漠之魂,中华脊梁。

(《人民日报》2009 年 9 月 29 日)

平凉赋

中国以平命名的地名何其多也，然甘肃之平凉别有深意。其得名于前秦苻坚在此建郡，欲平定前凉，一统天下。后岁月推移，疆域西展，平凉渐居华夏版图之中心。其接昆仑而下关中，控南北而带东西，崆峒一柱，顶天立地。登高一望，九万里江山来眼底，三千年文明在心头。

平凉之地，苍天厚爱。戈壁西去，独留崆峒一柱绿；漠风北来，化作泾川百里波。冬无严寒，暖风吹得游人醉；夏无酷暑，大树底下故事多。至今，宫庙相望，祭拜不息，多少美丽的传说代代相续。虽神话无凭，却佛道有据。崆峒山上，黄帝东来问大道；大云寺里，佛祖西遗舍利子。神矣，仙矣，佛矣，道矣！平凉，平凉，神仙的家乡，中华民族梦中的摇篮。

然，人非神仙，大业实难；佛道尚空，青史维艰。平凉地处咽喉，时跨千年，阅尽了多少往事云烟。周文王伐密，李世民破阵；吴氏抗金，朱元璋分藩。飞将军李广，"不教胡马度阴山"；皇甫谧，在此写就中华针灸奠基篇。落日城头，丝路西去驼影重；笳声呜咽，将军东归车马喧。长路漫漫，大漠孤烟。李商隐怀才不遇，泾州城头，"欲回天地入扁舟"；林则徐禁烟获罪，含恨西行，"楼头倚剑接崆峒"；左宗棠柳湖扎营，平乱抗俄，收复新疆，湖湘子弟满天山，更可贵，其为民生，开国门，中国第一次引进西洋机械开渠在平凉。谭嗣同仗剑北上，"划开天路岭为门"，返身去做变法流血第一人；冯玉祥五原誓师下平凉，新军新学推新政，于城乡遍立民国"为民碑"。天道轮回，人盼和平，开国前夕，彭德怀推兵布阵在平凉，又重演苻坚、左宗棠剑指西北定边陲。马踏祁连，人唱阳关，大军西行，红旗插遍陕、甘、宁、青、新。美丽河山，破镜又圆，重描仙境在人寰。分矣，合矣，乱矣，治矣！平凉，平凉，新的起点，中华民族翻越文明的一道门槛。

青史不绝，地覆天翻，不废寒来暑往。任朝代更迭，王母宫里香火不断，人民企盼的是四时平安；任将来相去，柳湖畔左公柳常绿如烟，百姓记住的是留给了他们多少阴凉。为政之道，平平常常，国富民安；为官之德，平平淡淡，不躁不贪；治世之方，公平公正，同热同凉。崆峒山高，泾河水长，大道无形，佛法无边。平凉，平凉！天道有常，神人合一，人心是天。天不变，道亦不变。

（《光明日报》2014 年 1 月 24 日）

长城古寺红柳

　　中国北方最明显的地理标志就是长城。从山海关到嘉峪关，逶迤连绵穿行在崇山峻岭之上，将秦汉到明清的文化符号一一镌刻在苍茫的大地上。如果是夕阳西下的时候，一抹红霞涂染了曲曲折折的石墙，又为烽火台、戍楼勾勒出金色的轮廓。这时，你遥望天边的归雁，听北风掠过衰草黄沙，心头不由会泛起一种历史的苍凉。可是谁也没有注意到万里长城由东向西进入陕北府谷境内后，轻轻地拐了一个弯。这个弯子很像旧时耕地的犁，此处就叫犁辕山。这气势浩大，如大河奔流般的长城，怎么说拐就拐了呢。现在能给出的解释，只是为了一座寺和一棵树——一棵红柳树。

　　那天，我沿着长城一线走到犁辕山头，一抬眼就被这棵红柳惊呆了，心中暗叫：好一个树神。红柳是专门在沙漠或贫瘠土地上生长的一种灌木，极耐干旱、风沙、盐碱。因为生在严酷的环境下，它长不高，也长不粗。当年我曾在乌兰布和沙漠的边缘工作，常与红柳为伴。它大部分的枝条只有筷子粗细，披散着身子，匍匐在烈日黄沙中或白花花的碱滩上。为减少水分的流失，它的叶子极小，成细穗状，如不注意你都看不到它的叶片。这红柳自己活得艰苦却不忘舍身济世。它的枝叶煮水可治小儿麻疹。它的枝条鲜红艳丽，韧性极好，是农民编筐、编篱笆墙的好材料。我有一年多的时间，就住在红篱笆墙的院子里，每天挑着红柳筐出入。如果收工时筐里再装些黄玉米、绿西瓜，这在一色黄土的塞外真是难得一见的风景。但它最大的用途是防风固沙，防止水土流失。红柳与沙棘、柠条、骆驼刺等，都是黄土地上矮小无名的植物，最不求闻达，耐得住寂寞，许多人都叫不出它的名字。但是眼前的这棵红柳却长成了一株高大的乔木，有一房之高，一抱之粗。它挺立在一座古寺旁，深红的树干，遒劲的老枝，浑身鼓着拳头大的筋结，像是铁水或者岩浆冷却后的凝聚。我知道这是烈日、严霜、风沙、干旱九蒸九晒、千难万磨的结果。而在这些筋结旁又生出一簇簇柔嫩的新枝，开满紫色的小花，劲如钢丝，灿若朝霞。只有万里长城的秦关汉月、漠风塞雪才能孕育出这样的精灵。它高大的身躯摇曳着，扫着湛蓝的天空，覆盖着这座乡间的古寺，一幅古典的风景画。而奇怪的是，这庙门上还挂着一块牌子：长城保护站。

站长姓刘。我问保护站怎么会设在这里？他说：这是佛缘。说是保护站，其实是几个志愿者自发成立的团体。老刘当过兵，在部队上曾是一个营教导员，他给战士讲课，总说军队是长城，退下来后回到了长城脚下，看着这些残破的戍楼土墙，心里说不清是什么味道，就想保护长城。府谷境内共有明代长城 100 公里，上有墩台 196 个，这寺正好在长城的中点。他每次走到这里，就在这棵红柳树下歇歇脚，四周少林无树，就只有这一点绿色。放眼望去，茫茫高原，沟壑纵横，万里长城奔来眼底。他稍一闭眼，就听到马嘶镝鸣，隐隐杀声。可再一睁眼，只有残破的城墙和这株与他相依为命的红柳。一开始为了巡视方便，他就借住在寺里。后来身边慢慢聚集了五六个志愿者，就挂起了牌子。

人们常说"天下名山僧占尽"，可这里并不是什么名山，黄土高原，深沟大壑，山穷水枯。也可能就是那"犁辕"一弯，这里才被先民视为风水宝地。犁弯子就是粮袋子，象征着永远的丰收。在这里盖寺庙是寄托生存的希望。寺不知起于何时，几毁几修，仍香火不绝。最后一次毁于"文革"，被夷为平地。但奇怪的是，这寺无论毁了多少次，墙边的那棵红柳却顽强地生存下来，于是就成了重新起殿建寺的标记。从树的外形判断它当在千年以上，明长城距今也只有 600 来年。就是说当初无论是修城的将士，还是修寺的僧人，都在仰望着这棵树工作。长城，这座我们民族抵御战争、保卫和平生活的万里长墙，在这里拐了个弯，轻轻地把这寺庙、这红柳搂在怀里。这是生命的拥抱、信仰的倾诉和文化的传递。而这棵红柳，为怕长城太孤寂，年年报得紫花开，花开香满院，又成了寺庙的灵魂。民间常有耗子成精、狐狸成精，及柳树、槐树成精的故事。红柳实现了从灌木到乔木的飞跃，算是成了精，修成了正果。它与长城与寺庙相伴，俯视人间，那密密的年轮和丝绕麻缠的筋结里不知记录了多少人世的轮回。

如果说长城是人工的智慧、红柳是自然的杰作，那么这寺庙就是人们心灵的驿站。先民日出而作，日入而息，面朝黄土背朝天，他们疲倦的魂灵也需要歇息。这寺庙不大，除了僧房就是佛堂。堂可容六七十人，地上一色黄绸跪垫，前面供着佛像并香烛、水果。可以说，这是我见过的国内最安静的佛堂。堂内窗明几净，无一尘之染。窗外是蓝天白云，人坐室内如在天上。这里既没有名刹大寺里烟火缭绕的喧闹，也无乡间小庙里求报心切的俗气。我稍留片刻便返身出来，不忍扰其安宁。

我问，这座寺庙真的灵验？老刘说屡毁屡修总是有一定的道理，反正当地人信。最近一次发起修寺的是一位煤老板，煤矿总出事故，寺一起，事立止。还有，寺下有一村，村里一对小夫妻刚结婚时很恩爱，后渐成反目。妻子恨丈夫如仇敌，打骂吵闹，凶如母虎，家无宁日。公婆无奈，求之于寺。托梦说，前世女为耕牛，男为农夫。农夫不爱惜耕牛，常喝斥鞭打，一次竟将一条牛腿打断。今世，牛转生为女，到男家来算旧账了。公婆闻之半信半疑，遂上寺许愿。未几，小夫妻和好如初，并生一子。这样的故事还可讲出不少。我不信，但教人行善总是好事，借佛道神道设教也是中国民间的传统。就问，怎么不见僧人？答曰，现在不是做功课的时间，都去山下栽树去了。想要香火旺，先要树木绿。村民信佛，寺上的人却信树。也是，没有那株红柳，哪有这寺里千年不绝的香火？

保护站已成立五六年，慢慢地与寺庙成为一体。连僧带俗共十来个人，同一个院子，同一个伙房，同一本经济账。志愿者多为居士，所许的大愿便是护城修城；僧人都爱树，禅修的方式就是栽树护树。早晚寺庙里做功课时，志愿者也到佛堂里听一会儿诵经之声，静一静心；而功课之余，和尚们也会到寺下的坡上种地、浇树、巡察长城。不管是保护站还是寺上都没有专门经费。他们自食其力，自筹经费维持生活并做善事，去年共收获玉米 2 000 斤，春天挑苦菜卖了 6 000 元，秋里拾杏仁又收入 800元。这使我想起中国古代禅宗"一日不作一日不食"的农禅思想，一切信仰都脱离不了现实。正说着，人们回来了，几个和尚穿着青布僧袍，志愿者中有农妇、老人、学生，还有临时加入的游客。手里都拿着锄头、镰刀、修树剪子，一个孩子快乐地举着一个大南瓜。有一个年轻人戴着眼镜，皮肤白皙，举止文雅，一看就不是本地人。我问这是谁，老刘说是山下电厂的工程师，山东人。一次他半夜推开院门，见寺外一顶小帐篷里一人正冷得打哆嗦，就邀回屋过夜，遂成朋友。工程师也成了志愿者，有时还带着老婆孩子上山做义工，这院子里的电器安装，他全包了。大山深处，长城脚下，黄土高原上的一所小寺庙里聚集着一群奇怪的人，过着这样有趣的生活。佛教讲来世的超度，但更讲现时的解脱：多做好事，立地成佛，心即是佛，佛即是我。山外的世界，正城市拥堵、恐怖袭击、食品污染、贪污腐化、种族战争等等，这里却静如桃源，如在秦汉。只有长城、古寺、志愿者和一棵红柳。无论中国的儒、佛、道还是西方的宗教都以善行世，就是现在中央提倡的社会主义核心价值观，"友善"也赫然其中。我突然想起马致远的那首名曲《天净沙》，不觉在心里叹道：

> 长城古寺戍楼，蓝天绿野羊牛，栽树种瓜种豆。红柳树下，有缘人来聚首。

老刘说，其实单靠他们几个自愿者，是保护不了长城的。也曾当场抓获过偷城砖的、挖草药的，甚至还有公然用推土机把长城挖个口子的，但是都不了了之。对方眼睛瞪得比牛眼还大，说："你算个球！县长都不管呢。"确实他们一不是公安，二不是警察，遇到无赖还真没有办法。但是现在可以"曲线护城"了，这就是来借助树和佛。目前虽还没有一个管用的"护城法"，却有详细的《林业法》，作恶者敢偷砖挖土，却不敢偷树砍树。保护站就沿长城根栽上树，无论人砍、牛踏、羊啃都是犯法。而同样是巡城、执法，志愿者出来管，对方也许还要争执几句，僧人双手一合十，他就立马无言。头上三尺有神明，人人心中有个佛呀。这真是妙极，人修了寺，寺护了树，树又护了长城。文物保护、治理水土、发展林业、改善生态等，无论从哪一方面来说这都是个很有意思的典型。就像那棵无人问津、由灌木变成乔木的红柳，在这个古老的犁辕弯里也有一个少为人知、亦俗亦佛，既是环保又是文保的团体。县长下乡调研，见此很受感动，随即拨了一笔专项经费给这个不在册的保护站。县长说，这笔钱就不用审计了，他们花钱比我们还仔细。两年来老刘用这钱打了一眼井，栽了300亩的树，为站里盖了几间房。寺不可无殿，城不可无楼。他还干了一件大事，率领他的僧俗大军（其实才十来个人）走遍沿长城的村子，收回了一万多块散落在民间的长城砖，在文物局指导下修复了一个长城古戍楼。完工之日，他们在寺庙里痛痛快快地为历年阵亡的长城将士做了一个大法会。

那天采访完，我在寺上吃晚饭，大块的南瓜、土豆、红薯特别的香。他们说，这是自己种的，只有地里施了羊粪才能这样好，山外是吃不到的。饭后，我要下山，老刘送我到寺门口。香客走了，志愿者晚上回城去住，寺里突然冷清下来。晚风掠过大殿屋脊的琉璃瓦，吹出轻轻的哨音。归鸟在寺庙上空盘旋着，然后落到了墙外的林子里。夕阳又给长城染上一圈金色的轮廓。人去鸟归，万籁俱静，我突然问老刘："这么多年，你一个人守着长城，守着寺庙，是不是有点孤寂？"他回头看了一眼红柳，说："有柳将军陪伴，不孤单，胆子也壮。"这时夕阳已经给红柳树镀上一层厚重的古铜色，一树紫花更加鲜艳。我说："回头，在北京找个专家来给你测一下这树的年龄。"他说："不用了，我已经知道。"我大奇："你怎么知道的？""去年秋八月的一个晚上，后半夜，月光分外地明。我在房里对账，忽听外面狗叫。推开院门，在红柳树旁站着一位红盔绿甲的将军。他对我说，你不是总想知道这树的年龄吗？我告诉你，此树植于周南王十四年，到今天已 2 326 年。说完就消失了。"我看看他，看看那树，这一次我真的是惊呆了。

回京后，我第一件事就是去查中国历史年表，史上并没有"周南王"这个年号。但是，我不忍心告诉老刘。

（《人民日报》2014 年 10 月 11 日）

秋风桐槐说项羽

　　去年十月里的一天，我在洪泽湖畔继续我的寻访古树之旅。在一家小酒店用早餐时，无意间听到百里外的项羽故里有两棵古树，下午即驱车前往。这里今属江苏省宿迁市，我原本以为故里者只是一古朴草房，或农家小院，不想竟是一座新修的旅游城，而城中真正与项羽有关的旧物也只有这两棵树了，一棵青桐和一棵古槐。

　　中国人知道项羽是因为司马迁的《史记》，一篇《项羽本纪》在中华民族的文明史上树起了一个英雄，从此国人心中就有了一个永远抹不去的楚霸王。斯人远去，旧物难寻，今天要想触摸一下他的"体温"，体会一下他的情感，就只有来凭吊这两棵树了。那棵青桐，树上专门挂了牌，名"项里桐"。据说，项羽出生后，家人将他的胞衣（胎盘）埋于这棵树下，这桐树就特别的茂盛，青枝绿叶，直冲云天。项羽是公元前232年出生的，算到现在已有两千二百多年了。梧桐这个树种不可能有这么长的寿命。但是，这棵"项里桐"却怪，每当将要老死之时，树根处就又生出一株小桐，这样接续不断，代代相传。现在我们看到的已是第九代了。桐树是一个大家族，常见的有青桐、泡桐、法国梧桐等，而青桐又名中国梧桐，是桐树中的美君子，其树身笔直溜圆，一年四季都苍翠青绿。如果是雨后，那树皮绿得能渗出水来，光亮得照见了人影。它的叶子大如蒲扇，交互层叠，浓荫蔽日。在中国神话中梧桐是凤凰的栖身之地。有桐有凤的人家贵不可言，项羽在此树下出生盖有天意。现在这棵九代"项里桐"正少年得志，蓬勃向上，挺拔的树身带着一团翠绿的披挂，轻扫着蓝天白云。桐树之东不远处，有一棵巨大的中国槐，说是项羽手植。槐树家族有中国槐、洋槐、紫穗槐、龙爪槐、红花槐等，而以中国槐为正宗，俗称国槐。它体型庞大，巍然如山，又寿命极长。由于此地是黄河故道，历史上黄河几次决口，像一条黄龙一样滚来滚去。这故里曾被淹没、推平，唯有这棵槐树不死。其树身已被淤没六米多深，我们现在看到的其实是它探出淤泥的树头，而这树头又已长出一房之高，翠枝披拂，二人才能合抱。岁月沧桑，英雄多难，这个从淤泥中挣扎而出的树头某年又遭雷电劈为两半，一枝向北，一枝向南，撕肝裂肺，狂呼疾喊，身上还有电火烧过的焦痕。向北的那枝，略挺起身子，斗大的树洞，怒目圆睁，青筋暴突，如霸王扛鼎；向南的一枝已朽掉了木质部分，只剩下半圆形的黑色树皮，活像霸王刚刚卸落的铠甲。但不管南枝、北枝都绿叶如云，浓荫泼地。两千年的风雨，手植槐修成了黄河槐，黄河槐又炼成了雷公槐。这摄取了天地之精、大河之灵的古槐，日修月炼，水淹不没，沙淤不死，雷劈不倒，壮哉项羽！

项羽是个失败的英雄。但中国史学有个好传统，不以成败论英雄，这是历史唯物主义。项羽的对立面是刘邦。刘项之争是中国历史上第一出争为帝王的大戏。司马迁为他们两人都写了"本纪"，而在整部《史记》里给未成帝者立"本纪"的却只有项羽一人，可见他在太史公心中的地位。项羽是个悲剧人物，他的失败缘于他人性的弱点。他学而无恒，不肯读书，学兵法又浅尝辄止；他性格残忍，动不动就坑（活埋）俘虏几十万；他优柔寡断，鸿门宴放走刘邦，铸成大错；他个人英雄，常单骑杀敌，陶醉于自己的武功。这些都是他失败的因素。但他却在最后失败的一刹那，擦出了人性的火花，成就了另一个自我。垓下受困，他毫无惧色，再发虎威，连斩数将。当他知道已不可能突围时，便对敌阵中的一个熟人喊道，你过来，拿我的头去领赏吧。说罢拔剑自刎。他轻生死，知耻辱，重人格。宁肯去见阎王，也羞于再见江东父老。他与刘邦长期争斗，看到生灵涂炭，就说百姓何罪？请与刘邦单独决斗。狡猾的刘邦当然不干。这也看出他纯朴天真的一面。项羽本是秦末农民大起义中一支普通的反秦力量，后渐成主力，成了诸侯的首领。灭秦后他封这个为王、那个为王，一口气封了近二十个，他却不称帝，而只给自己封了一个"西楚霸王"，他有心称霸扬威，却无意治国安邦，乏帝王之术。

项羽的家乡在苏北平原，两千年来不知几经战火，文物留存极少，而他的故里却一直没有被人忘记。清康熙四十年，时任县令在原地竖了一块碑，上书"项王故里"四个大字。这恐怕是第一次正式为项羽立碑，由是这里就香火不绝，直到现在有了这个旅游城。城内遍置各种与项羽有关的游乐设施，其中有一种可在架子上翻转的木牌，正面是项羽、虞姬等各种画像，翻过来就是一条条因项羽而生的成语。如：破釜沉舟、取而代之、一决雌雄、所向披靡、拔山扛鼎、分我杯羹、沐猴而冠、锦衣夜行、霸王别姬……讲解员说她统计过，有一百多条。现在我们常用到的成语总共也就一千来条，一般的成语辞典收三四千条，大型辞典收到上万条，项羽一人就占到百条。要知道他才活了三十一岁呀，政治、军事生涯也只有五年。后人多欣赏他的武功，倒忽略了他的这一份文化贡献。项羽少年时不爱读书，说"书足以记姓名而已"，未想他自己倒成了一本后人读不完的书。汉代是中国文化的源头之一，司马迁写了这样一个人物，塑造了这样一个英雄，就影响了我们民族的历史两千年，而且还将影响下去。

汉之后，项羽成了中国人说不尽的话题。史家说，小说家写，戏剧家演，诗人咏，画家画，民间传。直到现在，他的故里又出现了这个旅游城，城门、大殿、雕像、车马、演出、射箭、投壶、立体电影、仿古一条街。项羽是民间筛选出来的体现了平民价值观和生活旨趣的人物，人们喜欢他的勇敢刚烈、纯朴真实，就如喜欢关羽的忠义。历史上的"两羽"一勇一忠，成了中国人的偶像。这是民间的海选，与政治无关，与成败无关，是与岳飞的精忠报国、文天祥的青史丹心并存的两个价值体系。一个是做人，一个是爱国。

项羽是个多色彩的人物。刚烈坚强又优柔寡断，雄心勃勃又谦谦君子，欲雄霸天下又留恋家乡，八尺男子却儿女情长。他少不读书，临终之时却填了一首感天动地、流传千古的好歌词："力拔山兮气盖世。时不利兮骓不逝。骓不逝兮可奈何！虞兮虞兮奈若何！"他杀人如麻，却爱得缠绵，在身陷重围、生死存亡之际还与虞姬弹剑而歌，然后两人从容自刎。他是一个性情中的人物、艺术境界中的人物，有巨大的悲剧之美。他身上有矛盾，有冲突，有故事；而其形象又壮如山，声如雷，貌如天神，是艺术创作的好原型、民间说唱的好话题。连国粹京剧都专为他设了一个脸谱。全国北至河北南到台湾"项王祠""项王庙"又不知有多少，百姓自觉地封他为神。南迁到福建的王姓奉霸王为自家的保护神，台湾许姓从大陆请去项羽塑像建庙供养，以保佑他们平安、幸福。这就像商人把关羽奉为财神。没有什么理由，就是信，自觉地信。

但项羽毕竟是曾活动于政治舞台上的人物，于是他又成了一面历史的镜子。可以看出来，太史公是以热情的笔触、惋惜的心情刻画了这个人物。后人也纷纷从不同角度褒贬他，评点他，抒发自己的感慨。鲁迅说，一部《红楼梦》有的见淫，有的见《易》。一个历史人物，就如一部古典名著，能给人以充分的解读空间才够得上是个大人物。唐代诗人杜牧抱怨项羽脸皮太薄，说你怎么就不能再忍一回呢："胜败兵家事不期，包羞忍耻是男儿。江东子弟多才俊，卷土重来未可知。"宋代的李清照却推崇他的这种刚烈："生当作人杰，死亦为鬼雄。至今思项羽，不肯过江东。"毛泽东则借他来诠释政治："宜将剩勇追穷寇，不可沽名学霸王。"项羽是一面历史的多棱镜，能折射出不同的光谱，满足人们多方位的思考。而就在这个园子里，在秋风梧桐与黄河古槐的树荫下，我看见几个姑娘对着虞姬的塑像正若有所思，而一个小男孩已经爬到乌骓马的背上，作扬鞭驰骋状。

这个旅游城的设计是以游乐为主，所以强调互动，游人可以上去乘车骑马，可以与雕像拥抱照相，可以投壶射箭，可以登上城楼，出入项羽的卧房、大帐。但是有两个地方不能去，那就是青桐树下和古槐树旁。两棵树周都围了齐腰的栏杆，只可远观而不可亵玩。再嬉闹的游人到了树下也立即肃穆而立，礼敬有加。他们轻手轻脚，给围栏系上一条条红色的绸带，表达对项王的敬仰并为自己祈福。于是这两个红色的围栏便成了园子里最显眼的、在绿地上与楼阁殿宇间飘动着的方舟。秋风乍起，红色的方舟上托着两棵苍翠的古树。

　　站在项羽城里，我想，我们现在还能知道项羽，甚至还可以开发项羽，第一要感谢司马迁，第二要感谢这两棵青桐和古槐。环顾全城，房是新的，墙是新的，碑廊是新的，人物、车马全是新的。唯有这两棵树是古的，是与项羽关联最紧的原物。因为有了这两棵树，人们才顺藤摸瓜，慢慢地发掘、整理出其他的物什。1985年在附近出土了一个硕大的石马槽，是当年项羽用过的遗物，于是就移来园中，并于槽上拴了一匹高大的乌骓石马。青桐既是项羽埋胞衣之处，桐树后便盖起了数进深的院子，分别是项羽父母房、项羽房、客厅等，院中有项羽练功的石锁，象征力量的八吨重的大铜鼎。项宅的入口处是那块清康熙年立的石碑，而大槐树前则有陈设项羽生平的大殿及广场。一切，皆因这两棵树而"再生"，而存在。梁实秋说上世纪三十年代的北平，人们讥笑暴发户是"树小墙新画不古"。你有钱可以盖院子，但却不能再造一棵古树。幸亏有这青桐、古槐为项羽故里存了一脉魂，为我们存了一条汉文化的根。考古学家把地表一两米深、留有人类活动遗存的土壤叫"文化层"，扎根在"文化层"上的古树，其枝枝叶叶间都渗透着文化的汁液。一棵古树就是一种文化的标志。我以为要记录历史有三种形式。一种是文字，如《史记》；一种是文物，如长城、金字塔，也如这院子里的石马槽；第三种就是古树。林学界认为一百年以上的树为古树，五百年以上的古树就是国宝了。因为世间比人的寿命更长，又与人类长相厮守的活着的生命就只有树木了。它可以超出人十倍、二十倍地存活，它的年轮在默默地帮人类记录历史。就算它死去，埋于地下硅化为石为玉，仍然在用碳 14 等各种自然信息，为我们留存着那个时代的风云。

秋风梧桐，黄河古槐，塑造了一个触手可摸的项羽。

（《人民日报》2015 年 1 月 21 日）

铁锅槐

　　一棵上百年的老槐树长在一口铁锅里，这好像绝不可能，但确实如此。

　　去年11月底，我在河南商丘寻找人文古树，看了几棵汉柏宋槐都不理想，大家气喘吁吁地坐下来吃午饭。当地一位朋友突然一拍脑袋说："怎么忘了铁锅槐呢！"放下筷子，我们便冒着小雨赶到七十公里外的白云寺，拜访了这个锅与槐的奇妙组合。

　　白云寺初创于唐贞观年间，曾是与少林、白马、相国等寺齐名的中原古寺，但现在香火不旺。我们去时凄风苦雨，寺里只有几个僧人袖手看门，一个小和尚系着围裙在伙房里淘米，后院及两厢都是零乱的砖瓦木料。进门后的右手处就是我们要拜访的铁锅槐，现在已是这个寺的镇寺之宝。只见一圈石栏杆中躺着一口直径两米多的大铁锅，锅里挺立着一棵有三层楼高、两抱之粗的古槐。锅沿有三指厚，在雨水的润泽下闪闪发光，像是一个套在树根上的项圈。锅已半埋土中，树的主根早穿透锅底，深扎地下，而侧根蜿蜒屈结，满满当当，将铁锅挤满撑破后又翻出锅外垂铺在地，像一大块不规则的钟乳石，或是一摊刚冷却了的岩浆。我看着这满锅的老根，只觉得这是一锅正在慢慢烹煮着的时间。虽是深秋，这古槐仍枝叶繁茂，覆盖着半亩大的地面。而整棵树身向西边倾斜，巍巍然如一座斜塔，有一种饱经沧桑的厚重与庄严。

　　寺院是信众往来的宗教场所，被视作沟通神与人的桥梁。为了给众多僧人和香客备饭，寺里常有超大的铁锅。这口两米的大锅还不算最大，我见过一口更大的，洗锅时要放下一个梯子，才能将人送到锅底。大锅往往是一个寺院兴旺的标志。这白云寺在康熙时达到鼎盛，常住僧人千余人。史载 1687 年寺里住持佛定和尚为舍粥济贫，造铁锅两口，日煮米一石二斗。十九年后一口铁锅经长年的火烤水煮生了裂纹，就被几个小和尚抬着放到寺的一角。春去秋来，寺院盛而又衰，这口锅也渐渐被人淡忘。沙尘淤满锅底，荒草爬上了墙角，淹没了铁锅。这时一只喜鹊衔着一粒槐籽从天上飞过。它俯下身子，看到这汪嫩绿的鲜草，就落下来歇脚，槐籽落在铁锅里。想这铁锅离开灶台被弃墙角已经数十年，烈日严霜，凄风苦雨，它早已心灰意冷，奄奄待毙。忽然有一只小手轻轻地抓挠着它冰凉的身子，一丝微弱的声音像在耳旁若有似无地呼唤。原来是那粒槐籽经水浸土育，已经开始发芽生根。这口铁锅一下打了个寒噤从梦中惊醒，忙将这个幼小的生命搂在怀里。那雪白的细根穿过厚厚的积土吮吸着锅沿上的雨滴，像是在替它擦拭眼角的泪花，而嫩绿的树苗已有尺许之高，正努力探出锅外，好奇地张望着庙宇、蓝天、白云。铁锅记起了佛经上讲的万物轮回，因果有缘，众生平等。啊，行住坐卧都是禅，一花一叶皆佛性。它觉得这是佛祖托它来抚养这个从天而降的小生命的，就更加搂紧这棵小树苗。槐树一天天长大，当它已经高过院墙，可以俯视外面的世界时，才发现这个世界上的槐树全是长在土地里，只有它被小心地托着、抱着，长在一口铁锅里，不觉感动得热泪盈眶。这好比一个没有文化，不识字，甚至还身有残疾的母亲，在贫病交加中照样抚育着一个伟岸的英才。艰难困苦，玉汝于成。它怎么能不痛感身世飘零而加倍珍惜，一定要活出个样子呢?!

　　铁锅槐无疑是大自然的杰作，就算你有一百个聪明的头脑也想象不出这样的作品。万物有缘，槐树本是一种最普通的树种，数百年来在山地平原、房前屋后不知有槐几多，而长在铁锅里的唯此一棵;铁锅本是一种最普通的炊具，千家万户用来烧水煮饭的铁锅不知几多，但用来栽树而且长

铁锅槐

成大树的也只有这一个。再说，就算这锅与树前世有缘，那结合之后的数百年岁月，水火兵燹，雷劈电击，畜啃人砍，寺院塌毁，它们又携手逃过了多少劫难才有今天的正果？物竞天择，自然筛选，这是铁的定律。在无尽的岁月长河中，无数个偶然机缘的组合，就出现了奇迹，就诞生了天才。虽然人类愈来愈聪明，但还是逃不出自然的手心。不见我们办了多少音乐学院，却常会输给一个牧羊女或打工汉的歌喉；办了多少文学院，而大作家总是长在校园外。而皇室培养接班人，从选妃子、找奶妈开始，到定太子、配师傅，结果总是多有从草莽中杀出来的开国之主。假如现在有谁出巨资请你再复制一组铁锅槐，恐怕打死也不敢接这个活。

铁锅槐虽是天工之物，但它修行于古寺之中，早已融进人的智慧和佛的灵性。在悬崖之上，在大河之岸，树抱石之类的奇树不知多少，而现在这棵古槐抱着的却是一口铁锅，是一锅人间烟火。这是信念的守望，是佛与人的拥抱，是伟大的天人之合。你只要看看那锅里劲结的树根，就知道它们有多大的定力，槐树咬定铁锅，将它凿穿、撑裂、抱紧、融合；铁锅则仰着身子吃力地挺举着大树，不顾自己已经被压裂，被深深地挤进了泥土。直至最后再也分不清是锅抱槐还是槐抱锅。这是心的力量，是佛家所谓的大愿，不信世上事不成，不信有缘不结果。它们就这样晨钟暮鼓，相濡以沫，在古寺残阳中不知送走了多少寂寞。山挡不住风啊，树挡不住云，这个世界上什么也挡不住生命的降生。而一个生命一旦降生，就会本能地捍卫生的权利，坚强地活下去！

临出寺门时已暮云四合，我又回望了一下这棵铁锅槐，经秋雨打湿的树身更显出沉稳的铁青，斜伸着的身子像一支要射向云空的利箭。而根部那一圈翻卷着的闪亮的锅沿则如一把拉满弦的弓，引而待发。我忽然觉得，伫立在面前的是一个面壁的达摩，是另一个版本的罗丹雕塑《思想者》。

世人多爱盆景，喜其能于尺寸之间盈缩天地，吐纳岁月。而古今中外，到哪里去寻找铁锅槐这样一个天地所生、人神共塑、照古烁今的盆景呢？

（《人民日报》2015 年 5 月 20 日）

平壤的雪

十月二十六日上午在南浦参观时还下着淅淅沥沥的小雨，下午五时回到平壤，天空却飘起鹅毛大雪来。晚上我们驱车行进在去妙香山的公路上，路边的松树经车灯一照，在茫茫夜色中像一排憨笨的熊猫。雪花飘飘直扑车窗，司机说我们赶上了朝鲜今年的第一场冬雪。

妙香山是朝鲜著名的风景区，这个宾馆也修得很有民族特色。我们一下车就被让进热烘烘的房间里。一进门照例要脱鞋的，地上满铺着一层草编薄席，织工很细，还挑出美丽的图案。有很好的沙发，可是大家都抢着坐在地上，地上热乎乎的，原来暖气是在地板下的。这风味古朴的房间里却摆着现代化的家用电器，大收音机、彩色电视和冰箱。我们急忙去调电视，或许能收到北京的图像。没有，只有一个频道。

第二天早晨醒来，一拉开窗帘，大落地玻璃外便是山，还有潺潺的流水。山很近，所以水和树一下就扑在你的眼前，将你紧紧拥抱，你已不知这旅馆的存在，昨晚使用过的电视、冰箱、浴室好像在这山出现的同时退得无影无踪。现在只有自然和你来对话了。

这山并不单调，两三层，前后错落成近景和远景，折出一个之字形的谷，谷底有水，能听见远去的流水声音。山上最多的是油松，给山盖了一层厚绿作为底色，绿底子上又有黄色，那是落叶松；又有红色，是枫树；有褐色，是已经红过头的黄栌。还有许多杂生的灌木，经秋霜后显出深浅不同从绿到红的过渡。

但是今天早晨在这复杂的各色之上又突然洒了一层白，就更显出一种奇妙的变化。白，在画中是作为一种原色而衬底的，现时却反过来，白压在红绿之上。如果她是厚厚的一层如棉被那样盖下去，也就不说她了。但你想，第一场雪自然是不会太大，而且时间也不会太长，所以这白不能盖满反倒成了点缀。当白雪从天上纷纷洒下时，落叶松和枫树就伸手去接她，但她们的叶子或小或软，雪花从她们的指间、手掌上滑落下来，却去将地上的杂草和灌木盖成一片白，这样黄松倒益显其黄，红枫则益见其红。油松的本领就大不同了，她的针叶密而硬，团团的雪片都结结实实地挂在、压在、镶在叶缝间。整个树成了一个粉团，勾出一个厚重的轮廓。太阳出来了，雪开始变软，绿针刺破了雪团，刺出水来，水又洗净了绿叶，现出明亮的色彩，于是这松树身上竟幻化出静静的白和水汪汪的绿，再披上红色的朝霞，再点缀上黄枝红叶，再隐去脚下平时杂乱的草木山石，再伴奏上远处传来的叮咚的水声。放眼望去，远处隐约空蒙，近处清明沉静，好一幅水彩画，好一首交响曲。这山一夜间竟变成这个样子，真是好看极了，我不禁抚着窗台动了感情。

突然门开了，同伴进来问我在干什么。我一回头，才发现自己还在这座房子里。地上摆着冰箱和电视。第二天一回到大使馆里，我就问昨天北京是否也下了雪？

（1986 年 11 月）

和秋相遇在莫斯科

汽车在从莫斯科机场往市区的公路上飞驰，两边的景物忽闪而过。我突然有一种感觉：像在他乡遇到一个故人，很熟很熟的，但又一下想不起名字。

莫斯科的郊外比北京显得开阔，茸茸的衰草一直铺到天边，草地上红色的小木房，东一座西一座，漫不经心地散落着。而天是洗过一样的，湛蓝湛蓝。路边的白桦林被风轻拂着伸向远方，一抹冷绿中又显出些亮亮的黄叶，像画家随意点染了几笔，天地间疏朗而又清静，八小时前我还在北京机场的大楼里随人流涌来挤去，现在看着这异国的风光，陌生中却又生出一种似曾相识的亲切来。我的头贴在玻璃窗上，细细地体味着，寻觅着。车子进入市区，车流如梭，行人穿着夹大衣在街上漫步，便道上的落叶在他们脚下轻轻地打着旋。一株红衣李树从车窗前急闪而过，红红的如一团旺火。我心中一亮，啊，明白了，我飞了几千公里在这里追上了秋天，一下降落在它的怀抱里。

今年我和秋相遇在莫斯科。

第二天，我们去参观一个大教堂。这实际是座公园，古老的建筑加上初秋的树林和谐而幽静。合抱粗的杨树并不太密，却好大一片，深深地望不出去。树叶黄了，风一吹飒飒地飘落下来，而地上的草却还是绿色不减，丰厚如茵。阳光斜射进来，被切割成丝丝缕缕，幻成一幅壮美迷离的奇景。我一头钻进树林，喊道："快给我照一张，要这树，这草，这光。"要不是顾及客人的身份，我真想就地躺成一个大字，去一试大地的温柔与空气的清凉。林间三三两两的游人悠闲地走着，与树林、草坪、秋色融在了一起。

说是公园，可无论如何也没有我在国内香山脚下或颐和园长廊上看到的那种熙熙攘攘。好静啊，人们一个两个，在自自然然地来去，我对着大树，仰望天空，在品着秋。秋是什么呢？像一只无形的手在空中撒了一把显影剂，于是天高了，云淡了，繁叶抖落了，树干清瘦了，空气清亮了，空间开阔了。热闹的夏就这样显像为沉静的秋。

莫斯科郊外的秋色

最使我深得秋味的是基辅的一次聚会。那天苏中友好协会基辅分会邀我们去座谈。基辅本有栗树城之称，协会的小楼更是埋在栗树深处，十分幽静。座谈结束后主人特为中国客人准备了两个小节目。房角原有一架钢琴，这时走上来两位男女歌唱家，他们深情地唱了一支《人生相会只有一次》。这歌声琴声贴着天花板、擦着墙，在身前身后低回慢转，我们沐浴在一个音乐的温泉之中。我想起一个成语，说风景好时曰"秀色可餐"，现在我们就正餐着一曲妙乐，这是何等的精神享受啊。我这样想着，猛一抬头看到厚厚的橡木窗户外那参天的栗树，和栗树枝叶后依稀可辨的楼房。街上的汽车正一辆辆地疾穿而过，却没有一点声音，像鱼儿在水里游。我耳听美妙的音乐，眼看无声的车流，久久地凝视那黄绿相间的栗树枝叶，顿悟到一种从未有过的境界。动与静是这样妙地结合，这是秋给予的吗？秋真是一个过滤器，她滤掉了夏天的蝉鸣蛙噪，还要滤掉这尘世的烦恼与躁动。

又一次品秋是到列宁格勒。这是一个港口城市，又长期是沙皇俄国的都城，这里的秋色是古墙碧水与红叶的组合。当年沙皇的夏宫，现在已是艺术博物馆了。宫前一方清水映着蓝天白云，水旁是大片耀眼的红枫，枫叶顶上露出圆形的金灿灿的屋顶。一个漂亮的孩子穿着鼓囊囊的衣服，露出一个圆脸庞，瞪着一双亮亮的大眼睛，在石梯上一跳一跳地拣树叶。我心中不禁荡起一阵愉快，上去拍拍他的头，用俄语问他是男孩还是女孩？几岁？他仰起脸，先看看身后的父母，说："男孩。"又伸出两个指头，表示两岁。他的父母一直在笑眯眯地看着我这个中国人。这是两位医学工作者，我高兴地邀他们合影。苏方翻译开玩笑说："你也要和'苏修'照相？"我们都大笑了，大家相依在红枫下，还有这个漂亮的孩子。秋阳静静地洒在我们身上，暖洋洋的。

从夏宫回来，我步行回旅馆。涅瓦河顺着街道，傍着宫墙，从市中心静静地流过。白浪轻轻地拍打着两岸黑色的石条，碧水倒映着远处金顶的教堂。秋凉，河边的游人大都风衣绒帽，有的还戴上讲究的手套。几个年轻的画家在河边架起画板，在捕捉秋景和这秋景中的人。我边走，边眺望这水蒙蒙、波闪闪的河面。河对岸是巍巍的冬宫，河面上是那艘著名的阿芙乐尔号巡洋舰，当年这两个新旧势力的代表，现在一个在岸边，一个在水上，都成了供人凭吊的文物。我眼前又浮现出刚才那个小男孩的笑脸。秋风送来河面上的雾气，湿润润的。在这里，或者说在这里的秋景中，我看到的不只是一个过滤了的季节，而且是一个过滤了的世纪。

（1989 年 1 月）

到处伸出一双乞讨的手

题记 大凡给予有两种，一是对对方付出劳动的补偿，是平等的交换；二是对对方的爱或怜，是愉快的奉献或援助。当对方既无付出劳动，又无可爱可怜之处时，你无端地付出倒是对自己自尊心的践踏了。

尽管我们受到了特殊的礼遇，尽管这里的风光是平生从未见过的美，但是在将离开印度时我们几个人都发誓不愿再来第二次了。我们实在受不了那一双双总是在你面前晃着的乞讨的手。

七日凌晨三时到德里，住五星级阿育王饭店。旅途劳顿，蒙头大睡，早晨醒来一开门，两个白衣黑汉（印度的饭店全是男服务员）就进来打扫。我们下楼吃饭，回来时房间已收拾好，这时他们又进来挥着大抹布比划说："打扫一下好吗？"我点头表示同意。他不打扫，出去一趟，又敲门进来，又比画一下，我又点头，他又不打扫，出去又回来。这样骚扰再三，我终于明白是来要小费的。但刚下飞机，饭店银行还未开门，卢比换不出来。一大早我们同行的几个人都受到这种反复的"问候"。直到换来钱，发了小费我们才有了一点自由，才能静下来观察一下这座以印度历史上的秦始皇命名的豪华的饭店。

一会儿，使馆同志来约去看看市容。浓绿阔叶的参天巨木，沿街随意怒放的玫瑰，嫩细的草坪，使我们顿生新奇兴奋之感。沿着总统府前气势雄浑的大道，我们漫步到印度门下。这是一座如巴黎凯旋门式的纪念碑建筑，我掏出相机，仰头辨认着门楣上的字迹，准备作一会儿历史的沉思，身后却响起清脆的小锣声，回头一看，一个精瘦的黑汉子牵着两只猴子，龇着一口白牙，不知何时已蹲在我们身后的草坪上，那两只猴子正围着他挤眉弄眼地转圈。他一见我们回头，便招手请照相。陪同连说："那是讨钱的。"话音未落，快门已按，那汉子早起身伸手，那两只小精灵也立即停止舞动，静静地伺立两旁。我们猝不及防，只好掏出十个卢比，打发走玩猴人，重又抬头研究印度门的历史。忽然背后又响起呜呜的笛声。又一个头上缠着一大团花布的汉子，不知何时已盘膝坐在我们身后，他面前摆着一个小竹盘，盘中蜷缩着一条比拇指还粗些的长蛇。那蛇随着笛声将头挺起一尺高，吐出长长的信子，样子十分凶残。思古幽情让这一猴一蛇是给彻底吹掉了，况且我们刚才匆匆出来，也没有换几个零钱。大家便准备上车走路。但那玩蛇的汉子却拦住路不肯放行，说少给一点也行，又突然将夹在腋下的竹盘一翻，那蒙在布里本来蜷成一盘的蛇突然人立前身，探头吐信，咄咄逼人。汉子脸上涎笑着，一手托蛇，一手伸着要钱，没办法，又投下十个卢比，我们慌慌而去。

从印度门出来到红堡，这是一座印度末代王朝的皇宫。门口熙熙攘攘，卖水果的、卖孔雀毛的、卖假胡子的，拦住路非要给你剪个影不可的，五光十色，喊声不绝，像一锅冒着热气的八宝粥。这回有了经验，不管什么人上来，连声"No，No"，目不旁视。但是当我们从堡内出来，又有几个人拥了上来，非要领你到停车场不可，真是笑话，我们自己刚才停的车，还用别人领路？但是不行。特别是一个拄拐的残腿青年，你左突右冲，他东拦西堵，而且故意在你面前晃动那条半截腿。只好给他十个卢比。拿了卢比也不领路了，我们自己去上车，这简直有点强夺了。从红堡出来去看甘地墓，进墓地要脱鞋，门口早有一堆人争着给你看鞋子，又是十卢比。接着看比拉庙，在印度凡进庙和旧王宫、城堡之类的地方都要脱鞋，于是给人看鞋，成了最方便的要钱行业，类似北京街上存车的老太太，见车就收钱。这里是见鞋就收钱，而且你非脱鞋不可，不给钱不行。

印度红堡

比拉庙前又被敲了一次竹杠。这座庙是全石建筑，太阳晒得石板火烫，我
们赤着脚，龇咧着嘴，正想欣赏一下各种雕像。一个穿黄衣、持竹棍的警
察（印度警察的警棍是一根一米长的普通竹竿）走上来喝道开路，要为我
们领路。我们一行中有三人英语很好，又有使馆同志陪同，实在想自己静
静地观赏一下这古代的建筑艺术。但是不行。你从这座房子里进去，他就
在门口堵你，非要领你进另一座房子不可，还把别的游人推开，像是对我
们特别照顾。我们心里实在烦透了，而你越烦，他越缠住不放，在一个个
神像前指指画画，又用乌黑的食指蘸一点朱砂，强在你的额头上按一个红
痣。其实他那半生不熟的英语，那点历史、艺术知识真说不出什么东西。
但我们成了他的俘虏，只得跟他一处一处地绕，终于走完了这座庙，脚也
烫得成了烙饼。他自然又向我们伸出手。刚才因为无零钱，一咬牙给了看
鞋人五十卢比，现在除了一百的一张，再无小票了。况且，到印度还不过
半天，照这样下去我们每人三十美元的补助，怕只填了这些人的手心也不
够。陪同的同志只好拔下身上的一支圆珠笔。那警察接过看也不看一眼，

老大不高兴地走了。

在印度讨钱成了一种风气、一种行业。好像一切人都可以想出要钱要东西的招数，而且毫不脸红。孟买海湾中有一个象岛，星期天我们乘船去玩，一下船，一个约五六十岁的老太婆便来搀扶你。我看她这一身打扮，花里胡哨的"沙丽"（印度妇女穿的服装，就是身上裹的一块大布），两个大耳环，黑如树皮的面部闪着两只贼亮的眼，额头上一个大红吉祥痣，额顶发缝里也有一道红朱砂，像被人刚砍了一刀，很是吓人，忙摆手避让。这时，一对欧洲夫妇跳下船。老太婆就上来扶那欧洲女人，她那双枯瘦如柴的黑手紧扣着那女人肥嫩的白手臂，指甲几乎掐到肉里去，生怕这个到手的猎物逃掉。那白女人大概不知其意，边走边听她指指画画地说海边的树林、滩上的鹭鸟，很为异乡情趣所醉。一会儿走过栈桥，那老太婆就拉着白女人要照相，跟在后面的丈夫忙举起相机。这时旁边果然又跳出一个同样打扮的老太婆，一照完相，两人都伸手要钱，丈夫愕然，准备走，哪能走了，只好掏出一张纸币给了第一个老太婆，但第二个却坚决缠住不放。我窃喜自己的经验，聪明的白人活该上当。

岛上有一个从整座石山中掏出的印度教庙，是游人必到之地。这庙前也就成了向游客讨钱的主战场。许多如刚才那样的当地妇女，着"沙丽"服装，头顶两个高高的铜壶，缠着人照相，而且一般你很难摆脱她的纠缠。我从庙里出来汗水湿透了衣裳，便躲在一棵大树下，揪起衣领扇风，树上一群猴子蹦来蹦去，抓着树枝打秋千，我不由掏出相机。突然觉得有人在扯后衣襟，回头一看，一个十来岁的女孩，穿一件地方味很浓的新裙子，头顶一个铜壶，正向我伸出手。她那对小黑眼珠中还透出几分稚气，但脸上的神情分明已很老练，看来操此业至少已有几年。我一时陷入深思，像这种从大人到孩子，人人处处都讨钱的现象，到底是生活所迫呢，还是一种方便省事的职业，这小孩子身上的裙子、头上的铜壶分明是一套要钱的道具。而我这几日在印度看到的不是向你挥舞蛇头，就是伸出断腿，或让你看腿上流脓的疮，或抢着为你领路，在饭店里送行李时就是一个箱子也要两人提，用饭则一再要给你送到房间，手纸也要故意送一次，又送一次，费尽心机，想出许多要钱手段。总之，一起床，你周围就晃着许多乞讨的手。

穷人自然是值得同情的，但只有穷而有志的人才该同情。向人伸手乞讨如同妇女卖身一样，是真正被逼到绝路之后才不得已而为之的求生之法。但如果把穷当成一种要钱手段，甚至不穷也要变着法要钱，而根本无所谓人的尊严，那么这种同情心便会立即变为厌恶。我想起昨天和几位印度知识分子的谈话，他们也很为这种乞讨的恶习忧虑。说政府为无业人想了许多办法，包括在海边造了房子，但他们不愿劳动，把房子租了出去，又到城里来讨钱。事实上，这种乞讨风已经无所谓有无职业了，人人都可毫不脸红地伸出自己的手。我想，大凡给予有两种，一是对对方付出劳动的补偿，是平等的交换；二是对对方的爱和怜，是愉快的奉献或捐助。当对方既无付出劳动，又无可爱可怜之处时，你无端地付出倒是对自己自尊心的践踏了。但我还是无法拒绝身边这个女孩，我掏出口袋里仅有的两个卢比，给她照了一张相。关上相机，这镜头里，不，我的心里像收进一个魔影……

（1991 年 3 月）

迈索尔土王邦寻旧

题记：一个人，只要他为世界留下一点有价值的文化遗产，不管他自觉不自觉，便可永恒。

在印度旅行，一件有趣的事不可少，就是寻找那些土王的旧踪，在历史的烟尘里发现一点自己的头脑中还没有存入的人和事。

南印度的班加罗尔本就美得让新来者整日兴奋不已，而当你赞美当地的景致时，陪同却故意不以为然地说："明天到迈索尔去，那才真叫美呢！"从班加罗尔出发，西南行一百五十公里，便是过去的迈索尔土邦国，现在是一个小城。从公路上看开去，两边全是密密的椰林、油绿葱茂的菠萝蜜树和垂着黄鸭蛋似的芒果树，而车子则是在一条大榕树搭成的绿胡同里钻行，不时这浓绿的凉阴中又会闪出一团热辣辣的火焰，耀眼光明，教你在绿的沉醉中猛一惊醒。那是通体火红、不见绿叶的木棉树或火把树，行行重重，曲径通幽，更增加人的向往之情。

迈索尔到了，这是一片神秘的化外之地，土是一色的红壤，像一块无边的红地毯，而空阔中却玉立着一株一株的棕榈树，树下净无根草，树干通体洁白，拔地而起，到半空再展开她宽薄的枝叶。路边的房子，也都是红白两色，蓝天下绿树中如木偶小屋。这时一座洁白耀眼的城堡出现在天际，我一阵兴奋，驱车而至。原来这里还不是王宫，而是当年的英国总督府，现在作了旅游宾馆。这是一座两层楼的全大理石建筑，内外通体洁白，厚重雄浑。楼梯的扶手，宽得足可以躺下一个人。昔日的舞厅现在是大餐厅，玉栏雕栋，金碧辉煌。主人揭开一方地板，露出里面的弹簧机关，说：装了这些东西，跳舞时，随着乐声的急缓，舞步的快慢，地板就砰砰然地颤抖，真是享受的极致了。当年总督夫人的房间如今已是客房，每晚收费四千卢比。房大约二百平方米，一英寸厚的地毯满铺过去，叠花压锦，吊灯是大理石的，真不知怎样雕成。澡盆也是老式样。一个长瓷盆，三边围着花玻璃屏风，马桶的踏脚和坐处有毛织厚垫。电话是瘦高细挑扁担式的老样子，通体镏金。总督的房间亦然，只是已改装过。我在楼上楼下走了一趟，恍如那些当年的英国贵族就在眼前，他们着燕尾服，打黑领结，如企鹅般挺胸腆肚；贵妇则袒胸露肩，长裙扫地，一会儿楼梯上飘上飘下，一会儿舞厅里吻手打躬。我才相信果然有这样豪华的场所来装下那些电影常见的镜头。一楼大厅一幅迈索尔二十四代土邦王画像，拄杖披衣大如真人，目光炯炯，透出一种英明聪慧之气，除了那一堆包头布外，倒也没有多少土味。

离总督府约五公里才是土王的王宫。总督府讲究大理石的纯白、线条的简洁，这里则追求金银的奢华、装饰的繁缛。王宫正面是一个前敞的二层大厅，约有排球场大，供商议大事、发布诏令和举行仪式之用。中间是王座，两边是大臣的席位，再两边墙上有窗格，是供王妃等女眷们躲在墙里窥看仪式之用，那时印度的妇女是不能随便露面的。厅下是广场，如现代大型体育场之广，是一般民众聚集之地，广场右侧有一寺，各种石雕神像叠床架屋地堆砌在墙头屋顶。厅的二层右侧是土王的起居室，内有意大利的穿衣镜、比利时的银椅、捷克斯洛伐克的吊灯，而天花板则是缅甸柚木制成。右侧是土王与亲信大臣议事的小议事厅，正中是银大门，浮雕着许多宗教神像故事，唯王可以出入。与门相对是一个二百八十公斤的纯金宝座，厅侧之门为象牙硬木嵌镶，象牙拼镶之处如随手描画般自如。硬木的深红与象牙的纯白相映相照，热烈与娴静共处一平面之中。这两扇门1934年曾送至美国芝加哥参加世界艺术博览，颇为轰动。正像中国古代艺术中如秦始皇兵马俑、云冈石雕佛像、甘肃铜雕马踏飞燕、魏碑书法等许多艺术品已成美的典范却不知其作者姓名一样。我在这两扇门前伫立良久，怅然肃然，向那不知名的艺术家默默致敬。环视厅内，那银门金座画有价，怎敌这无名艺人无价心，同时我也惊叹这一小土邦之王，辖地居民也不过我们国内一县之大，却有如此气派的王宫，真令人咋舌。

王宫最可看的是后宫，中有一天井式大厅，高如欧洲的圆顶教堂，数十根厅柱，全生铁铸成。此宫始建于 1800 年，1887 年毁于大火，后又从英国请工程师花了四百万卢比重建，虽是封建式样，建筑材料却吸收了资本主义工业社会的文明。环中央大厅有一壁画长廊，共二十六幅，每幅约高二米，长三米，幅幅相连，画的是土王在宗教节日里举行游行的宏大场面。王坐在一个由八十公斤黄金制成的御辇内，这金辇又放在象背上，象背装饰得彩披拂地，流苏摇缀，两只雪白的牙上还箍了两对宽大的金圈，驾象人坐于辇前象颈上，王在辇内英姿勃发，前后仪仗逶迤，万众山呼。前几天我在斋浦尔参观另一土王宫遗址时见过真正的象群，昔日王宫仪仗队的象现在正执行着驮游客上山的新使命。印度在 1947 年独立前全国有五百个土邦王。英国人统治时期还承认这些土王的权力，到独立后政府便取消了他们的割据，赎买了他们的财产。迈索尔小邦国的土王共传了二十五代，最后一位王叫马哈拉加，到 1974 年才去世，他的儿子现在还是这个邦的议员。中央厅的右侧辟有一个小陈列室，展览着这位末代土王的收藏物。最多的是兵器，各种各样的刀剑，有一把二百年前的古剑，薄而细长，可作缠腰之柔。一种中国兵刃中没有的匕首，形如《西游记》中二郎神的三尖两刃刀，但手把上又有小机关，刺中人后机关一开，两旁又炸出四个小刃，作用如现代子弹中的"炸子"。有一四指钢爪，套在手心里，不防捏人一把，能致骨碎，属暗器一类。兵器室里面又有一室是王的猎物标本。看来这个末代王在气数将尽之前纵情游猎，行踪遍及欧亚非各地，每有猎获就将其中硕大者制为标本。其意大约是记功扬威。封建君王巩固统治的主要手段便是一个字：杀。不杀人时就杀兽，总之要杀气常存。在中国史书中每朝都有皇帝行猎的记载，如有亲射得重大猎物者必恭录时、日、地点，以明圣上英武，现在沈阳故宫中还存有努尔哈赤某年亲猎的一头大熊的标本。我在这个土王的猎物室中漫步，如置身于天然森林，突然你眼前冲出一头猛虎，双爪前探，血口盆张；一转身，一头黑熊又人立而起，双掌正要搭在你肩上，眼前独角犀兽弓背疾驰，远处梅花鹿耸耳静立；我一仰头墙上伸出一头牦牛，两只大角如壮士双臂环抱，眼如铜铃；后退时不小心碰在一个齐人高的灯柱上，用手一摸，原来是一根象鼻，脚旁供人坐的一个圆凳却是一只象脚。

在迈索尔的二十五代土王中最令人印象深刻的是第二十四代王。刚才看到的英总督府门庭里那张画像就是他。二十四代王即位时邦内土地贫瘠，旱灾频频，他励精图治，兴修水利，筑成一历史上闻名的水坝。下午返回时我们曾驱车到坝上凭吊。坝高不可测，长约四五公里，坝外是一汪湖水，碧波浩渺，坝内绿树如烟，田连阡陌。我真不明白这小土王怎能有如此大的魄力，几乎是在平地上筑起这样长的大坝。车在坝上行驶约十五分钟。我在国内还未见过这样的工程。一般建库造坝，尽量取河口狭窄之处，而这条坝则平地卧龙，一虹南北。坝取弓形结构，弓背向水，可加倍受力，十分科学。我们到坝下泄洪口处，激流喷涌而出，浪头常突然跃上渠岸，袭人一身清凉。渠首坝身上有花岗石碑，上刻明此坝是 1929 年到 1937 年修建，十多位工程师的名字都了然其上，并注明他们在此工作的日期，虽有的仅数月，亦不漏掉。比起创作那扇象牙门的艺人，工程师的待遇要好得多，可见二十四代王的开明。坝旁的数顷土地已开辟成灯光花园，引水环绕其间，花圃成方成格。我们从渠首下来时，已是日暮时分，一会儿灯光齐明，坝上灯柱成一条长龙，花园中的音乐喷泉随乐声节奏的快慢或如礼花冲天、或如彩绸漫舞，且五颜六色变幻无穷。路边花中都因势因地置有多色灯光，园中心一条人工瀑布两叠而下，浩浩中流波光闪闪。虽是夜间，游客慕名而至，摩肩接踵，影影绰绰。夜风吹笑语花香，不辨天上人间。土王当年只知兴水利、修农田，未料今日又得旅游之利。灯光花园已成了印度招徕游客的一主要项目，坝头就有一座高级旅游饭店，难怪人们最不肯忘记这位二十四世土王呢。

许多旧迹往往是这样，不管当初修建者的目的如何，最终还是传给后人，作为国家、民族和全人类的财富，如我们现在游金字塔、长城、颐和园。一个人，不管自觉不自觉，只要他为世界留下一份有价值的文化遗产，便可永恒。

（1990 年 4 月 21 日于加尔各答机场）

这热辣辣的生命之美

一般来说，好风景给人的是陶醉，是沉思。但我一到印度南部的班加罗尔，却被这里的风景激动得直想狂呼高歌。

班加罗尔的风景，全在街上的花和树。我们平时说花，不外桌上瓶里的插花，窗前盆里的鲜花，还有花圃里精心侍弄的花，田野里烂漫绚丽的花。可这里却是轰然一树的花，满街满城的花，而且是一色火红的花。一出机场，迎面就是几株叫不上名的大树，满树不是绿叶，全是火红的花朵。车子进了城就在花树搭成的胡同里钻行。后来我才辨清，这红花树主要有两种，一是我国南方也有的木棉树，花很大，且常年四季地开；一种是火把树，类似国内的绒线树，有叶，很细碎，花却是特别硕大，红肥绿瘦，反显不出树叶。怎么可以想象，街上合抱粗的巨木擎天而立，不是绿叶扶疏，而是红花万朵，在明媚的阳光下如火苗狂舞，直拥到五六层楼的窗前；又如红绸飘落，直垂到路边，扫着车顶和行人的头。向来赏花，人为主，花为次，花是人手中的玩物、眼中的小景。请供一枝在案头，玉色闲情相共品。而现在，反次为主，这花上下半空，前后一街，将人结结实实地裹在其中。席卷天地八方来，红花热血共沸腾。好像一个酒徒，平时能有一两杯好酒已庆幸不已，现在一下被推到酒海里游泳，醉了，醉了，醉得不知东南西北。

成材的红花之外，还有一种藤类的明丽亚花常爬在墙头，紫色的花朵如小儿的拳头，枝叶茂密，曲虬纷挂，往往几十米、上百米地盖过墙头，密密匝匝，叠翠压锦。论其色彩，珠光宝气，明媚照人，其势态却如蓬蒿弃野，生灭由之。每见此景我不觉生一种惋惜之感，这样的花朵要是在国内就是案头一枝也足可斗室生辉，要是公园里能有一株也会叫游人流连驻足的。而在这里却随意委弃，开得这样浪费，可见好花之多，多到抛金洒银的地步。

红花之外便是绿树，树个个大得惊人。苦楝树一伸臂就护住半块蓝天，棕榈树矗立着就是一根旗杆，大榕树的根接地通天，要是照一个特写镜头，你准以为是一片小树林子。总之，一棵树就是一个停车场、就是一个绿色的庭院。一行树就是一条蜿蜒的堤坝、一座逶迤的山脉。树浓荫蔽日，层绿无边。人在树下，如在一座神秘的教堂里一样。对中国大地上的绿色我本就十分留意。天山风雪中松柏的凝绿，华北平原上春风杨柳的新绿，江南池塘中荷叶的碧绿，但是，无论我头脑中的哪种绿都无法形容眼前这异国巨木的绿。这是在北纬十二度的骄阳下被烘烤着的泛着光闪闪亮晶晶的油绿。举目之中所觉已不是颜色，而是一种释放着的能量了。

这许多从未谋面的树中有一种阿育王树最引我注意。阿育王（前273—前232年在位）本是第一个统一了印度的国王，其地位相当于我国的秦始皇。他为纪功而立的阿育王柱，柱头四面雕着四个雄狮，一直保存至今，印度的国徽就是以它作图案的。现在这种树取了他的名也真够匹配。我一踏上印度的土地就被这种树的神威所感召。在维多利亚博物馆的大院里有两行阿育王树，树干挺立如柱，树冠庞然如山，树叶密不透风，一团神秘的墨绿透出古老、深沉、庄严。树旁是碧波荡漾的水池，再远处是藏有历史见证的博物馆大厅。我仰头看这擎着蓝天的神树，仿佛阿育王在半空中正注视着他的臣民。草木之物能长出人情神威来也真是天地之灵了。我在班加罗尔街头见到的阿育王树却别是一种风度，树冠一离地面，就被修成一座铁塔，昂首直立，而枝条却披拂而下，长长的叶片闪着亮亮的新绿，像一个威武的壮士披着新制的铠甲。原来这是一种倒栽的阿育王树，类似中国的倒栽柳，不过没有那种婀娜，倒有一种英武之气。这树也是有灵性的吗？如古人所说牡丹富贵，菊花隐逸，那么，这阿育王树便够得上雄浑博大了。

到班加罗尔的第二天，我们就驱车到迈索尔，又有幸看到了城市之外的田野中的树景。路边时而扑来芒果、菠萝蜜树，树上垂着累累的果实，而远处密密的椰子林却看不到边。这奇怪的树种，直到快摸着天时才顶出几片大叶，而叶腋间就是一堆西瓜大的果。这果一年四季不停地熟，人们爬上树摘掉，不久一仰头它又长了出来。仿佛是上帝在天际向人民无声而又无休止的赐赠。中间有一次我们停车休息，路边是如墙如堵的椰子林，椰子二点五卢比一个，椰农弯刀一挥，削去椰壳的顶盖，插进一根吸管，椰汁甘甜沁人。车子正好停在一株巨大的火把树下，我手捧阴凉嫩绿的椰果，仰视这株红色的伞盖，美味美景并收心中，真不知造物者为什么特别恩宠这片土地。生命之力，在这里竟是如泉水般地四处涌流。

在印度的日子里，无时不在与红花绿树相伴，出门车在树下钻行，进宾馆先献上一个花环，访问完再捧上一束鲜花。一天，我深夜归来，桌上插着一束红玫瑰，茶几上放着水果篮和一洗手小钵，钵中可人的清水上飘着三片殷红的花瓣。灯下，对着这三瓣主人的心香，我独坐沉思，竟不愿上床了。我本无心，这红花绿叶却枝枝叶叶拂不去，直追客人到梦中。我想红花绿树是专为来装扮我们这个世界的。造物者之所以选了这两种颜色，是因为它代表着生命。你看所有的动物、植物，哪个能离了血红素和叶绿素呢？难怪红花绿树这样叫人激动。它是热辣辣的生命将自己奔腾不息的力，借了红绿两色来显示给我们的啊。生命不息，花树就永远伴随着我们。

我明白了，当我们爱红花绿树时，其实是在爱自己的生命。

（1990 年 5 月）

佩莱斯王宫记

　　我曾暗发宏愿，如可能要遍访世界上现存的王宫。因为王是一国权力的最高象征，王宫自然集中了这个国家最好的东西，包括自然风景、建筑艺术、历史文化等等。所以当罗马尼亚主人邀请我们访问佩莱斯王宫时，我窃喜正中下怀。

　　车子从布加勒斯特出发，向北驶去，一望无际的平原上刚翻过的土地袒开褐色的胸膛，天边或路旁不时出现一片茂密的森林，我顿然感到大自然的辽阔，和这异国风光的美丽。路边靠着公路很近的地方常有农民的住房，这极普通的建筑却令我在车里激动得无法坐稳，欠着身子，贴着车窗贪婪地向外看。我的第一感觉是：这房子不是给人住的，而是给人看的。大凡给人住的房子，总是面积求大，结构简单，用料用工求省。所以现代民居，要是平房就是一个火柴盒子，要是楼房就是一个大集装箱。而这些房子却决不肯四面整齐划一，房子的一面或凸或凹，呈折线或弧线的美。我的视线紧紧捕捉着一套扑过来又急急闪过的房子，它的门厅有意不开在正中，而是于房角挖掉一块，像一个熟鸭蛋被切了四分之一，露出蛋黄剖面，颜色和方位都十分雅致。路边所有的房顶都不像中国的房子一样，成一面坡或两面坡，那房收顶时才是建筑师大露一手之际，屋顶伸出许多尖的、圆的、多棱形的高柱，如魔盒子里探出的手。我想这房主人都是些大公无私、为他人着想的人。要是只为实用，大可不必这样复杂，他却花钱花工，给来往的行人制造了一件工艺品，免费参观，提供美的享受，使许多如我这样的外乡人大饱眼福。这是参观王宫前的一个铺垫，我的情绪先有了一个适应异域的空间转换。

车子甩脱平原渐入山区，远处是白雪皑皑的山峰，公路沿着一条条山谷，谷下有河，名佩莱斯河，此地就因河得名。河隐藏在浓密的松树、白桦、冷杉深处，水流潺潺，只闻其声。树是特别的高大，一般要二人合抱，密密地插在山坡上。积雪压在叶上，铺在树下，雪静树更绿，空山不见人，有一种莫名的幽邈。我忽然想起曾看过的一部电影，是写罗马尼亚古代社会的。公元前，这片土地上生活着达契亚人，这是罗马尼亚人的祖先，公元二世纪罗马人侵入这里，达契亚人开始了与罗马人的长期征战、融合。那片子的外景大约就在这沟里拍的，也是这树、这水，和沟里尖顶的草房。武士们用笨重的铜剑格斗，声震山谷，尸横遍野。印象最深的一幕是：一支军队因败阵归来要执行军纪，处死一半，于是站成一列，一、三、五、单数点名，点到的人出列，伏首到前面的木墩子上，引颈等着巨斧劈下，遵命如流，视死如归。那曾经是一个多么野蛮又多么壮丽的时代。当时我坐在影院，被震慑得如痴如呆，忘乎所在。想不到今天能溯访此地。我停车路边，向深深的谷底、密密的林中眺望，希望那里能走出一两个腰围兽皮、握剑持盾的勇士。山风吹过，树森然不动，却抖落下一些纷纷扬扬的雪。

王宫坐落在山湾子里，公路在这里随山的走向回了一个圈，水好像也是在这里发源的。东面是一面斜伸上去的大雪山，凄迷的雪雾一直漫到天外，古树在雪线以下排着奇幻的方阵，忽出沟底，忽涌波上，森森然，如黛如墨，有时消失在远处的雪光中又如烟如织。王宫在山坡上临谷面南而立。这是一座石木结构的民族式宫殿，它本身就是一座巍然的小山，宫以厚重的花岗石起墙，越往上越层叠错落，挑出许多的尖顶。用橡木镶包成各种图案的门窗，衬着皑皑的白雪，掩映在常青松杉和还留着些红叶子的枫树林中，完全是一个童话世界。这王宫的第一位主人是1866年从德国来的卡罗尔国王。卡罗尔是中国宋徽宗、李后主式的人物，身为国王却酷爱艺术，这王宫是他亲自参与设计督造的，里面结结实实地收藏着各种艺术品。王宫 1875 年开始建造，1883 年基本建成，到 1914 年全部完工时，卡罗尔也就去世了。

佩莱斯王宫

王宫共三层，一百六十间房。门向西开，进门就是一个通高约三十多米的天井，中央是客厅，墙上垂下十八世纪的壁毯，厅内全套意大利硬木家具。上二楼，左边一武器库收藏着五到十九世纪的武器，有阿拉伯的剑、中国的弓，还有一把关公刀。一副连人带马的骑兵铠甲，据说是全罗马尼亚唯一的了。右边是国王的办公室，室内桌椅的侧面、腿脚处、扶手上全是浮雕。椅子扶手的造型是四个坐着的小人，还都跷着一条腿。桌上的烛台分两层，上下层间有三个顽皮的小儿，作头顶重物状，神色颇惹人爱。天花板是三寸厚的木浮雕花饰图案。另有一写字台，侧面浮雕一老人头像，他勇往向前，长发被风吹向后面，如呼啸的火车头。台角的废纸篓也是皮革精制，上面刺着花纹。墙上有伦勃朗的名画。再往前是天井式的藏书室，二层楼，橡木书柜，有旋梯可上下取书。桌上有信札箱，是皇后手绘的箱面。王宫里紧邻办公之地就有藏书室，大概是欧洲皇帝的习惯。沙皇冬宫里的藏书室也与这差不多，只是更大些。我在中国故宫没有见到这种设施，也许我们的皇帝不如他们爱读书，或者我们现在搞旅游的人不着意展示这些。藏书室后又一小办公室。小办公室右拐，便开始了一大串的客厅。这客厅很类似我们人民大会堂以各省命名的大厅，不过它是以艺术类别或国家、地区命名，而分别收集各地艺术品。

第一个是音乐文学厅，国王在这里接见作家、艺术家。全套桌椅是印度国王送的，黑色硬木，镂空浮雕，据说用了三代人工才完成。还有日本的瓷器，一对中国的大双龙洗，直径约有半米。最可看的是墙上的四幅油画，全以一个少女为题，据说是王后的构思。第一幅代表春天，少女从花丛中走出，和煦的阳光照着她幸福的脸庞。第二幅代表夏天，阳光从浓阴中射出，她的纱裙飘动着幻化出一种热烈的向往。第三幅，色调转深，那女子低着头，一种秋的悲凉。第四幅，少女半裸着伏在一片雪地上，一片圣洁。这王后是国王上任后三年娶过来的。她也酷爱艺术，是一个作家、诗人，夫妻算是珠联璧合。可想他们每天在王宫里就以这艺术的切磋来打发时日。没有听说过宋徽宗有什么擅画的妃子做伴。李后主的周后只是天生的美貌，他后来又纳了周后之妹，一个更美的美人，为她写了那首著名的"手提金缕鞋"词，却也未见二周有什么唱和，看来他们还是不如卡罗尔潇洒。

音乐文学厅后是意大利厅，两侧立着米开朗琪罗的三个铜雕，墙上是六幅意大利名画。再前，威尼斯厅，两件拉斐尔复制伦勃朗的圣母像，原件已经失传，此复制件也就成绝响了。再前，阿拉伯厅，满是地毯、挂毯，最有趣的是那几个长枕头，一枕可供十人共眠。再前，土耳其厅。然后右折是长廊，长廊尽头再右折是小剧院。到此已绕王宫一周，再下又是武器库了。1910年后这剧院又改成电影厅。舞台上刻有国王的一句话："一切艺术我都喜欢。"国王常在这里观摩演出，有时兴之所至还登台朗诵。这大概又类似我们的唐玄宗了，他亲自谱写《霓裳羽衣曲》，又做导演，又与宫人共舞。卡罗尔虽喜欢艺术，治国方面也没有出什么大错，这一点比宋徽宗、李后主、唐玄宗都强。

从王宫出来我又在周围的山坡林间徜徉了一会儿。除这座王宫外，旁边还有稍小一点儿的七八处宫殿，现在都作了旅游饭店。有一处就是我们昨晚睡的，内部设施极豪华。但最美的还是周围的白雪、绿树和沟里潺潺的流水，昨晚夜半醒来，皎月在天，雪光映窗，偶有一两声狗吠，或嘎喳一声雪压树枝的断裂声。要不是碍着外宾的身份我真想半夜出户作一回秉烛夜游了。现在再看这景虽没有昨夜梦幻式的朦胧，但还是一样的静、一样的美。我佩服卡罗尔国王，他用艺术家的眼光选中了这块上帝创造的王土内最美的地方，又用王的权力集中人力在这里创造了一座艺术宫殿。他的后辈尊重这创造，所以他一死，第二代国王就立即重建新宫，把旧宫作了艺术博物馆，直到今天。国王是有至高无上的权力，但权力再大也将随生命而止。可是当他趁有权之时，选择干一件国家民族永远记住的事，这便是权力的延长。卡罗尔选择了艺术，他知道艺术之河长流、艺术之树长绿，就如这佩莱斯的山和水。

（1992 年 1 月）

被缓解稀释和冲淡了的环境

在德国旅行我真嫉妒这里的环境。在北京拥挤的自行车、汽车和人的洪流里钻惯了，一在法兰克福降落，就如春天里突然脱了棉袄一样的轻松。宽阔的莱茵河当城静静地流过，草坪、樱花、梧桐，还有古老肃穆的教堂，构成一幅有色无声的图画。我们像回到了遥远的中世纪或者到了一个僻静的小镇。心也静得像掉进了一把玉壶里。

在几个大城市间的旅行，是自己开车走的。这种野外的长途跋涉，却总像是在一个人工牧场里，或者谁家的私人园林里散步。公路像飘带一样上下左右起伏地摆动。路边一会儿是缓缓的绿地，一会儿是望不尽的森林。隔不远，高速公路的栏杆上就画着一个可爱的小鹿，那是提醒司机，不要撞着野生动物。这时你会真切地感到你终于回到了大自然，在与自然对话，在自然的怀抱里旅行。我努力瞪大眼睛，想看清楚那绿色起伏的坡地上是牧草还是麦苗。主人说不用看了那全是牧场。这样的地在中国早已开成农田，怎么能让它去长草呢？可是一路上也没看到一头牛，说明这草地的负担很轻，大约也是过几天来几头牛，有一搭没一搭地啃几口。它只不过顶了个牧场的名，其实是自由自在的草原，是蓝天下一层吸收阳光水分、释放着氧气的绿色的欢乐的生命，是一块托举着我们的绿毯。当森林在绿毯的远处冒出时，它是一块整齐的蛋糕，或者一块被孩子们遗忘的积木。初春，树还没有完全发绿，透着深褐色。分明是为了衬托草地的平缓轻软，才生出这庄严和凝重。这种强烈的装饰美真像冥冥中有谁所为，欧洲人多数信教，怕是上帝的安排吧。要是赶上森林紧靠着公路，你就可以把头贴在玻璃上去数那一根根的树。树很密，树种很杂，松、柏、杨、柳、枫等交织在一起，而且粗细相间，强弱相扶，柔枝连理，浓荫四闭。这说明很长时间没有人去动它、碰它、打扰它。它在自由自在地编织着自己的生命之网。你会感到，你也在网中与它交流着生命的信息。从科隆到法兰克福，再到柏林，我们就这样一直在草坪上、在树林间驰过。当车子驶进柏林市区时，天啊，我们反而一头扎进森林里，是真正的大森林。车子时而穿过楼房，时而又钻进森林，两边草木森森，我努力想通过树缝去找人、找车或房子，但是看不到，这林子太深了太广了，和在深山老林里看到的一样，只不过树细了一些。主人说这林子大着呢，过去这里面都可以打猎。我突然想起一种汽车就名"城市猎人"，看来有一点根据。城在林中，林在城中，这怎么可以想象呢？后来在商店里买到柏林城的鸟瞰图，看到市中心的胜利女神如一根定海神针，而周围则是一片绿色的汪洋。

在这到处是绿草绿树的环境中，自然要造些漂亮的房子，要不实在委屈了它。在德国看房子也成了一大享受。欧洲人的房子决不肯如我们那样的四方四正，虽则大体风格一致，但各自总还要变出个样子。比如屋顶，有的是尖顶，尖得像把锥子，直指天穹，你仰望一眼它就会领你走进神圣的天国。有的是大屋顶，稚气得像一个大头娃娃，屋顶像一块大布几乎要盖住整座房子，你得细心到屋顶下去找窗户、门。较多的是盔形顶，威武结实像一个中世纪的武士。还有一种仿古的草皮屋顶，在蓝天下隐隐透出一种远古的呼唤，据说是所有屋顶中造价最高的。屋顶多用红瓦，微风一吹，绿树梢上就飘起一块块红布。德国人仿佛把盖房当成一种游戏，必得玩出一个味来。越是大型建筑，他们越有耐心去盖，就像全世界屈指可数的科隆大教堂，千顶簇拥，逶迤起伏，简直就是一座千峰山。从1248年一直盖到1880年才盖好，至今也没有停止过加工养护，我们去时于"山"缝间还挂着许多脚手架。至于一般的私家住房，就像小孩子过家家一样必定要摆弄出个新样子。德国人常常买一块地，邀几个朋友，自己动手盖房子。他们在充分地咀嚼生活。

科隆大教堂

和树多房美相对应的是人少。车在公路上行驶时两边看不到人，就是在城里也很少看见人。有几次我有意地目测一下人数，放眼街面，数不到几个人。这是如中国的长安街、东西单一样的街道啊。一次在市中心广场停车，要向路边的收费机里喂几块硬币，兜里没有，想找人换，等了半天才从街角转出三个散步的老妇人。一次开车从高高的停车场上下来，到出口处自动栏杆挡着，不喂硬币它不弹起。我踩住刹车，旁边会德语的同志就赶快去找人换钱。这是车库门口，不能总挡人家的路。但是大概有十分钟，任我们怎么急，就像在一个幽静的山坡下，怎么也唤不出一个人影。那条挡板无言地伸着它的长臂。我抱着方向盘，透过车窗，眼前闪出了当年朱自清写的游欧洲的情景：火车爬到半山，一头牛挡住路，车只好就停下来，等着它慢悠悠地走开。欧洲人竟是这样的舒服啊。就像在牧场上不见牛羊，只有绿绿的草；在城里不见人，只有空空的街。生存的空间是这样大，感到心里很宽，身上很轻。人越少就服务得越周到。在汉堡，大约六七十米就有一个人行过街路口，我们乘坐的庞然钢铁大物不时谦让地住脚给行人让路。有的路口电杆上画一个手掌印，你要过路时按它一下，红灯就会亮起挡住车流，人过后红灯自灭。虽然车行如海，但人在车海里是这样的从容，如同受到自然恩惠，人受到社会完好的关照。反过来如同对自然的保护，人也十分遵守社会秩序，表现出自觉的纪律性。纪律就是社会共同的利益。在国内早听说过，德国人就是半夜过路口，附近无一车一人时也要等红灯。这次真是亲身体验。汽车也是这样礼貌，尤其是如执行弯道让直行、辅道让主道之类的规则时，经常谦让得让你发急。而在北京街头汽车常常要挤着自行车，自行车拨着人的屁股抢路走。是环境的从容养成人性的谦让，当他谦让时不是对哪一个人，是对整个生态环境的满意和尊重。

　　总之，在德国无论是在乡间、在城里，都感受到一种被缓解被稀释和被冲淡了的环境。我们为什么愿意到草原、到海边去旅游，就是因为那宽松的环境，那里空间极大，大到可以尽力去望，没有什么东西会阻挡你的视线；你可以尽力去听，没有什么人为的声音会来干扰你的听觉，只有天籁之音。这时你才感到人的存在、人的主宰。人们为什么要寻找山水就是为了释放出那些在市井中被压缩许久的视力、听力和胸中的浊气。所以，当一个城市二十四小时都能给我们一汪绿色一片安宁时，这是何等的幸福啊。

（1997 年 4 月 12 日）

挽留自然， 为了我们的生存

　　澳大利亚人过着一种田园牧歌式的生活，这大半要归功于大自然的赐予。你想，澳国有768万平方千米，国土面积只比中国小一点点，但是它的人口却只有1 900万人，还不及中国的零头。多大的生存空间啊，就像一个人睡在一张几十平方米的大床上，横躺竖卧，打滚翻跟头，都任你由你，那是一种多么宽松的心境。

　　澳大利亚，说是一个国家其实就是一个洲，一个漂在南半球大洋上的洲。亚洲、非洲、北美洲，但这些海洋上漂着的每一个板块，上面都要挤着十几个、几十个国家，摩肩接踵，挤挤擦擦。少不了谁踩了谁的脚，谁撞了谁的腰，甚至与谁当面碰了一鼻子。所以，近千年、百年来或吵或打，没有一天的安宁。而澳国一个人躺在南太平洋上，除旁边有数的几个岛国外，它独占地利。汪洋碧波隔世外，绿草如茵接天去。开国二百余年，除第二次世界大战时日本人飞来扔了几颗炸弹，难得有谁来打扰，真是寂寞得连个吵架的人也没有。他打滚撒欢，高喊大叫，也不用担心碰着何人、吵了哪个。因为漂在水上，自然就生出许多港湾。所以澳大利亚有许多著名的海港城市，如悉尼、墨尔本、布里斯班。这些地方的海水悄悄地伸向内陆，如指如爪，如带如须，这充满动感的蓝色条块，穿割着绿地、森林，簇拥着那些红顶白屋。在澳大利亚的政府办公室里，在旅游点上，常挂有大幅的国土照片。蔚蓝色的大海上，漂着一块"心"字形的翠玉。因澳国多草树，这块玉就基本呈翠绿，但北部有一片沙地，玉上就又嵌出一块橙黄。澳大利亚出产一种在全球独一无二的宝石（OPAI），中文音译正好是"澳宝"。这幅精心印制的国家地图，恰好表达出澳大利亚人自豪自得、宝其家国的心情。

在澳大利亚访问，我们特别提出一定要采访一家牧场，要看看这田园牧歌的基层细胞是什么样子。那天，我们离开工业城市墨尔本，驱车250多千米来到一个叫埃弗顿的小镇。镇上只有4 000人，安静整洁似一座花园。果然如人所说，只要你找到一个小镇，就必然会有一座教堂、一个咖啡馆和一个中餐馆，说明这里的多元文化。这三样都是红砖砌就，托在草地上，映在绿荫中。牧场主是墨尔本大学的一位教授，他14年前买下这个牧场。原因很简单，就是想让四个孩子远离市井喧嚣，在纯净的大自然中度过童年。其妻是中学教师，从大城市到镇上来教书，四个孩子在这里相继读完小学、中学，又都考上墨尔本的大学，现都在外工作。最令他自豪的是小女儿还被聘到英国去教英语。这是最典型的澳国人的大自然情结。现在他经营的这个牧场，只养良种公牛，还有一个专供酿酒的葡萄园，他仍在大学任教。显然，这个农场科技含量很高。他邀我们去看酿酒厂，公路像是画在绿毡上的一条飘带，澳大利亚特有的桉树如巨人般屹立两旁。这种树长大后会自动脱皮，树干显灰白色，凸凹不平，数人才能环抱，在绿色

澳大利亚的一个牧场

和新叶的映射间更显出历史的沧桑感。主人骄傲地说："这个农场是当年从本州一位后来成为总理的人手里买来的。"路旁仍依稀可辨故人旧居。

车子在一带山坡前停下，平地露天立着 60 个大钢罐，还有一些管线，几台运输叉车，一个垛满橡木桶的酒库。厂长是个 40 多岁的汉子，他说这个厂只生产以某种葡萄为原料、有专门口味、为某特定阶层人士所好的酒。他已五次到中国，在湖北枣阳有一个合作酒厂，主要是看中那里深山的无污染环境。我奇怪，眼前的造酒设备怎么都在露天？连个起码的用以遮盖的厂房也没有，刮风下雨，扬沙落尘怎么办？厂长说："这里有风，但从来无尘，酿酒季节更是风和日丽。再说生产罐全部是密封的，下点雨也不怕。"我环顾四周，视线之内真的见不到一点土。这个小酒厂被绿草拥上山坡，就快要送到树林的怀里了。机器的使用和技术的进步，使我们接受一个新概念——人机工程，讲人和机器协调一体。而现在我又想到一个新概念——人与自然工程、人与天一体。科学和技术绕了一圈，又带领人类回到大自然的怀抱里。

澳大利亚立国不久，至今才 200 多年。因为是英国殖民者新拓的海外疆土，开始也曾经历了饿狗见肥肉，拼命开发的过程。在首都堪培拉湖边公园的历史陈列室里，有当年开荒破土、挖矿砍树、草场沙化的老照片。但是他们觉悟得早，20 世纪 70 年代初就开始对全民普及环保教育，现在已在环保技术、环保教育和环保成绩等方面处于全球的领先地位。

澳大利亚是一个资源大国，西部出矿砂、钻石和珍珠。珍珠颜色有黑、粉、紫，皆玲珑剔透，形态各异，几乎不需加工就可出口。南部出产"澳宝"，这种宝石在世界上独一无二，没有竞争。沿岸的海里盛产鱼类，本地人不养水产，全取自天然。餐馆里的大师傅做鱼时，常会在鱼嘴里摘出一个鱼钩，鱼都是从海里轻而易举钓来的。厨房里待用的海贝上还长着海草。除了宝石、矿砂、珍珠还有羊毛，沙地和森林之外全是牧场。澳大利亚人真是一不小心跌进了大自然的福窝里。它不必像美国、日本那样去拼命争当军事大国、经济大国。它只要做一个环保国家，保住大自然特予的恩赐，就足吃足喝，够得上一个大户人家了。

我们在澳大利亚时时处处都能感受到澳当局这种以自然优势立国并尽力保住这种优势的国策。去年刚结束的悉尼奥运会是它向全世界展示这种国策的机会。主会场周围有 27 个大探照灯，却不用电，全部利用太阳能。奥林匹克公园的两座山头绿草如茵，但谁能想到原来这里是一片臭水滩、垃圾场，他们经过整治将垃圾埋到 9 米深的地下。而在澳的任何城市、乡镇和高速公路旁你找不到一点裸土。草坪之外，树根下或其他的地方都用人工粉碎的木屑覆盖起来，真是珍爱尊崇如若神明。但是，不论是男女老少，都喜欢尽量裸身地在自然中跑步、逛街、游泳，一句话，在自然中打滚。我笑说这里是"地无裸土，人皆裸身"，真是新的自然组合。

当然，澳大利亚人并不承认自己只吃上帝给的饭。他们想努力改变"羊毛大国"、"矿砂大国"的形象，而给人以科技立国的印象，这体现在他们的"科技移民"政策，凡申请移民者必须有某种科技专长。其意还在控制人口膨胀，提高人口质量，让上帝独给他们的这份资源，不至于尽快消耗完。

留住自然，是为了人类更好地生存。

（2001 年 3 月）

播绿者　爱绿人

青山不老

《三国演义》上有一个故事，写庞德与关羽决战，身后抬着一具棺材，以示此行你死我活，就是我死了也没什么了不起，埋了就是。真一副堂堂男子汉大丈夫的气概。这种气概大约只有战争中才能表现出来，只有在书本上才能见到。但是当我在一个小山沟里遇到一位无名老者时，我却比读这段《三国演义》还要激动。

窗外是参天的杨柳。院子在沟里，山上全是树，所以我们盘腿坐在土炕上谈话就如坐在船上，四围全是绿色的波浪，风一吹，树梢卷过涛声，叶间闪着粼粼的波。

但是我知道这条山沟以外的大环境，这是中国的晋西北，是西伯利亚大风常来肆虐的地方，是干旱、霜冻、沙暴等一切与生命作对的怪物盘踞之地。过去，这里风吹沙起能一直埋到城头，县志载："风大作时，能逆吹牛马使倒行，或擎之高二三丈而坠。"可是就在如此险恶的地方，我对面的这个手端一杆旱烟的瘦小老头，他竟创造了这块绿洲。

我还知道这个院子里的小环境。一排三间房，就剩下老者一人，还有他的棺材。那棺材就停在与他一墙之隔的东屋里。老人每天早晨起来抓把柴煮饭，带上干粮扛上锹进沟上山，晚上回来，吃过饭，抽袋烟睡觉。他是在六十五岁时组织了七位老汉开始治理这条沟的，现在已有五人离世，却已绿满沟坡。他现在已八十一岁，他知道终有一天早晨他会爬不起来，所以那边准备了棺材。他可敬的老伴，与他风雨同舟一生；也是在一天他栽树回来时，静静地躺在炕上过世了。他没有儿子，只有一个女儿在城里工作，三番五次地回来接他出去享清福，他不走。他觉得自己生命的价值就是种树，那边的棺材就是这价值结束时的归宿。他敲着旱烟锅不紧不慢地说着，村干部在旁边恭敬地补充着……十五年啊，绿化了八条沟，造了七条防风林带，三千七百亩林网。去年冬天一次就从林业收入中资助村民每户买了一台电视机，这是一个多么了不起的奇迹。但他还不满意，还有宏伟设想，还要栽树，直到他爬不动为止。

我们就在这样的环境中谈话，像是站在生死边界上的谈天，但又是这样随便。主人像数家里的锅碗那样数着东沟西坡的树，又拍拍那堵墙开个玩笑，吸口烟……我还从没有经历过这样的采访。

在屋里说完话，老人陪我们到沟里去看树。杨树、柳树，如臂如股，劲挺在山洼山腰。看不见它们的根，山洪涌下的泥埋住了树的下半截，树却勇敢地顶住了它的凶猛。这山已失去了原来的坡形，而依着一层层的树形成一层层的梯，老人说："这树根下的淤泥也有两米厚，都是好土啊。"是的，保住了这些黄土，我们才有这绿树。有了这绿树我们才守住了这片土。

看完树，我们在村口道别，老人拄着拐，慢慢迈进他那个绿风荡荡的小院。我不知怎么一下又想到那具棺材，不觉鼻子一酸，也许老人进去就再不出来。作为政治家的周恩来在病床上还批阅文件；作为科学家的华罗庚在讲台上与世人告别。作为一个山野老农，他就这样来实现自己的价值。一个人如果将自己的生命注入一种事业，那么生与死便不再有什么界线。他活着已经将自己的生命转化为另一样东西；他死了，这东西还永恒地存在。他是真正与山川共存，日月同辉了。达尔文和爱因斯坦都说过，生死于他们无所谓了，因为他们所要发现的都已发现。老人是这样的坦然，因为他的生命已转化为一座青山。

老人姓高，名富。

这个无名的人让我领悟了一个伟大的哲理：青山是不会老的。

（1987 年 12 月）

不知你在哪棵梧桐树下

像是负了什么债，又像是欠了谁的情，几年来，我一直怀着一颗不安的心。此时，随着车子的急驰，窗前那些熟悉的荒山秃岭扑面而来，这又勾起了我的一怀旧绪。翻过一道梁，茫茫黄土之中，突然腾起一片绿云，绕着山，盖着沟，遮掩着几间白墙青顶的小屋。我的心不由一动，一种渴念而又歉疚的心情一起撞上胸来。啊，到了，就要到了。他，现在该是什么样子呢？

五年前的春天，我曾到过这个地方。这是一个旱得出名的黄土山区，站在山头一望，山是黄的，地是黄的，刮起风来，连天都是黄的。可是后来，这里出现了一个奇迹，半山腰里有一个岭上小学，师生们从1966年开始植树，8年时间竟种了3万多棵，绿化了一条公路、两道沟、三道梁，栽了一村子的树。岭上大队也就成了"沙漠"上的"绿洲"，过路的人总要在这里歇歇脚、纳纳凉。岭上学校呢？也成了全省的先进单位，多次得奖，远近闻名了。

那回接待我的是个年轻女教师，姓王。她浓眉大眼，粗粗壮壮的，一看就是本地的农家姑娘。我说："这树主要是你的功劳吧？"她那本来就绯红的脸，一下子红到了脖子根。我也没有理会，简单地问了些学校概况，她就领着我们校内村边地转开了。校园的后墙外是他们的小果园，那桃、杏、梨、枣、苹果、核桃，各种各样的果树，一色青翠。王老师说："别看树小，可都挂果了，要是秋天来，你还可以尝尝鲜呢。"最使我兴奋的是那村边路旁的白杨，白里泛青的躯干，笔直笔直；绿得发黑的阔叶，油亮油亮。它岸立在那里，不枝不蔓，一直向蓝天上钻去。忽然，我看见一个四十来岁的人，正在前面开沟浇树，见有参观的人来，连忙收拾起家什，绕过白杨树，悄然离去了。

我还是想请王老师介绍一下她带领学生造林的事迹。她看了一眼县里陪同来的老李，嘴巴微微一噘，说："我有什么事迹，这树的年龄比我的学龄还长呢！"是呀，这姑娘才不过 20 多岁，她自己还是一株小苗苗呢。可是，我总得完成采访任务呀，于是，我就长一句短一句地问开了，小王老师则东一句西一句地应付。等她看到我掏出本本做笔记时，可真急了，连忙说："哎呀，你可千万别把我写上，那不是我，那是薛老师……啊，薛明，带着学生栽的！"我一怔，薛明？他是谁？

她就索性讲开了，薛明就是她的老师，一打合作化开始，他就来到这里办学。教室是靠山打的两孔土窑，村里穷得拿不出一张糊窗户的纸。后来学生多了，土窑里再也上不开课，薛老师就下决心要栽树盖房。他拿上自己的工资，翻过一架山，走了 120 里路，背回来一捆杨树苗。这点宝贝，一捆要顶十几苗用呢。他小心地剪成短截，插在校门前的土路旁。这东西不负有心人，如今长得都有几房高了。后来他又办苗圃，嫁接果树……小王说得激动起来，脸腮涨得通红："说实在的，这个摊子，全是薛老师一个人跑闹的，学校里的学生满共不过 50 名，年龄又小，只能递个树苗，填填土，下山背树、挖坑、护林，全是他。一次半夜里下暴雨，他想起了沟里的树，爬起来，摘了扇门板就到崖头上去堵水，要不是村里人赶来得快，连他也卷到沟底下了。这些树，就不要说他贴了多少钱，连命都快搭上了……"

小王说着说着，突然停止了。我隐约感到，她急促的言语间流露出对这位老师的敬意，却又伴有一种难言的激愤。她再不细说什么，只是领着我们看，看那些用自己种的树盖起的教室，做起的桌椅、黑板、篮球架等。我问："怎么不见薛老师？"小王又瞟了老李一眼，只淡淡地答了一句："他今天有事出村了。"

那天晚上，我就宿在学校里，是夜月明星稀，虫鸣卿卿。后园里一片枣林，那密密的小黄花开得正盛，静静的夜色中，沁着蜜似的花香。我想着这千古旱塬上的奇迹，躺在小土炕上，兴奋得难以成眠。这时万籁俱静，斗转星移，一方纸窗上映出院里的枝枝条条、团团花影。不一会儿，一株硕大的树干又映在窗棂间，好像一个巨人。我知道这是院里那株高高的白杨，白天我还在它下面站了好一会儿呢。这树影不声不响地贴着窗格，悄悄地出现，又慢慢地向东退去。大约是夜尽时分了，我蒙眬地睡去。

第二天一觉醒来，已是旭日临窗。我走出校门，昨天那村边的树已浇过水，只见路旁的两行小水沟里映着湿漉漉的霞光。直到吃过早饭，我到底还是没有等上薛明。在回去的车上，便向老李提出我心中的疑问："这个学校曾多次登报，怎么从来没听说过薛老师的事迹？"

"唉，甭说给他登报啦，就是让他代表学校去领个奖都不行！"他说着长叹了一口气，最后那"行"字拉得老长。

"为什么？"

"就是因为他是'黑五类'，富农子女。"

我只觉得头"嗡"的一声，半天没有吭气。他又接着说："你不知道，他不但是个'黑出身'，还是个'黑人'呢，教育局早就没有他的户头了。上面说，地富子女还能为贫下中农培养后代？可是群众舍不得他，他也舍不得那些娃娃、那些树苗，他不走，不让教书就栽树。8 年啊，他就干出这么大的功业。"

我说："再来，我一定要见见这个'黑人'。"

"其实，你已经见过了。"

"真的？哪一个？"

"就是昨天那个，见有人来就赶快走开的栽树人。"

"啊?"我努力回想着昨天那个身影,突然一切都明白了。我忙探头向车后望去,只见那一排高高的白杨默默地站在村边,又慢慢地向后退去。我心里顿觉无限惆怅。这时老李忙不迭解释说:"实在无法,这是上面的规定,他是不能随便接待来人的。"我这时已觉无话可说,既然是"黑人"嘛,自当这样处理。但我真不明白,在这个世界上,为什么这样一个活活的血肉之躯,一个在天地间创出了业绩的人,一个深深印在群众心中的人,却不许他说话,不许他露面,不许他的名字传诸书报,不许他享受用自己的汗水、心血换得的荣誉。那天,我回到报社后,长夜孤灯,却怎么也写不出一个字来。

几年来,白杨树下薛明那一闪而逝的身影,一直嵌在我的脑子里。我终为自己在乌云压城之时未能为他说一句话而感内疚,这次就是来偿还这个夙愿的。

我进了校门,学生们还未下课,校园里一片静谧。正是深秋,后园墙头探过的树枝上梨白枣红。操场边又多了两排教室,教室旁的花椒树上结着一串串的小红珠,我认得那是一种叫"大红袍"的好品种,满院都散着它的馨香。下课了,王老师走出教室,她一眼就认出了我,拍拍手上的粉笔末,惊喜地说:"呀,是你来了!"她拉着我就往办公室去,一边又吩咐学生:"快去沟里叫薛老师。"办公室也比原先宽敞了,正墙上一面大红锦旗,上面堂堂正正的几行大字:

奖给薛明同志

栽起万棵树,培养一代人。

看见这旗,我更急着要见人。小王领我来到村边,当年那白杨树后又多了两排高大的梧桐。我想,那次薛老师一定正是在浇这些树呢。附近的几个黄山头已经变绿,沟底又增加了一大片幼林。女教师说:"你不知道薛老师怎么爱这片小树呢!最可恨的是那些外面来的羊工,偷着往沟里赶羊。薛老师就上去拦,那时他还没有平反,人家就对着他喊:'千万不要忘记阶级斗争！'他也就不再说什么，只是赶快回来叫我们……"我脑子里又闪过上次他一见人就回避时的身影。啊，忍辱负重，忠心耿耿，他终于忍过来了。

这时一个学生从沟里钻出来，喊道："都跑遍了，找不到啊。"女教师对我说："薛老师现在是公社联合校长，事情多了，有时还被请到外公社去指导绿化。"这时微风吹过，拂动那满沟满坡的杨柳树。确实，到哪里去找呢？

我不觉有点怅然——看来今天又是求访不遇了。其实他若回来也绝不会谈什么的。十多年的怨和苦，他可以不吐一字；今日的名和誉，他又怎肯自加一分呢？"桃李不言，下自成蹊"。我看着这满山的林木，眼前又闪过他那从树后隐去的身影。啊，高尚的人，现时，我不知你正在哪棵梧桐树下、哪片白杨林中？

（1980 年 9 月）

看见绿色就想起了你

——记女林业工程师王效英

自从在大西北的那次相见，你的形象，不，你所代表的一种信念，便植入我的脑海，像夜空里的一颗星，时时在闪光。这是一种思想、一种意志、一种思索、一种信息。只要一有绿色这个媒介，她便会释放出来，叫我心里翻腾不已。

我见到你是在招待所的客房里。你敲门进来，坐在沙发上。你已50岁年纪，皮肤黧黑，手背上青筋突起，脸上也已爬上皱纹。我脑际本装着你传闻中的英姿，你动人的歌声、爽朗的笑语。我心里一顿，没有想到你是这个样子。你对我笑笑，坐在沙发里，等我先问话。窗外绿柳红花。

你开始叙述往事，双眸中重又闪出青春的火花。1950年，你随军进疆时还是一个18岁的姑娘。炎热的麦收时节，你在南疆的农场里，在维吾尔族老乡的杏树下看场。在这晒得沙地上能烤熟大饼的西北，绿荫比金子还宝贵。你心里萌生一个念头，学林业去，要让绿色染满戈壁。毕业后你来到石河子，这一片黄沙之野，正是涂抹绿色的最广阔的天地。报到的第一天，这里还没有房子，晚上你就睡在工棚厨房的大锅台上，白天你打着标杆去测量、去规划。冬天，没膝的深雪将鞋子、裤脚冻成一个冰壳；春天，风沙开始在你秀气的脸上冲磨皱纹；夏天，烈日开始将你嫩白的皮肤晒红、晒黑。你这位水乡姑娘，执着地追求着自己的理想。当地没有合适的绿化树种，你到东北深山里去寻。白天打树籽，晚上在招待所里搓籽皮。树籽还湿，你带着在火车上，走一站，风干一点，又搓一阵，两只手搓红了、搓肿了，树籽皮荚从列车窗口飘飘地沿路洒去。有这样的出差者吗？啊，难怪你有这双青筋暴突的手。

绿色是生命的象征，生命需要人去培育。现在这个戈壁新城已有200多种、154万株树，城外还有30公里长的林带，生命之绿已战胜了荒漠的死寂。但是，你的青春年华已无可奈何地悄悄退去。不过，不是消失在灯红酒绿中，不是消失在大城市的菜市场上，不是消失在小家庭的热炕头上。你挺立在戈壁滩上，将青春的信息，融进雨、抛向风、播进土，化作了一座绿城。窗外柳丝织帘、白杨遮阴。你在沙发上坐着，明眸中闪着火花，浑身披满风尘，好一座坚毅的塑像。不知为什么自从我离开西北之后，无论走到哪里，只要一见到绿色，就想起了你，想起那天见面的情景，想起那天你说的话。我在想，绿色，难怪人们用她来表示生命。

大凡有生命之物，便不会像石、像土那样，能有无穷的安宁，必有什么东西要来对她进行一点折磨。要成长，就有压制；要生存，就有毁弃。战胜了这些，才有生命。正当你用红肿的手从兴安岭采回的种子，靠瘦小的腰身从天山上扛来的树苗，已在这戈壁滩上发芽、生根，漾出一片绿云时，那场"革"一切命的运动开始了。有人认为树木是为了打扮城市（他们当然不懂什么生态学），爱打扮就是资产阶级。这些树当然在"革"之列。好可怜的树苗啊，她们像刚断奶的婴儿，身子骨还弱，胳膊腿还细，平日里还要靠你起早贪黑地遮风挡雪。可现在，几天内便一起惨死在刀锯之下。她们没有一点的抵抗力啊，任人砍剁，根露枝弃。你躲在家里不忍看这个场面。

一天晚上，一个好心的老园林工给你送来一车树枝："队长，你辛苦了这么多年，树都给人家砍光了。我给你送把烧火柴吧。"你一头扑在车上，哭成个泪人。你不让卸车，你不忍心烧这些青枝绿叶，你半天爬不起来。孩子过来拉你，问你："妈妈，何必这样伤心？"你说："你哪里知道，这树和你一样，都是妈心头的肉啊！"当我听人给我讲你的这段故事时，默默地流下泪来，泪珠滴在采访本里。这以后，有人说你疯了，像祥林嫂那样到处奔走，见人就说："还我的苗圃！还我的小树！"你被调到工厂，调到副业队，但你的心没有走，你还是见人就说："还我的苗圃！我要回去！"满城人都同情你啊，你那一下子就瘦了一圈的脸庞，那颤抖的声音，那青筋暴突的手背，那已流不出泪的眼睛。

但你终于挺过来了。生命总是"野火烧不尽，春风吹又生"，苗圃终于要回来了，一切从头开始。你又挺起胸到天山上去挖树，到兴安岭去采种。那天我到苗圃参观时，放眼又是一片绿烟。新绿啊，满园关不住的新绿。但有一棵松树是很特殊的，很高，孤立着，树皮糙裂，枝伸如盖，已有几分苍色。她是这座园中，那次大"革命"中唯一的幸免者。

我在树下站了很久，你也站了很久。我不再问什么，你也不再说什么。这树下的沉默，深深地嵌入了我的记忆。此后，无论走到哪里，只要一见到绿树，或岸上青松，或村前古槐，或河边翠柳，我就想起那松，那天在松下站着的你。我想，绿树的生命难道只是叶、是枝？人的生命难道只是血、是肉？不，还有希望，还有信念，还有意志。

女性，总是和母爱连在一起。你有一双爱子。但是，那天，林业队的一位大婶告诉我：你的孩子直到十几岁了，还在叫她妈妈，而把你当作阿姨。你心里只有树，你的时间全让树占去了，你将母爱全施于林木，而对爱子的照顾却托与别人。你是18岁就离开家的，是偷着报名，硬跳上汽车跑的。当母亲追来送行时，你只在车后的烟尘中依稀看到了一个拭泪的影子。可是，几十年了，你没有回过家。几乎年年出差，每次车过宝鸡，你都遥望秦岭那边，心想老母这时也许正倚门盼女呢。但怀抱里的种子又正是播种期，硬硬心，不下车，又回到了住地。就这样，一年一年，一次一次。戈壁上的地绿了，街上的树高了，母亲的头发白了。终于老母等不及了，我去采访时正赶上她千里迢迢前来寻你。她本想痛骂你一顿的啊，这个无情女！但是，她走在街头看着这满城的绿色，她原谅了你。绿色是最感人、最有情的。她不像红那样热，不像蓝那样冷，她柔和美好，给人安慰，使人安静，叫人思索。但我知道，这柔情之色，是要有情有心的人才能生产出来的。我以后每见到绿色，不由就想起了你，想你是怎样用泪水、汗水深情地去调这深深的绿，去用绿涂染祖国的大地。

在我的采访生涯中，不知遇到过多少个人物，但只有你这样常常让我忆起。天涯何处无绿色，每一棵绿树里都有你。

（1983 年 10 月）

这里有一座古树养老院

万物平等，物竞天择。树有生的权力，也有生存的能力。只要有土、有水、有阳光，树木就生长，就繁衍。专家说每一平方米土壤中就有上万粒植物的种子，每一棵树下能共生 150 种植物。它们为大地所厚爱，为雨露所滋润，在阳光下成长。

但是树却常为人所抛弃。本来人类是从森林中走来，森林是人的家。遗憾的是，正如社会上有对老人的虐待，也有对老树、古树的遗弃。所幸，爱心不绝，在我对古树的探访中，竟意外地发现了一处古树养老院。园子的主人叫王相泽，是烟台市莱山区的一名企业家。他生在农村，小时家有大树，粗如圆桌，绿荫满院。那是童年最美好的记忆，也种下了永远的爱树情结。他大慈大悲，爱吾老以及树之老，企业稍有余钱便开始收养古树。

那天在园子里，我边走边听他讲救死扶伤收养古树的故事。十八年前的一天，他到外地出差，车子在公路上走，远处正在开山取石，山上隐隐有树。他就绕路来到山下，一棵从未见过的大树有合抱之粗，满树白花，灿若霜雪，屹立于石崖之畔。那粗壮的老根如老人青筋暴突的手指，正顽强地插入石缝，抓住每一处可借力存身的石块。但是脚下炮声隆隆，烟尘已经淹上树身，窒息着它的绿叶白花。眼看就要地动山摇，扑身倒地。此地名黄巢关，据传当年黄巢起义曾驻兵于此，还在树上拴过马。王相泽上去说："反正你们要开山，这棵树也存不住了，不如卖给我。"结果他花了 6 000 元把树带回了家。后来一查，是棵毛梾树，山茱萸科，果可榨油，木质极硬，传说孔子周游列国时就用这树做车梁，所以又名车梁木。现在这棵老树就舒舒服服地挺立在园中的一个小坡上，正时交 6 月，序属初夏，满树白花笑得十分灿烂。老王收树有几条规矩。一不收山上野生的大树，二不收正常生长的树，三不收小树。反正一个原则：不干预树的正常生活。他只扶孤助老，做绿色慈善。

人总是看重现实的物质利益，而树却不同，它除了供人物质享受外还帮人记录历史、寄托精神。可惜我们目光太浅，只讲实用，对树用之则植，不用则弃。园中有一棵柿子树十分惹眼，浑身堆满大大小小的疙瘩，像一个长满老年斑的老人。它来自陕西，树上的瘤体是一种病，主人早已将它遗弃。老王收来后仔细调理，现在树头已发出五尺长的新枝，去年又重新结果，挂满了一树的红灯笼。疙瘩树身倒显得更加古拙可爱。在园子里我看到一棵刚移来的老槐，根下一抔新土，通身还缠着保湿的薄膜，但是树顶已绽出嫩绿的新枝。老王说："附近有个社区正在改造，我四年前就盯上这棵树了，十五米高，通体溜直，这在刺槐中实在少见。你看，刚到，还没挂牌呢。"这园中的每一棵树都有一块身份牌，注明树名、科属、树龄、何年何月移自何处。王相泽的爱树之心早已超出市界、省界，名声在外，于是常有热心人来给他通报树情。一次某司机告他某村有遗弃之树，他急去察访。只见一处院内有两棵三百年的老紫薇，墙颓草长，满目荒凉。一棵已经枯死，另一棵也被垃圾埋到半腰，奄奄一息。经辨认树下废弃的井台和井石上的刻字，知道这是一处高家的旧祠堂。但现在村里已无一人姓高，高家祖上早不知迁居何处。他找到村委会，谈好 3 000 元的价格。他人和树还未离村，就听见村主任在大喇叭上喊话："各家派人到村委会来领钱，每户 10 元。"这真是物有其值，所见不同。紫薇，又名百日红。杆粉白，叶翠绿，花朵繁密，娇红明艳，百日不谢，向为名花奇树。现在这棵紫薇成了老王的镇园之宝。每有客来必领至树下，奇树共欣赏，花好相与析。

在园中看树是一道风景，听老王讲育树经更是一种享受。他说移树最怕露根透气，所以每移之时必先将树根蘸满泥沙各半的糊浆，再小心培土。对有的树则要在外围斩根一次，如是三年，为的是刺激新根的生长。别人移大树要剃树冠，他却尽量不剃，免伤元气。他指给我看两行对比的樱花树，那剃过头的竟十年不长，愈来愈瘦。但柳树移栽时则必须剃头。那年他从福建漳州买得两棵大榕树，时已入冬，车进山东界已飘起小雪。到家后他急挖一暖窖暂埋，唯留少许枝叶透气，又放进一个电热器加热。一过年就为它建了个20米高的保温大棚。现在这榕树气根如林，枝繁叶茂，一派南国风光。

我一生不知看过多少天然林、人工林、植物园，但还从未见过这样一座古树养老院。园内约有500多棵古树，有来自河南的乌桕、安徽的黄连、山西的皂角、陕西的苦楝、山东的木瓜……每棵树都是一本大书，在诉说着不同的经历。有一棵古槐交了钱正要拉树走人，老太太追了出来，说当年孙女有病，是在这树下烧香救命的，死活不放树走。有一棵树运来时在半路上受到刁难，他去找当地领导说情，这位领导反大受教育，下令加速绿化，保护古树，老树再不得出境。凡来到这里的树或因修路、或因城建、或因兄弟分家、或因迁坟，各有各的故事。它们虽然都是被逼无奈，远走他乡，但来时都不忘随身带了自己的身份证——年轮，这是数百年来的活记录啊，是一部中国生态史、文化史。老王爱树，但并不小气。区里要建一座三千亩的大植物园，老王说，没有古树算什么植物园，顶多是个大苗圃。他张口就捐出了108棵古树。他爱吾园以及人之园，要让树文化普及，让更多的人爱树。

这个园子，我头天去了一次没有看够。第二天又去了一次，用手摸，用身子抱，用脸贴。我想如果黄巢地下有知，那迁居远走的高家有知，那些分家卖树的弟兄有悟，那些扩城砍树的主政者们醒来，都能到这个园子里来走一走，他们一定会感恩老王在遥远的地方为他们本乡本族存了绵绵一脉。我能体会到老王对树的那一种爱。

（《人民日报》2013年6月26日）

山还是那座山

也许是因为我的姓氏里有一个木字，或者我命中本来就缺木，反正我是发疯地爱树。只要听说哪里有一棵奇一点的树，就千方百计地去看、去摸、去抱。十年前南下到宁波出差，临返回时在机场听说当地有一棵特大的树，树身中空，人民公社时生产队在里面养了两头牛。惜未能谋面。过了两年我终于找到一个机会再到宁波，一下飞机不进城，就直去拜树。虽然又过了几十年，树洞里淤了不少土，但亦然老干如铁，青枝绿叶。村民在树洞里摆了一张八仙桌，大大方方地请我们喝了一壶茶。去年北上到内蒙古出差，见宾馆院里有一棵不知名的树，枝头吊着指肚大小的菱形果实，甚奇。问之，曰丝棉树，秋后，果实会炸开，垂下丝绦万千条，属卫茅科。就不顾体面，用房间里的水果刀，十指并用，"偷挖"了两棵。惹得一路同行的人和机场的安检、空姐不断地拷问。苍天不负有心人，这两棵他乡客居然生根发芽在京城，单等来年此情绵绵寄相思了。

我这样爱树，是因为曾经很少见到树。我大学一毕业就分配到内蒙古，守着乌兰布和沙漠，吃不尽的黄土，看不完的黄沙。外出采访，要是走路，得帽檐朝后；要是坐车，风沙起时得停车让过风头。这时车子就像掉进黄汤海里，人像坐在潜艇里，透过车窗看黄浪从两边滚滚涌过。那时最想看到的是一点绿、一棵树。我坐火车过河西走廊，一个白天，一个晚上，又一个白天，还是没有一棵树。我在河套的黄河湾子里护过林，那是什么"林"啊，只有拇指粗，每年春天绿，冬天死。晋西北倒是有大片的杨树林，那是永远长不大的"老头树"。不但野外缺树，城里也少树。近二十年城市建设提速，房挤树，路挤树，人挤树。一次我走在昆明街上，因为扩路砍光了树，主人还说："我们这里山好水好，四季如春。"我不顾礼貌，脱口而出："山好水好，就是官不好，为什么不栽树？"回来后我在《人民日报》发了一篇短文《好山好水更求好官》。什么样的官才算好官？起码有一条，要栽树。

因为爱树，就关心和同情栽树的人。最让我激动的一次采访是在雁北，一位81岁的老人带着棺材进山，15年绿了几座山。真有点《三国演义》中庞德抬着棺材战关羽，或者左宗棠抬着棺材去收复新疆的味道。最得意也最伤心的一次采访是写一个劳模，那稿子还得了全国新闻奖。但几年后他儿子来找我，说父亲进了班房。原因是他栽了很多树，只用了几棵树就犯法。这是什么法？难怪没有人栽树。有人说按统计数字，我们栽的树已经绕地球几圈了，但还是不见树。

终于在2006年春天，我望见了一大片新绿。不是在山上，也不是在平原。说来好笑，是在报社夜班平台上的电稿堆里。福建记者蔡小伟来稿说，那里全省都已把山分给了农民，老百姓种树积极性大增。我如获至宝，或者说是终于找到一根救命的稻草。莫谓书生空议论，稻草也能当金箍棒用。我要借这篇文章浇我胸中的块垒。立即制了一个大标题："山定权，树定根，人定心，福建全省推行林权制度改革"，立发头条。我又想到马克思的一句话："人们奋斗所争取的一切，都同他们的利益有关"。就把这话拉来当大旗，配了一篇评论：《栽者有其权，百姓得其利》。签发完稿子，我重重地吐了一口气，一口压了几十年的气。半个月后福建省林业厅厅长黄建兴来京开会，他一住下就来报社，要请我吃饭。这之前我们并不认识。我问他怎么这样热心林权改革。他讲了一个故事。2001年福建有七万农民因建水库失地闹事，他时任省政府秘书长，到一线去处置此事。却发现有一个村子很平静，没有一人参与闹事，便问何故。支书说："我们前几年就分了山林，每人每年收入4 000元，还会闹吗？"福建八山一水一分田，山稳民就稳。他当即说，如果我当林业厅厅长，就先给农民分山。不想，一语成"谶"，三个月后他被任为省林业厅厅长。他农民出身，当过生产队长，深知农民对土地的感情，一朝权在手，便把令来行。在全省积极实验林改，福建成了全国林改第一省，也是森林覆盖率最高的省。他林改有方，从厅长任上下来后又被任命为国家林业局林改领导小组副组长。林改就是土改，是一场藏于绿叶下的红色革命。

可能还是命中脱不去与树的缘分，我退出新闻一线后又被安排到农委工作，就急切地想去看一下当年曾经纸上谈兵的林改如何。今年正月十五刚过，年味还在，就踏上去福建的路。

如果说福建是全国林改第一省，永安就是全国林改第一县（县级市）。这里动手早，出经验多，是国家和省两级林改试验点。8年来已接待参观者26 000人，市委书记江兴禄开玩笑说："我陪客喝的酒，累计也有一吨多。"我发现凡成一件大事，其中必有一些中坚和先锋，黄建兴是一个，江兴禄也是一个。他在县委书记任上已经15年，参与了林改的全过程，还编了一本极有实践兼学术价值的书。这天他陪我走访了中国林改第一村洪田村，其地位类似于中国承包第一村的安徽小岗村。但村里的建设比小岗村气派多了。村民全住进了两家一楼的别墅。幼儿园、小学、热闹的街道、店面，仿佛进了县城。走进展览馆，迎面是一座群体雕塑，几个胼手胝足的汉子正拧眉锁眼，在灯下议论着什么。说明牌上只有一句话："今晚不议出个名堂，谁也不许回家！"说的是1998年5月27日那晚，全村开会讨论山林到底是分还是不分。已是后半夜了还没有个结果，村支书邓文山就拍着桌子喊出了这句话，然后从笔记本上撕下一页纸，裁成26条，同意还是不同意，每家立字为证。这很悲壮，像当年小岗村干部为分地按红手印准备去坐牢。我脑海里一下闪过了水泊梁山、绿林、赤眉。我找到邓文山，想不到却是个文静的汉子，看来事逼人为，不到绝路不破釜。这一逼倒逼出一条新路。墙上贴着一张1997—2009年全村经济发展统计表：村财政由 15.3 万元增到 63 万元，人均林业收入由 313 元增至 3 931 元，电话由 25 部增至 662 部；机动车从无到有 375 台，电脑从无到有 81 台……这些财富都是农民在分到手的山上种出来的。

从洪田出来，江兴禄带我们去看一座竹山。春雨绵绵，千竹滴翠。竹子这东西实在是人见人爱，且不说它的用途，你看一眼都舒服。它年年发笋，当年成林，一劳永逸。新竹碧绿如玉，每拔一节就留一条白线，微风吹过，林子就白绿相间，翩翩起舞，好一幅水墨写意。老江招呼人去找这片山的主人，一会儿竹林子里就钻出一个汉子，眼大身瘦，戴斗笠，系腰带，蹬雨靴，肩扛一把细嘴镢头，仿佛是封神榜上的人物。他叫杨国松，名下分得 126 亩竹林，已经营十多年。斜风细雨里我和他算起这几年的收入。竹子在文人眼里是清供之物，在农民眼里可是摇钱树。他说，冬挖冬笋，春挖春笋，林间还有药材。冬笋贵，每斤 5 到 8 元，春笋 5 毛，一亩地可产三四千斤竹笋。每亩竹子 280 根，每根卖 30 元。林改前他家年收入 5 万元，去年已增到 20 万，家里还供着两个大学生。我们说着走着，江书记脚下一软，说声"有货"，便去摘老杨肩上的镢头，原来他踩着一棵冬笋。多年的媳妇熬成婆，他这个多年的书记熬成"农"，对这山里的一草一木都有情。只见他蹲下身子，用镢头拨开落叶，围着笋尖小心清土，就像考古队员发现一件宝物，最后一把拉起一棵大冬笋，足有一斤半。大家就提着这笋照相，说中午有好菜吃了，就像抓到一条大鱼。

我们说着走着，转过一面坡，眼前一亮。竹林下的红土地上仰躺着一座大青石碑，足有十多米宽，上书三行大字："山定权，树定根，人定心"，落款是甲申年春月。碑多直立，像这样大的碑仰躺于地还不多见。这是乡民为纪念林权改革而立。他们说这样设计，上可对天，下可对地，民心可鉴。我问老江，林改前后永安的集体林地每亩增值了多少，他答：从 300 元已增到现在的 5 000 元到 6 000 元，长了二三十倍。又问老黄全省如何，他说："从 300 元增到 1 000 多元，3 倍。福建有集体林 1 亿亩，全国 27 亿亩，你算一算，这一项改革增了多少财富，富了多少农民？这还不说生态效应和民心效应。"

福建永安山上的林改碑

我久久地注视着那块石碑，党中央机关报的头条标题变成碑文立在竹林里，这就是党心民意。又觉得"甲申"这个字好眼熟，噢，想起了，上一个甲申年郭沫若曾写了一篇《甲申三百年祭》，毛泽东很推崇的。那是反思明末一场农民运动的失败的。从那时到如今，又过了六个甲子，360年。中国农民经过了太平天国革命、辛亥革命、两次土地革命，改革开放以后的土地承包、林改，终于真正成了土地的主人。

百年岁月，万里河山，山还是那座山，只是换了人间。

（2011 年 2 月 28 日）

附： 山水为什么有美感

　　人与自然的交流是一个永恒的话题。人从自然中索取物质，维持生命，同时又从它身上感悟美感，培养审美能力。大自然靠什么给人以美感呢？它蕴含有许多美的要素，如对称、和谐、奇巧、虚实、变化、新鲜等等。这些要素我们在人类的精神产品，如小说、戏剧、绘画、音乐中都可以找到，而在大自然中早就存在，并且更为丰富。这些东西再简化一点就是三样：形状、颜色、声音。形、色、声这三样基本东西经对称、和谐、奇巧等等的变化组合，就出现无穷无尽的美。美的要素在自然中最多，远远多于人为的创造，所以艺术强调师法自然，杜甫说，"文章本天成，妙手偶得之"，刘海粟则十上黄山"搜尽奇峰打草稿"。

　　客观的景物和人怎样沟通、交流、融合而共同创造一件艺术品呢？是通过人与自然的交流，通过艺术家的观察，再创造。刘勰说，"目既往还，心亦吐纳"，是通过眼睛观察，内心思考，经过一番酝酿吐纳之后才加工出来的。这些要素作用于人，激活人的美感有三个步骤。一是以美"形"引人，二是以美"情"感人，三是以美"理"服人，由形及情及理。我们看到鲜艳的花朵、奇伟的山峰、行云流水这些美好之物就会被吸引。耄耋老人齐白石，见到年轻美丽的新凤霞惊得目不转睛，旁边人说："你把人家都看羞了。"齐说："她就是美嘛！为什么不能看。"对，爱美没有什么特别理由。不论是人，还是山水，只要美，人就喜欢。有学者研究动物也有趋美厌丑的本能。不过与动物不同，人能将这种美感上升到感情，并形成一种定式，于是相应于景色的明暗便有心情的好坏，物象之异可转化为精神之别。小石潭的凄清，荷塘月色的宁静，范仲淹的所谓满目萧然，感极而悲或把酒临风，其喜洋洋。这就是意境。

人们还不只满足于自然中的形向主观的情的转化，又进而求理。因为哲理本身的逻辑美，在自然中也能找到相似的形象。它们灵犀一点可相通。如山之沉毅、海之激荡、云之多变等，人们从美的形、色、声中不但可以悟到美好的情感，达到美好的意境，还能悟出一种哲理的美、逻辑的美。像周敦颐见莲花就悟出"出淤泥而不染"的做人之理；像孙中山观钱江大潮而高喊出"世界潮流浩浩荡荡，顺之者昌，逆之者亡"的革命道理。朱熹"半亩方塘一鉴开，天光云影共徘徊。问渠哪得清如许，为有源头活水来"，这是讲做学问的理。由形及情及理的这三个阶段有点类似男女谈恋爱，初见面，因貌相悦；既而以情相通；再而以理相知，才敢下决心结婚。又像练气功常说的精、气、神，炼精化气，炼气化神。在散文写作上就是美的三个层次：描写美、意境美、哲理美。

但是，并不是所有的山、水、树、木、草、石都能产生美感。大自然如人群一样。美人罕见，好景难求。因为美是一种巧合。天下没有完全相同的两个人，也没有完全相同的两处景。不管人，还是自然，是由无数因素随机地排列组合而成，最佳的组合机会只有那一瞬。在人，便有了倾城之美，绝代佳人；在景，便有了奇峰秀水、天下胜境。自然美景不可多得，不能再造，不能重复，特别珍贵。我们都知道文物古迹很珍贵，就是因为宏观世界不能重复，自然美景也是这样，失去了就永不再来。黄山的迎客松享受首长级的保卫和保健待遇，有专门人守护，有专门人监视水分、营养。就这样它总有一天还会死去。所以保护第一，开发第二。这份稀有资源首先要尽量完好地保存它，多留一点时间给后人，多留一点原貌给后人。十三年前，我到贵州天星桥时景区刚开发，那棵长在光光的"寻根壁"上的小树还可在石面上寻到它细如发丝的毛根，我很激动，当时就写到了文章里。但去年去时，毛根已经找不到了，只能到石缝里去找粗一些的须根。那份美感也只好留在文章里，凭人去想象了。就像滕王阁被火烧了，只有到《滕王阁序》里去体验它。风景开发包括物质的和精神的。旅游开发，卖门票挣钱，这是物质方面的开发。把山水的美感挖掘来，转化为文、诗、歌、影、画等艺术品，提高人们的审美，这是精神方面的开发。为什么名山名水名人去得多，因为它的审美价值大，便于开发成精神财富。过去讲人战胜自然，现在我们讲人与自然和谐，这是一种进步，但这只是一小步，是物质层面的生态平衡，其实下面还有精神层面的交流、审美方面的挖掘利用。一个小康社会，除了物质的充裕，还得精神丰富。在精神财富中，审美是一大内容。国民教育从小学开始就设有音乐、美术课，大学又有专门的艺术院校，殊不知大自然就是一个最大最好的美育课堂。山水会像绿树释放氧气一样，不停地为我们释放美感，会像书本润泽我们的心田一样，不停地润泽我们的灵魂。这山水中一树一石都是一个普通的教员，而那些名山名水就是特级教授了。我们要永葆一种崇敬、虔诚之心，向自然汲取美感。这是更高层次的人与自然的和谐。